查尔斯·狄更斯小说的服饰叙事研究

吴东京　著

九 州 出 版 社
JIUZHOUPRESS

图书在版编目（CIP）数据

查尔斯·狄更斯小说的服饰叙事研究 / 吴东京著
.-- 北京：九州出版社，2021.12
ISBN 978-7-5225-0720-0

Ⅰ.①查… Ⅱ.①吴… Ⅲ.①狄更斯（Dickens，Charles 1812–1870）– 小说研究 Ⅳ.① I561.064

中国版本图书馆 CIP 数据核字（2021）第 249505 号

查尔斯·狄更斯小说的服饰叙事研究

作　　者	吴东京　著	
责任编辑	陈春玲	
出版发行	九州出版社	
地　　址	北京市西城区阜外大街甲 35 号（100037）	
发行电话	（010）68992190 / 3 / 5 / 6	
网　　址	www.jiuzhoupress.com	
印　　刷	廊坊市国彩印刷有限公司	
开　　本	710 毫米 ×1000 毫米　　16 开	
印　　张	13.75	
字　　数	180 千字	
版　　次	2021 年 12 月第 1 版	
印　　次	2022 年 3 月第 1 次印刷	
书　　号	ISBN 978-7-5225-0720-0	
定　　价	68.00 元	

前　　言

　　文学作品的服饰研究是近年来兴起的跨学科研究。20世纪初见端倪，21世纪研究者越来越多，并陆续出现了一些富有意义的研究成果。研究狄更斯作品的服饰叙事，是了解其背后的政治经济文化动因的一个有意义的视角，是对狄更斯研究的创新与拓展，也是对这位经典作家的作品的新角度解读。

　　本书从文化研究的角度切入，以福柯的权力观为基本的理论依据，结合叙事学、伦理学、服饰文化等相关知识，考察狄更斯小说中的服饰叙事。以维多利亚时代为整体观照，兼顾狄更斯早、中、晚期的代表作品。考虑到文本与题旨的相关性，选取狄更斯的四本小说《雾都孤儿》《董贝父子》《双城记》《远大前程》进行深入研究，探究作品的服饰叙事功能、服饰背后的伦理价值观与权力结构安排。

　　本书包括绪论、正文和结语三部分，正文部分共分四章。第一章根据研究目的界定"服饰"概念、梳理维多利亚时代的着装特色、归纳狄更斯的服饰观。这种宏观性的讨论为后续章节的具体分析提供整体观照。第二章论述狄更斯作品的服饰叙事功能。主要从服饰描写与人物塑造、服饰叙事与情节发展和服饰的映衬功能三个方面进行讨论。狄更斯通过独特的服饰描写塑造生动的人物形象，发挥服饰推进或跳转情节的功能。服饰叙事也蕴含善恶二元对立的深层情节结构。第三章关注服饰背后的伦理观念。狄更斯巧妙利用服饰传递善恶有报的"理想的正义"观点。通过视角、声音等叙事技巧的灵活运用，发挥作者、文本和读者之间的交流互动作用，达到特定的修辞目的。第四章主要讨论服饰叙事的权力表征。服饰体现了权力的两面性，既压制又生产。服饰叙事反映了社会的阴暗面以及阶层间复杂的权力角逐。特权阶层通过服饰彰显权力，通过固守旧有的服饰美学对新兴资产阶级实行文化压迫。中产阶级通过服饰外观确立新的伦理规范，与旧贵族抗衡，也与下层阶级区隔。下层阶级则通过服饰的僭越昭示跻身上流社会的积极姿态。精美的服饰掩盖了纺织行业剥削的本质，反映了统治阶级的残酷和腐败。

　　总之，本书对狄更斯作品的服饰叙事进行多角度的论述，旨在证明服饰叙事如何发挥叙事功能，如何从伦理道德、权力安排与社会反抗三个方面参与维多利亚时代英国的政治和文化建设。同时，服饰也是狄更斯批判现实、针砭时弊的有力工具。

目　录

绪　论

查尔斯·狄更斯（Charles Dickens，1812—1870）是英国维多利亚时代最伟大的小说家，具有世界性影响和广泛声誉。他的创作数量众多，题材十分广泛，有15部长篇小说（一部未完成），20多部中篇小说，两部长篇游记，一部英国史，数百篇短篇小说以及大量演说词、新闻作品、书信、散文等。自1836年发表第一部作品开始，围绕狄更斯或其作品的解读已经经历了180余年的时间。这些研究作品题材广泛、视角多样、成果卓著。

据有些学者统计，截至2012年，仅仅以英美国家而言，"历时170余年有关狄更斯研究的传记达百余部，专著近千部，论文近万篇"[1]，根据赵炎秋等人的梳理，近几十年来，狄更斯研究表现为后现代批评与传统批评的融合渗透。后现代批评如解构主义批评、女性主义批评、心理批评和新历史主义批评和文化批评占据了主导地位；传统批评方面，主要是狄更斯传记研究、主题研究、比较研究、马克思主义和社会历史批评。[2]研究方法的创新、研究数量的增多和研究质量的提高，都有力地证明了狄更斯及其作品的经典魅力以及相关研究的恒久价值。

那么，汗牛充栋的研究成果已经穷尽了对狄更斯的研究吗？狄更斯其人其作品还有研究的必要吗？以近年来文学作品兴起的时尚解读为例，不妨对狄更斯作品的服饰研究做一个相关梳理，以期对以上问题做出合理的解答。

---

① 刘白：《英美狄更斯学术史研究》（1836—1939），湖南师范大学博士论文，2012年，第1页。
② 赵炎秋、刘白、蔡熙：《狄更斯学术史研究》，南京：译林出版社，2014年，第145-99页。

狄更斯作品服饰研究综述

西方国家人文社会科学领域里，对文学作品的服饰研究历史不算长。

20世纪，研究尚处于起步阶段。马克·安德森（Mark Anderson）的《卡夫卡的服装》[1] 是一部重要的文学作品服饰研究论著。作者探索了卡夫卡对时尚、文学衰微的兴趣以及现代都市生活的表面景象，探讨了作为现代疏离社会的孤立的诗人，在塑造文学的身份时对这些现象的否定。安德森通过追踪年轻的卡夫卡和《变形记》以及《审判》的作者之间的历史连续性，给读者展示了一个令人吃惊的非传统的卡夫卡。研究涉及新艺术美学运动、维也纳的建筑装饰批评、服装改革运动、反犹太主义运动以及犹太–德国人的写作问题，等等。

21世纪，研究者越来越多，并陆续出版了一些富有意义的研究成果。经典作家常常是研究者的首选目标。例如《亨利·詹姆斯和服装艺术》[2] 一书对服装在詹姆斯小说世界里扮演着强化主题和象征模式的角色进行了追踪调查。作者不仅说明了詹姆斯写作中服装的象征意义和叙事功能，也探究了服装语言更深的社会和文本意义，为20世纪之交的服装文化史提供了丰富的学术性资料。《弗吉尼亚·伍尔夫：时尚和文学的现代性》[3] 一书从服饰时尚角度入手，结合现代性理论对伍尔夫的作品做了深入细致的分析。作者在分析中灵活运用了托马斯·卡莱尔、瓦尔特·本雅明、温德汉姆·刘易斯和J.C.弗雷格尔等人关于衣着和时尚的理论进行分析，认为伍尔夫通过服装审查当前，探索过去，规划未来。《艾米丽·迪金森与服装制作》[4] 的研究者详细研读了迪金森诗歌和书信中有关服饰的表述，结合当时的社会背景探究迪金森与服装之间的关系。迪金森留给读者的普遍印象是：长年穿一袭白裙，足不出户，孤僻冷漠。作者通过详实的资料和论证，大大颠覆了长久以来迪金森留在读者心目中的刻板印象，

① Mark Anderson, *Kafka's Clothes: Ornament and Aestheticism in the Habsburg Fin de Siècle (Ornament and Aestheticism in the Habsburg Fin de Siecle)*. Oxford: Clarendon Press, 1995.

② Clair Hughes, *Henry James and the Art of Dress*. London:Palgrave Macmillan,2001.

③ R.S Koppen,Virginia Woolf, *Fashion and Literary Modernity*. Edinburgh: Edinburgh University Press, 2009.

④ Daneen Wardrop,*Emily Dickinson and the Labor of Clothing*.Durham, N.H.: Hanover: University of New Hampshire Press, University Press of New England, 2009.

将她还原为一个丰满鲜活、擅长针线女红、喜爱服装打扮的可爱女子形象。

除了以上就某个作家的专门研究论著，一些相关的研究作品也值得关注。《小说里的着装》①《维多利亚文学文化中头发的再现》②《维多利亚晚期妇女小说中的服饰文化：修养、纺织业与激进主义》③《时尚和小说：斯图亚特时期英格兰的艺术和文学中的服装》④《小说里的时尚：文学、电影和电视里的文本和衣服》⑤《英国文学文化里的服装和身份，1870—1914》⑥ 等都是文学的时尚解读方面较有意义的研究成果。

国内对西方文学的时尚研究尚不多见。吕洪灵的一篇书评值得关注：《从时尚解读文学——评三部 19 世纪英美文学研究专著》⑦。该文重点对西方国家三部文学时尚研究专著进行了评价，并对其他相关研究作品有所提及。这篇书评相当于为从事文学服饰解读的研究者开启了一扇信息之门，无疑具有很好的借鉴和参考作用。汤晓燕的专著《革命与霓裳：大革命时代法国女性服饰中的文化与政治》⑧ 聚焦于法国大革命时期法国女性的服饰与政治之间的关联，通过丰富的原始资料如时尚杂志、回忆录、通信、游记小册子、各类出版物、档案、材料汇编以及大量图片，对服饰与社会文化、政治和性别之间的关系进行了探究。资料详实，论证充分，给读者带来一种全新的感受。此外，一些研究者专

① Clair Hughes, *Dressed in Fiction*.New York: Berg,2006.

② Galia Ofek, *Representations of Hair in Victorian Literature and Culture*. London: Routledge, 2009.

③ Christine Bayles Kortsch, *Dress Culture in Late Victorian Women's Fiction: literacy, textiles, and activism*. Surrey: Ashgate, 2009.

④ Aileen Ribeiro, *Fashion and Fiction: Dress in Art and Literature in Stuart England*. New Haven:Yale University Press,2005.

⑤ Peter McNeil, Vicki Karaminas, and Catherine Cole eds. *Fashion in Fiction:Text and Clothing in Literature, Film and Television*.Oxford: Berg,2009.

⑥ Rosy Aindow, *Dress and Identity in British Literary Culture, 1870-1914*.Surrey: Ashgate, 2010.

⑦ 吕洪灵：《从时尚解读文学——评三部 19 世纪英美文学研究专著》，载《当代外国文学》2010 年第 4 期，第 160-163 页。

⑧ 汤晓燕：《革命与霓裳：大革命时代法国女性服饰中的文化与政治》，杭州：浙江大学出版社，2016 年。

注于国内文学作品的服饰描写①，产生了一些颇有意义的研究成果，也能给相关研究带来诸多启发。

然而，与上述略显火热的研究现象相对照，颇为遗憾的是，狄更斯作品的服饰解读却鲜有人关注。国内数篇论文零星提到手帕和编织的作用，讨论尚欠深入。

与国内相比，国外相关研究多些，范围更广，挖掘的内容和切入的角度更多。研究者聚焦于服饰对人物身份地位、阶级区隔、深化作品主题、故事情节发展、表现人物心理意识等方面的作用。研究者关注的文本主要是《我们共同的朋友》《远大前程》《双城记》和《荒凉山庄》。以下几篇论文值得关注。

《狄更斯的小红帽和其他人物》②一文通过分散在小说《我们共同的朋友》中的民间故事《小红帽》的分析，认为小说将小红帽描绘成失落的欲望对象，反映了他对劳动、怀旧和民间文学价值的思考，对当时的商业社会进行谴责，并对商业经济中女孩们被"捕食"的命运表示了同情。《罪过的配件：〈远大前程〉和〈双城记〉的狄更斯式创伤》③一文，以心理学理论为依据，特别运用了弗洛伊德（Sigmund Freud）的创伤理论对这两部小说进行了解读。作者认为，由于19世纪英国的习俗惯例，狄更斯不得不通过创造一种表演性的外在形象来暗示人物的内在方面。研究者结合当时的社会语境，探究小说中人物的人名及某些具有深意的词汇，以文化和服饰方面的知识为参照，重点分析了郝薇香小姐的婚纱以及马奈特医生的制鞋习惯，研究了这两部作品中人物对时尚饰品的微妙使用。这些分析，尤其是有关女性配饰的分析，认为狄更斯是一位对女性更具

① 参见：颜湘君：《中国古代小说服饰描写研究》，上海：上海书店出版社，2007年。邓如冰：《人与衣——张爱玲〈传奇〉的服饰描写研究》，桂林：广西师范大学出版社，2009年。任湘云：《服饰话语与中国现代小说研究》，成都：四川大学出版社，2010年。翟兴娥：《20世纪40年代上海沦陷区女作家小说服饰研究》，武汉大学，博士学位论文，2013年。黄维敏：《晚明清初通俗小说中的服饰时尚研究》，成都：四川大学出版社，2017年。刘延红：《二十世纪中国文学的女性服饰业研究》，香港：中国文化战略出版社有限公司，2019年。
② Molly Clark Hillard, "Dickens's Little Red Riding Hood and Other Waterside Characters." Studies in English Literature, 1500–1900. *The Nineteenth Century* 49.4(2009):945–973.
③ Theresa Atchison, "Accessories to the Crime: Mapping Dickensian Trauma in Great Expectations and A Tale of Two Cities." *Fashion Theory* 20.4(2016):461–73.

同情心的作家。

在《〈远大前程〉的女性配饰》[①]一文中，作者特别关注了狄更斯对女性之间欲望的描绘。在维多利亚时代的社会文化语境下，艾丝黛拉是其养母郝薇香小姐的某种配饰或玩偶，并对皮普努力融入这两位女性世界的隐含意义做了探究。

《19世纪英语小说中身体的房子隐喻》[②]提到了服装的作用。作者认为在《远大前程》中，服装和家具是社会阶层和财政力量的表现，同时也意味着势利和肤浅。好服装的缺乏就如一种禁闭之力，衣着普通的皮普命运发生转机之时，认为靴子是一位绅士的必备之物。郝薇香小姐质地上乘却破旧不堪的婚纱反映了她既属于富有的上层阶级又不受尊重的窘况。穿破旧婚纱的行为其实是她对维多利亚时代的价值进行了嘲弄。《大卫·科波菲尔》中，小艾米莉意识到了服装的阶级差别和社会关系。当大卫问她的叔叔佩格蒂是不是好人时，她曾如此回答："要是我有一天做上阔太太，我一定要给他一件有钻石纽扣的天蓝色外套，一条紫花布的长裤，一件红色天鹅绒的背心，一顶卷边三角帽，一只大金表，一只银烟斗，外加一箱钱。"[③]

诺德（Deborah Epstein Nord）就服饰和城市街道漫游者的伪装进行了探究。认为街道漫游者为了消费和探究城市，常通过佩戴面纱或别样的服装模糊自己的身份。他具体分析了《荒凉山庄》中德罗克夫人、其女仆以及女儿三人佩戴的面纱，认为面纱的表层动机是模糊人物身份，深层动机则是掩藏她们的性别特征，避免街道强加给单身女性漫游者的怀疑猜忌。譬如女儿"伊斯特的面纱既隐藏又泄露了她与母亲的关系。"[④]

总体而言，现有的成果数量不多，或只关注其中一面，或只探讨某部作品

---

① Sharon Marcus, "The Female Accessory in Great Expectations." *Nineteenth-Century Literature Criticism* Vol.318 (2007): 167–90.

② Ioana Boghian, "The Metaphor of the Body as a House in 19th Century English Novels. " *Styles of Communication No.1*(2009):1–13.

③ 查尔斯·狄更斯：《大卫·科波菲尔》，宋兆霖译，北京：商务印书馆，2015年，第38页。

④ Deborah Epstein Nord, *Walking the Victorian Streets: Women, Representation and City.* Ithaca, N.Y.: Cornell University Press, 1996, p.236–244.

的服饰，或只泛泛而谈，研究远远不够全面深入，存在很多方面的不足，归结起来，主要有以下几点：

（一）研究对象明显单一

当前的研究只关注个别作品的部分服饰描写，例如讨论《雾都孤儿》中手帕的作用，或分析《远大前程》里郝薇香小姐的婚纱和鞋，或在讨论其他主题时附带谈论服饰。比如讨论维多利亚时代女性街道漫游者的身份问题时，附带谈到《荒凉山庄》里女性佩戴的面纱。对狄更斯个别作品的服饰解读或顺便提及显然不能较为客观全面地反映服饰应体现的时代风貌和文化现象。

（二）研究缺乏时代性

"人物的服饰是小说表现时代的主要手法。"[①]维多利亚时代崇尚勤奋努力、节俭克制，理性求实等理念。工业革命的发展导致社会阶层分化严重，复杂的社会结构导致了复杂的权力博弈。服饰最直接地体现了整个时代的运行轨迹和文化记忆。但现有研究缺乏与时代精神结合，未将狄更斯作品的服饰研究与整个维多利亚时代进行整体观照。

（三）研究明显缺乏全局性和系统性

还未有学者有意识地对狄更斯作品的服饰叙事进行整体考察和系统性研究。没有将服饰叙事与叙事学、与伦理道德、与权力表征等方面结合起来进行综合系统的考察。维多利亚时代灿烂的服饰文化一直为人们津津乐道，狄更斯是当时英国最伟大的作家，他具有强烈的服装意识和独特的服饰叙事技巧。种种因素表明，应该立刻着手狄更斯作品的服饰叙事研究，有专门论著对此进行系统和深入的分析。

一些学者对某些经典作家如亨利·詹姆斯（Henry James）、弗兰兹·卡夫卡（Franz Kafka）、艾德琳·弗吉尼亚·伍尔夫（Adeline Virginia Woolf）、艾米莉·狄金森（Emily Dickinson）、张爱玲的作品从服饰维度入手作了颇有意义的解读，

---

① （英）戴维·洛奇：《小说的艺术：戴维·洛奇文集》（卷五），王峻岩等译，北京：作家出版社，1998年，第146–147页。

见解极富创见，并且都有专门的论著出版。生活在服饰文化丰富多彩、社会结构急剧变化、伦理道德极为重要的维多利亚时代，大文豪狄更斯的作品理应有这方面的研究，迫切需要有研究者对此作深入的挖掘和综合性的分析。

现有的极其丰富的研究成果貌似已穷尽了对狄更斯的研究，那么回到最先提出的问题，狄更斯其人其作品还有解读的必要吗？通过以上的梳理和分析，答案是肯定的。21 世纪应该如何解读狄更斯？为何要从服饰这个维度进行解读？开展狄更斯作品的服饰叙事解读，除了可以弥补以上梳理的不足，还有如下理由：

（一）狄更斯作品的独特价值

狄更斯作品经受了代代读者的检验和漫长的时间考验，在历史大潮中脱颖而出，历久弥新，是公认的经典。因其幽默诙谐的文风、独具特色的创作手法、广泛多样的创作题材，无论在当时还是现世都有各阶层各年龄层的大量读者和研究者。狄更斯生活的维多利亚时代被誉为英国的"黄金时代"，国力强盛、科技领先、安定和平。但狄更斯却敏锐地看到了繁华表面下的黑暗与不平等，并冷静地进行揭露和批判。社会的明显分化和双重性发展正如他在《双城记》开篇所言："这是最好的时代，这是最坏的时代；这是智慧的时代，这是愚蠢的时代；这是信仰的时期，这是怀疑的时期；这是光明的季节，这是黑暗的季节；这是希望之春，这是失望之冬；人们面前有着各样事物，人们面前一无所有；人们正在直登天堂，人们正在直下地狱。"① 作为 19 世纪英国最负盛名的批判现实主义作家，他关心同情弱势群体，揭露官僚机构的黑暗，记录历史真实，对各色人等进行了剖析。马克思对此进行了客观评价："现代英国的一批杰出的小说家，他们在自己的卓越的、描写生动的书籍中向世界揭示的政治和社会真理，比一切职业政客、政治家和道德家加在一起所揭示的还要多。"② 他所列

---

① （英）查尔斯·狄更斯：《双城记》，宋兆霖译，北京：作家出版社，2015 年，第 1 页。
② （德）卡尔·马克思：《马克思恩格斯全集》（第 10 卷），北京：人民出版社，1962 年，第 686 页。

举的"狄更斯、沙克莱、白朗特女士和加斯克耳夫人"（原文如此）①这几位作家当中，狄更斯位置居首。②除了"批判现实主义小说家"之称，狄更斯还有多种称呼，他也被誉为"感伤主义小说家"③"浪漫的现实主义者"④等，他作品解读的丰富性和多样性可见一斑。"优秀的写实作品往往集多种文类于一体，狄更斯便是这方面的典型。"⑤如上所述，狄更斯作品的独特价值和经典地位决定了他的作品解读仍然具有开拓的空间和意义。

（二）经典作家作品的新角度解读

经典作品之所以成为经典，很大程度上在于作品经历了漫长的时间考验和无数读者的解读，在浩如烟海的文学作品中脱颖而出，在历史上占据了显著位置。经典作家对人性和社会往往具有更深的洞察力，作品常常具有超越时代的特点，在任何时代都能引起共鸣和深思。卡尔维诺在《为什么读经典》一书中如此强调经典作品的意义："一部经典作品是一本永不会耗尽它要向读者说的一切东西的书。"⑥研究者以经典作品为研究对象，以无数前人的研究为基础，无疑站在更高的起点上，在对话、质疑、认同与融合中碰撞出思想的火花。正因为如此，经典作品的研究才会独具魅力，永不过时，历久弥新。

狄更斯作为经典作家的地位毋庸置疑，茨威格曾予以高度赞扬："狄更斯是在拿破仑的英雄世纪即光荣的过去和帝国主义即拿破仑的未来之梦之间的英

---

① 引文中几位作家的译名与现今常用的译名稍有出入，如沙克莱指萨克雷，白朗特指勃朗特，加斯克耳夫人指盖斯凯尔夫人。

② 在另一本著作《马克思恩格斯论艺术》中，也有类似的观点，所列作家分别是："狄更斯、夏洛特·勃朗蒂和哈克尔夫人"，无一例外地，两本书中尽管所列作家稍有不同，但皆将狄更斯列为首位。详情参见《马克思恩格斯论艺术》（第2卷），北京：人民文学出版社，1963年，第402页。

③ 维多利亚时代著名批评家奥利芬特夫人以及20世纪英国小说家奥尔德斯·赫胥黎等将狄更斯归为"感伤主义小说家"，对狄更斯作品持一种否定和批判态度。

④ 英国小说家乔治·吉辛和T.A.杰克逊等认为狄更斯无论描写事件还是塑造人物都具有一种"夸张的真实"，因此称这种创作方法为"浪漫的现实主义"；我国学者薛鸿时也持此观点，代表作《浪漫的现实主义——狄更斯评传》就以狄更斯长篇小说为研究对象，对浪漫现实主义特征如何体现在狄更斯的小说创作中予以论证。

⑤ 李赋宁：《欧洲文学史》（第2卷），北京：商务印书馆，2002年，第265页。

⑥ （意）伊搭洛·卡尔维诺：《为什么读经典》，黄灿然、李桂蜜译，南京：译林出版社，2011年，第4页。

国传统最高的诗意表现。"① 狄更斯研究经历了 180 余年的时间而一直保持旺盛的势头，研究者甚众、解读成果丰富、数量惊人。这是狄更斯经典地位的明证。狄更斯服饰叙事手法独特，但相关研究者却不多，因此，从服饰维度解读比较有新意，大有研究的空间和意义，是经典作家作品的新角度解读，是原有研究基础上的推陈出新、丰富与拓展。

（三）狄更斯强烈服装意识在作品里的呈现

服饰在人类生活中的重要性及在作品中的巧妙呈现使得服饰研究具有丰富的意蕴，能通过服饰研究背后的诸多问题，以小见大、窥一斑而知全豹。研究作品中的服饰，能了解当时的审美风尚、文化习俗、社会变迁、历史进程、政治经济状况等，作者也通过服饰达到特定的创作目的如刻画人物性格、发展故事情节、预示人物命运、传达自己的价值观、反映社会文化，等等。

狄更斯具有强烈的服装意识，不仅体现在日常生活中，也体现在他的创作上。生活中的狄更斯极为在意自己的着装，衣服质地考究，讲究精心搭配。狄更斯的家人，好友萨克雷，英国作家毛姆等都曾有所留意。据毛姆记载，狄更斯访美期间，许多人被他英俊的外貌和充沛的精力所吸引，但也有不少人"认为他的服饰、戒指和钻石别针俗不可耐"。② 狄更斯还将强烈的服装意识带到了创作中，在作品中，甚至在某些作品的序言里，例如《雾都孤儿》《双城记》和《荒凉山庄》，都有大段关于服饰方面的描写和评论。狄更斯服饰叙事手法极为独特，除了秉承一贯幽默夸张的文风，为达到特定的创作目的，除了他惯常使用的第三人称全知叙事，也偶尔采用第一人称回顾性叙事。采用重复、白描、衬托等服饰叙事手法突出人物形象。服饰叙事推动或反转情节发展，蕴含善恶二元对立的深层情节结构。叙事视角和声音的巧妙运用有助于加强作者、文本和读者之间的交流关系，达到特定的修辞目的。后续的章节中会逐一展开相关问题的讨论。

---

① （奥）斯蒂芬·茨威格著，赵燮生主编：《三大师：巴尔扎克、狄更斯、陀思妥耶夫斯基》，申文林译，合肥：安徽文艺出版社，2013 年，第 34 页。
② （英）毛姆：《毛姆读书心得》，刘文荣译，上海：文汇出版社，2011 年，第 69 页。

研究思路与方法

（一）研究思路

本课题结合社会历史语境，聚焦于狄更斯作品的服饰描写，关注服饰叙事的叙事功能、服饰叙事的伦理解读以及服饰叙事的权力表征，围绕服饰叙事进行多维度解读，以小见大，挖掘作者服饰叙事的意图、服饰背后蕴含的丰富文化意蕴以及服饰叙事反映的社会文化现象。

狄更斯的研究者常分为两派，一派褒扬，一派贬抑。比如一些研究者认为他的创作缺乏艺术手法。[①] 本研究以服饰叙事为中心，仔细研读文本，关注服饰的叙事功能，了解狄更斯创作的独特艺术手法，对此批评提出疑问。维多利亚时代被称为英国的黄金时代，人们普遍信奉"维多利亚主义"（Victorianism），伦理道德观则是其中的核心。许多维多利亚时代的人崇尚勤勉克制，将享乐视为罪恶，蔑视贫穷和懒惰。表现在服饰上，"妇女的衣服要遮盖手和面部之外的所有部分，露出脚踝或肩部被视为'不正经'。"[②] 以"伦理学"相关观念为理论参照，解读服饰叙事传达的伦理道德观念是该研究的一个重要部分。19 世纪的英国新旧势力冲突，阶级分化严重，服饰也对此有所体现，所以解读服饰叙事的权力表征也是该研究的一个重要组成部分。该部分灵活运用相关权力理论比如福柯的权力观进行探讨。总体上，在细读文本的基础上，解读服饰叙事的叙事功能、伦理道德和权力表征，力求解读立体、多维，达到审美维度与主题思想之间的有机统一。

本书还要批判性地对服饰文化的作用及影响进行重新审视，并注重作者成长经历对小说塑造的影响。为了把握更大的创作语境，除了熟悉狄更斯小说中人物服饰的描述和阐发之外，还要参考一些重要服饰研究专家、文化批评家对服饰现象的描述和评价，力求解读深刻全面。

---

① 狄更斯作品受各阶层人士欢迎，拥有不同阶层的大量读者，但也遭受上层人士和知名评论家的贬抑。如亨利·詹姆斯称他为"肤浅小说家中最伟大的一个"；安东尼·特罗洛普认为"他的文体简直令人难以夸奖"。利维斯评价"狄更斯很能伤感煽情，这一点世人皆知"。

② 郝澎：《英国历史重大事件及著名人物》，海口：南海出版公司，2007 年，第 187–188 页。

（二）研究方法

以马克思辩证唯物主义和历史唯物主义为指导，综合运用如下方法：

（1）跨学科研究方法

根据研究目的和内容，借鉴叙事学、伦理学、社会学、人类学等研究方法。

（2）结合语境，文本细读与文论结合

注重文本细读，特别是该研究选取的四本小说要反复细读，聚焦作品中的服饰叙事描写。了解英国历史，特别是维多利亚时代的历史、审美风尚、服饰文化、大众文化和社会状况。兼顾狄更斯所有作品的服饰叙事，以整个维多利亚时代的服饰文化为基本参照，灵活运用当代各种文学批评理论进行解读。

研究内容与篇章安排

（一）研究内容说明

本研究在细读文本的基础上，以服饰叙事为切入点，从叙事功能、伦理道德和权力表征几个方面展开讨论。考虑到文本与题旨的相关性，选取的四部小说最具这方面的代表性。

狄更斯作品发表的年代处于维多利亚时代的早期和中期，狄更斯更多关注下层阶级，该项研究只反映维多利亚时代社会文化的某个侧面，未能涵盖整个维多利亚时代早、中、晚期文学作品的服饰叙事反映的整体现象，也未能对该时代文学文本中体现的上层阶级、中产阶级和下层阶级的服饰作对比分析和充分讨论。由于篇幅所限，更不能对该时代英国国内的所有作家作品，甚至欧洲国家的作家作品进行对话式比较和讨论。因此，更广泛深入的研究还需一系列后续研究方可逐步涵盖。

（二）研究内容

本研究以狄更斯服饰叙事为中心，关注服饰叙事功能、服饰叙事的伦理以及服饰叙事的权力表征。讨论服饰不可能抛开作者和时代背景而仅从文本和审美角度进行孤立的考察。

首先，参考中外权威性词典和服饰研究权威专家对服饰的理解和定义，对本研究的核心概念"服饰"进行界定。为了研究的需要，将从"静态"和"动态"两方面对该词进行界定与解释。

其次，狄更斯作品创作于维多利亚时代，作品里各阶层人物的服饰受到当时服饰风尚和文化观念的影响，所以有必要对那个时代的着装特色做整体介绍，对该时期早、中、晚期的服饰流行风尚作简要梳理，并从政治、经济、文化、社会思潮、科技发展方面就该时期的服饰特色和流行风尚做概要式梳理，以期为后续几章狄更斯作品服饰叙事的分析提供研究背景。

再次，研究狄更斯作品的服饰，有必要了解狄更斯强烈的服装意识。狄更斯的服饰观散见于他的作品中的序言、文本中大段的服饰评论、作品中人物服饰的巧妙安排以及演讲记录中。他本人的服饰风格也透露一定的着装理念。梳理总结狄更斯的服饰观为接下来的分析起到提纲挈领的作用。总之，"服饰"概念界定、维多利亚时代着装特色、狄更斯服饰观为后面具体的文本解读和阐释服饰背后的文化现象提供整体性观照和研究背景。

"狄更斯是英国维多利亚时代最受喜爱和最有特色的小说家。"[①] 他的作品引人入胜，历经近两个世纪而经久不衰，狄更斯研究一直保持旺盛的势头，这与狄更斯高超巧妙的叙事技巧密不可分，服饰叙事是其中不容忽视的重要组成部分。具体而言，关注服饰描写与人物塑造、服饰叙事的情节功能以及服饰叙事的衬托作用。因此，在"服饰描写与人物"塑造部分，以经典叙事学相关理论，特别是里蒙·凯南的观点为参照，细读文本，围绕作品的服饰叙事展开分析，并对狄更斯的服饰叙事模式进行归纳总结。一般认为情节结构是故事的骨架，人物服饰还能对故事情节的发展起到推进或跳转的作用，在细读文本的基础上对服饰叙事的情节功能进行分析。为生动表现人物性格与作品主题，作者通过衬托等方式给不同人物着衣：服饰或与人物性格身份极为相符或是反差巨大，或通过两两对照的人物服饰刻画人物形象，表现了作者别具一格的服饰叙

---

① Stephen Greenblatt, ed.,*The Norton Anthology of English Literature* .Eighth Edition.Volume E: The Victorian Age. New York: W. W. Norton & Company,2006, p.1236.

事技巧。

维多利亚时代是一个特别关注伦理道德的时代，作为当时英国最负盛名的批判现实主义作家，狄更斯作品的服饰描写也蕴含了丰富的道德寓意，传达特定的伦理观念，达到特定的教育目的。根据文本内容和社会语境，服饰叙事的伦理解读从如下几个方面展开较为合适：体面考究的着装与道德完善、不合体服饰之隐喻、服饰与社会反抗、善恶有报的服饰体现。原因在于：作者一般让两类人群着衣不合体：一类是道德上有缺陷之人如盗贼群体和一些虚伪的有产者与特权阶层；另一类是难以适应工业革命带来的巨大变化和城乡转型的纯朴善良的乡民。细读文本，结合当时社会背景，分析不合体服饰的象征意义和深刻原因。作者也通过服饰或与服饰相关的意象表现人物对社会的抗议或反叛。通过服饰强化了作品体现的复仇主题、善恶主题，对当时分化日趋严重的阶级、对社会急剧变化带来的伦理道德问题表达了自己的思考和见解，并进行了强烈的抗议和批判。狄更斯爱憎分明、善恶表现明显，作品常常体现好人终有好报、恶人终将受罚的特点，结尾总是令人满意的大团圆结局，这一点在服饰上也有明显体现，本研究将通过故事的发展对这类人群的服饰变化进行梳理和分析。

服饰往往体现阶层之间的权力关系。维多利亚时代较之以前的时代，社会结构发生了巨大变化，服饰也生动体现了社会变化和各阶层之间的权力博弈，所以有必要探讨狄更斯作品中服饰叙事的权力表征。维多利亚时代的英国科技先进，注重殖民地扩张，并牢牢控制着海上霸权，国力极为强盛，号称"日不落帝国"。随之而来的是社会发生了急剧变化，阶级分化明显。正如当时的首相迪斯累利在他的小说《西比尔》里所描绘的一样，英国是两个国度，一贫一富，分化明显。受基督教特别是当时清教思想的影响，同时英国也极其注重伦理道德，中产阶级提倡勤勉努力、积极向上的价值观念也对社会风气起到一定的导向作用。于是英国成了一个矛盾结合体，一方面温情脉脉、人们讲究礼义廉耻，注重伦理教养；另一方面又为了财富和利益，进行残酷剥削和对外扩张。

这种矛盾性也体现在服饰上，颇具讽刺意味。以女性服饰为例，维多利亚时代的服饰强调对妇女道德的禁锢，服装繁复折叠，包裹严实，被服装禁锢的女性身体隐于层叠的布料中，行动极为不便；但同时服装又注重突出女性的胸部、腰部、臀部等敏感部位，突出女性的性感与魅力。"为了强调女性曲线，维多利亚时代的女性穿着细腰、宽大而笨重的裙子。"[1] 这种有趣的现象如果用福柯的相关理论进行分析，我们可以认为，服装对女性的身体进行规训，社会通过服装对女性进行压迫和控制，强迫女性接受或认可社会普遍认可的着装规范；但从另一个角度来看，有些女性也乐于接受这种服装的规训，并通过这种有意迎合男权社会的服装规范打造自身的性感与魅力，让服装为自己获利，走向成功。那么，在这个意义上，服装就起了反规训的作用，由压制性走向了生产性，受服装压制的妇女反而成了服装的主人，迫使服装为自己服务，受压制的服饰话语造成了生产性的反面话语，某种意义上，女性也通过服装让自己获取了一定的话语权。

当然，除了女性，还可在各阶层、各种社会机构发现服饰表现的权力的两面性。因此，服饰与权力规训的辩证关系很值得探讨。各阶层为了自己的利益积极进行权力的维护与博弈。没落的贵族、土地所有者、政府机构管理人员为标明身份和维护自身利益，通过服饰凸显权力，也通过服饰刻意与其他阶层进行区分。狄更斯对特权阶层如恃强凌弱的政府官员、冷漠拜金的有产者、没落腐败的贵族等在服饰叙事上做了巧妙的设计与安排，权力和权力关系通过服饰得以凸显。维多利亚时代的英国因工业发展社会结构变化，没落的贵族和土地所有者、地位逐渐上升的中产阶级、大量的工人阶级和无产阶级的着装相应发生了变化：中产阶级因经济地位的提升，政治上获得了更多权益，也希望通过服饰来表征身份地位的变化，于是着装上希望向更上一层的阶级学习，有意模仿上层阶级的时尚，但同时又为了标榜自身阶级的独特性，在着装上又积极树立新的审美趣味和伦理规范，与上层阶级进行区隔；日趋没落的贵族与土地所有者为保护自己的利益和社会地位，在外显的着装上煞费苦心，刻意突出贵族服饰的华丽绚烂与珠光宝气，体现一种长久以来的优越感与着装品味，无形中通过服饰给中产阶级带来压迫，突显中产阶级相对"庸俗"的审美趣味。科技

---

[1] Sam Lake, *Victorian Fashion*. London: Usborne Publishing Ltd., 2013, p.2.

发展和纺织业技术进步使服装的大批量生产成为可能，而服装的大批量生产带来的价格下调又使广大工人和无产阶级大大增强了购买力，与以往任何时候相比，他们都有能力和机会通过服饰将自己打造成上流社会中的一员，利用服饰轻松实现一种外表上的阶级跨越。因此，服饰规范的僭越现象从某种程度上来说变得轻而易举，通过服饰来辨别身份和区分阶级变得越来越困难。结合历史语境，从服饰与权力规训、服饰与权力彰显、服饰与社会反抗三个方面讨论阶层间的权力博弈和复杂互动很有必要，也别具意义。

（三）关于文本选取的说明

狄更斯是一位多产作家，创作内容丰富，题材广泛，但最为著名的还是其创作的长篇小说。根据出版时间顺序，评论家一般将其创作分为早期、中期、晚期三个阶段。[①] 早期以 1836—1841 年为界，包括《匹克威克外传》（又名《博兹札记》，1836）、《雾都孤儿》（1837—1839）、《尼古拉斯·尼克贝》（1838—1839）、《老古玩店》（1840—1841）、《巴纳比·拉奇》（1841）五部小说；中期 1843—1857 年，时间跨度相对较长，发表六部小说，分别是：《马丁·朱述尔维特》（1843—1844）、《董贝父子》（1846—1848）、《大卫·科波菲尔》（1849—1850）、《荒凉山庄》（1852—1853）、《艰难时世》（1854）、《小杜丽》（1855—1857）；晚期 1858-1870 年，总共创作四部小说，其中一部未完成：《双城记》（1859）、《远大前程》（1860—1861）、《我们共同的朋友》（1864—1865）、《艾德温·德鲁德之谜》（未完成，1870）。本研究聚焦于其中四部长篇小说，分别从这三个时期进行选择，早期一部，中期一部，晚期两部。分别是《雾都孤儿》《董贝父子》《双城记》和《远大前程》。

为何在狄更斯的 15 部长篇小说中选取这 4 部小说？原因在于：本研究结合狄更斯生活的维多利亚时代的社会历史语境，考察分析作品涉及的服饰内

[①] 狄更斯作品分期，学者有不同观点。三分法的说法参见赵炎秋、刘白、蔡熙：《狄更斯学术史研究》，南京：译林出版社，2014 年，第 4 页。有学者将狄更斯的创作分为两个阶段，以 1850 年为界。参见李赋宁：《欧洲文学史》（第 2 卷），北京：商务印书馆，2002 年，第 265-272 页。

容，关注狄更斯作品中服饰叙事的叙事功能、服饰叙事的伦理解读和服饰叙事的权力话语，对服饰叙事进行多维度解读。因此，考虑了文本的创作时间以及作者各阶段的创作特点，兼顾早期、中期、晚期三个阶段的作品，并紧紧围绕最能代表这几个方面的文本进行选择。相对而言，这四部作品的服饰叙事与本研究的内容和目的有更大的关联性，所以做了如此选择。

研究意义与创新点

本研究紧紧结合当时的社会历史语境，考虑到狄更斯的创作动机和艺术手法，聚焦于狄更斯的服饰叙事，解读服饰的叙事功能、伦理道德和权力表征，具有重要意义，主要表现在以下几个方面：

（一）丰富叙事学相关内容

该研究辟专章讨论服饰的叙事功能，具体从服饰描写与人物塑造、服饰叙事与情节功能、服饰叙事的映衬功能几个方面展开讨论。大量的研究者热衷于文学作品的叙事艺术研究，却鲜有人关注文学作品的服饰叙事。叙事学家里蒙·凯南在《叙事虚构作品》[①]一书中指出，小说人物塑造的两种基本方法是直接定义和间接表征。间接表征不直接提及人物特征，而是通过人物的行动、语言、外表和环境来表现人物性格。其中，外表就包括服饰对人物的刻画作用。她明确提到"如发型和衣服"[②]与人物性格特征的相互关联性。该研究无疑为凯南等叙事学家的相关观点提供佐证，充实和丰富了叙事学服饰叙事的内容，为后来的相关研究提供参考借鉴。

（二）挖掘服饰背后的文化意义

服饰是一种符号，是文化的载体，服饰背后丰富的社会内容可做无尽的挖掘和解读。服饰与政治变革、与经济发展、与科技进步、与社会等级、与社会思潮等都有密切的关系。该研究通过服饰的伦理意义与权力表征来解读服饰丰

---

① Rimmon-Kenan, Narrative Fiction: Contemporary Poetics. Second edition. London: Routledge, 2002.

② （以色列）里蒙·凯南：《叙事虚构作品：当代诗学》，赖干坚译，厦门：厦门大学出版社，1991年，第77页。

富的文化内涵。伦理解读方面，以文本为依托，重点关注体面考究的着装与道德完善、不合体服饰之隐喻、服饰与社会反抗以及善恶有报的服饰体现四个方面，旨在了解英国当时的文化现象，特别是当时的伦理文化以及作者的服饰叙事伦理观念。服饰的权力表征方面，通过服饰与权力规训、特权阶层服饰与权力彰显、服饰与社会反抗三个方面进行分析。以福柯的权力规训相关理论为指导，探讨狄更斯作品中服饰叙事的权力规训。关注作品中刻画的特权阶层如何通过服饰塑造威严形象，彰显权力。"服饰与社会反抗服饰"部分，探讨阶层间和两性之间通过服饰体现的权力博弈，并关注服饰背后存在的剥削现象。

（三）理论的创造性运用

本书以福柯的权力理论作为基本的理论依据，结合叙事学、伦理学、历史学、服饰文化等知识展开讨论，可创造性地将某些哲学理论灵活运用于文本的解读。以福柯的权力理论为例，福柯的理论将身体置于权力关注的中心，关注权力的两面性，认为身体是由文化塑造的，但是他没有专门的理论用于讨论衣着，而我们谈论的身体常常是着衣的身体。身体与服装的密切关系使得讨论服饰时也需要讨论身体。福柯关于权力与知识相互依赖的方式也能运用于服饰解读。权力与知识密切相关，权力与知识之间的关系又常常包含在话语概念里。话语具有文本性，也参与身体微观层面的实践。

福柯认为，对身体的酷刑或拷打，对身体明显的压迫和控制随着时代的进步有了明显的变化。现代社会对身体的规训变成了一种隐形的权力制约，各种机构的规章制度要求个体时时小心自己的行为，而这种控制自身的行为举止往往通过身体的机制发挥出来，通过各部门的制服和职业装束表现出来。科技的高度发达使现代社会犹如多维度的场景。为了达到某种目的，人们关注自己的身体，发挥服饰的潜能为自身服务。现代社会人们越来越关注健身，关注服饰对身体的修饰。为了迎合现代社会的审美品味，"身体发肤，受之父母，不敢毁伤，孝之始也"的传统观念早已被摒弃，抽脂瘦身动用手术改变身体部位的整容风潮成了人们见怪不怪的普遍现象。这种貌似自愿的行为其实也是权力对身体的运作与渗透，是一种不太易于被人们觉察的较为宽松的权力制约。对服饰的苛求和对身体的重视表明人们的身体是未完成的，是可以通过服饰或身体部位的改造来进行改变和加工的。服饰的权力分析无疑丰富并拓展了理论运用于实践的范围，是理论创造性地运用于文本实践的例证，能启发并拓展研究者的思维。某种情况下，还能检验并发现理论的不足与缺陷，将理论进一步丰富和完善。

第一章　狄更斯与服饰

　　人类对与自己生活息息相关的服饰习以为常，不大去留意或思考它的定义。根据字面含义，"服饰"可以解释为"衣服和装饰品"。邬红芳和李敏编著的《服装配套设计》一书，将"服饰"定义为"衣服及其全部装饰品和配件"。[①] 若我们进一步追问，"衣服"具体包括哪些内容？"装饰品"和"配件"的范围又如何界定？事情便变得不那么简单。在古代中国，"衣"指遮盖身体上半身的衣物，常称为上衣。"裳"指覆盖身体下半身的衣物，通常称下裳。上衣和下裳合称"衣裳"。与"服饰"相关的一组词，如"衣裳""装束""服装""衣服""衣着""着装"，等等，含义等同吗？若要对这些词语进行界定，又有广义和狭义之分吗？关注服饰，研究者主要关注服饰背后的文化现象，如服饰如何反映社会变迁，服饰与特定时代的审美风尚，服饰与社会身份和等级关系，服饰与政治的关联，等等。若以服饰蕴含的复杂社会关系进行考量，服饰的定义则更为不易把握。因此，为了后续讨论，本研究有必要首先对"服饰"一词进行字面和文化意义方面的界定。

　　维多利亚时代是英国历史上最为辉煌灿烂的时代，经济发展迅猛、商业贸易频繁、科学技术先进、海外殖民扩张疯狂，这个国土面积只有24万平方公里的岛国引世界瞩目。与这个漫长而富足的时代相伴而生的，是维多利亚时代绚丽多彩的服饰以及相关的文化现象。尽管已逾两百余年，时至今日，还可不时感受英国维多利亚时代的服饰对当今社会的影响。国际时装周上还常常可以看到流行于维多利亚时代的蕾丝、荷叶边、泡泡袖、蛋糕裙、刺绣等服饰时尚元素。以2016年的春夏伦敦时装周为例，著名服装设计师安德森（J.W.Anderson）

---

① 邬红芳、李敏：《服装配套设计》，合肥：安徽美术出版社，2008年，第1页。

几乎为每一件女装都设计了荷叶边，并配上了羊腿袖。英国知名时装品牌艾尔丹姆（Erdem）将目光投向 19 世纪的英国，从 19 世纪移民女性的故事中寻找创作灵感，设计了多款维多利亚风格的花朵刺绣长裙。因此，研究该时期文学作品的服饰叙事，有必要对整个时代的服饰风尚、审美习俗、纺织技术发展状况以及服饰背后的文化动因等有基本的了解，为后续的具体分析提供研究背景和整体观照。

本研究聚焦于狄更斯作品的服饰叙事，是因作家的创作往往有既定的目的，也受特定时代的影响。狄更斯小说里的服饰描写，既受到维多利亚时代服饰文化的影响，又有特定的目的。对散见于其小说中的服饰观进行提炼和概述，既能对狄更斯的服饰观念有一个总体的印象，又能为后续的深入分析提供基本参照。基于上述目的，本章将对"服饰"一词进行界定，对维多利亚时代的服饰特点作概要式介绍，并对狄更斯散见于小说中的服饰观进行提炼和归纳。

第一节　"服饰"概念界定

服饰是人类文明、文化发展的产物。随着生产力和文化的发展，服饰逐渐由粗陋走向繁复。以我们中华民族的服饰形式为例，"大致经历了草裙—皮披—贯首衣—深衣—上衣下裳—上衣下裤的发展轨迹。"[①]

《汉语大词典》就"服饰"一词有三种定义，并分别举了一些例子："1. 佩玉之饰。指玉器的彩色衬垫。《周礼·春官·典瑞》：'辨其名物，与其用事，设其服饰。' 2. 衣服和装饰。《汉书·张放传》：'放取皇后弟平恩侯许嘉女，上为放供张，赐甲第，充以乘舆服饰，号为天子取妇，皇后嫁女。' 清徐士銮《宋艳·丛杂》：'唐代宗朝，令宫人侍左右者，穿红锦勒靴。是转效贱妓服饰也。' 曹禺《王昭君》第二幕：'休勒年约四十岁……他的华丽的服饰和他萎缩的外形极不相衬。' 3. 穿衣佩饰。汉应劭《风俗通·正失·叶令祠》："乔曰：'天帝

---

① 周光大：现代民族学（上），第 2 册，昆明：云南人民出版社，2009 年，第 430 页。

独欲召我！’沐浴服饰，寝其中，盖便立覆。’”①

《现代汉语词典》修订本第 1 版的定义较为简洁，指“衣着和装饰”。②第 2 版稍有改动，但定义更为简洁，指“衣着穿戴”。③《现代汉语小词典》④也将“服饰”定义为“衣着穿戴”。《新华词典》的“服饰”定义是：“衣服装饰，穿着打扮。”⑤

以上“服饰”的各种定义，除《汉语大词典》的定义相对具体之外，其他定义都较为简洁，并与当下广泛使用的“服装配饰”意义等同。

俄国符号学家彼得·波格泰瑞（Petr Bogatyrey）用一种功能主义的方法，对非洲利比里亚共和国蒙罗维亚的民间服饰进行分析，并试图对服饰进行定义。通过分析，他认为服饰具有四种基本的功能：实践功能、审美功能、魔力功能和仪式功能。他列举了一些例子：例如白色的丧服具有仪式功能，年轻女孩裙子上的条纹具有社会功能，小孩穿红色衣服意为驱魔，具有魔法般的功能。这种功能分析突出了衣服的象征意义。总体上，他将民间服饰定义为一套表意系统。⑥

罗兰·巴特（Roland Barthes）对“costume”（戏装，演出服；服装，衣服；泳装等）和“dress”（衣服；礼服；连衣裙；装饰等）进行了区分。他借鉴了语言学家索绪尔（Ferdinand de Saussure）将“语言”（language）分为“语言”（langue）和“言语”（parole）的语言学研究方法。前者指社会规则，后者是个人行为。他认为，“costume”是独立于个人的社会规则，“dress”是独特的现实，通过这种具体的服装（dress），个人能够建立一套普遍的服装（costume）规则。⑦为讨论服装与时尚的关系，巴特将“clothing”分为“three garments”，并分别称为“真

---

① 罗竹风：《汉语大词典》（第六卷），上海：汉语大词典出版社，1990 年，第 1203–1204 页。

② 《现代汉语词典》修订本，中国社会科学院语言研究所词典编辑室编，北京：商务印书馆，1978 年，第 386 页。

③ 《现代汉语词典》修订本，中国社会科学院语言研究所词典编辑室编，北京：商务印书馆，1978 年，第 333 页。

④ 《现代汉语小词典》，中国社会科学院语言研究所词典编辑室编，北京：商务印书馆，1980 年，第 157 页。

⑤ 《新华词典》，新华词典编纂组编，北京：商务印书馆，1980 年，第 247 页。

⑥ Patrizia Calefato,cited in Dress, Body, *Culture: The Clothed Body*. Oxford·New York: Berg, 2004, p.15.

⑦ Patrizia Calefato, cited in Dress, Body, *Culture: The Clothed Body*. Oxford · New York: Berg, 2004,p.7.

正的衣服"（the real garment）、"代表性的衣服"（the represented garment）以及"使用过的衣服"（the used garment）。这三类衣服分别对应服装的生产、分配和消费。①

存在主义哲学家萨特（Jean-Paul Sartre）关注服装与身体之间的关联，认为衣服（clothes）有特殊的功能，穿衣（dressing）是为了传达一种特殊的意义，包括传递谦虚概念的社会意义。他还进一步解释了服装（costume）的意义，认为包括制服在内的服装（costume）具有特别的功能，能够将人的年龄、社会或性别角色、政治生涯等掩盖起来。在这里，服装，作为身体的遮盖物，成了一种符号。②

以上几位西方学者分别从不同的角度试图对服饰进行定义，波格泰瑞用符号学方法就具体某地区的服饰进行研究，并根据功能划分成几大类型。换句话说，服饰就是某种功能。巴特借鉴结构主义方法，对"costume"和"dress"进行了定义，认为"costume"是一套普遍的服装系统，而"dress"则是个人所穿的具体衣服。他还将服装与时尚、消费主义联系起来进行分析。服装，作为一种能指和所指，与时尚、文化、经济等建立了密切的互动关系。萨特关注通过衣饰等覆盖物认识身体，关注自我感觉和意识，关注外界对身体和着装的注视，透过现象认识本质，是一种现象学的研究方法。

与服饰相关的诸多词语，比如"时尚"（fashion）、"衣着"（dress）、"衣服"（clothing）、"服装"（costume）、"饰物"（adornment）、"装饰"（decoration）、"style"（风格）等词表面上意思相近，其实根据研究目的和不同学科，具有不同的含义。恩特维斯特尔（Joanne Entwistle）就认为，"衣着"（dress）和"饰物"（adornment）这两个词主要运用于人类学的研究当中，这样的术语具有无所不包的特点，适用于对"某个普遍现象的研究"，能用来描述具有"比'时尚'（fashion）或'服装'（costume）更加普遍性的修饰活动。""时尚"（fashion）指的是更加特殊的衣着系统，是"西方现代性的产物"，该词主要运用于社会学和文化研究领域。

---

① Michael Carter, *cited in Fashion Classics from Carlyle to Barthes*. Oxford · New York: Berg, 2003,p.146.

② Patrizia Calefato, cited in Dress, Body, *Culture: The Clothed Body*. Oxford · New York: Berg, 2004,p.7.

而"服装"（costume）则多见于历史文本。① 换言之，服饰相关术语的界定还得回归学科本身。

　　参照以上服饰相关术语的界定和解读，结合时代背景、文学文本、研究目的以及服饰的关联性变化，本研究主要从"静态"和"动态"两个方面来界定"服饰"。"静态"方面，对"服饰"一词进行定义，并关注服饰囊括的具体内容。通俗点说，就是关注人们身体上的全套着装和配饰。"动态"方面，关注服饰与政治、经济、文化等方面的互动关系，关注服饰蕴含的深刻内蕴以及服饰背后的种种社会现象。

一、静　态

　　"静态"方面，在本研究中，"服饰"的基本定义是"衣着配饰"，涵盖山内智惠美界定的"服饰"内容，范围有所扩大，针线女红、缝纫编织，与纺织和服饰相关的机械设备、科学技术、日常活动等均包含在内。

　　日本学者山内智惠美将"服饰"一词分开，对"服""饰"的内容都做了详细梳理，主要包括：

　　"1.服

　　（1）头部：帽子、头巾、冠、冕、盔

　　（2）躯干：上下连体衣、上衣、下裳（裤、裙等），外衣、内衣、性别装、季节装、职业装、年龄装、实用性服装、装饰性服装、时装

　　（3）足部：鞋、袜、靴

　　（4）手部：手套

　　2.饰

　　（1）化妆：胭脂、粉、面霜、发油、香波等

　　（2）身体的饰物：钗、簪、环、镯、链、戒指、表、包、眼镜、发卡、假发等

---

① （英）乔安妮·恩特维斯特尔：《时髦的身体——时尚、衣着和现代社会理论》，郜元宝等译，桂林：广西师范大学出版社，2005年，第45—46页。

（3）发型：留辫、蓄发、短发、髻、鬟等

（4）身体的改革：文身、穿鼻、穿耳、束胸、整容手术、缠足

（5）衣服上的饰物：胸花、胸针、巾、带、手帕等。"①

本研究对"服饰"一词包含的具体内容以此为基本参照，并囊括文本中出现的一切与服饰和纺织相关的内容。各阶层女性无处不在的针线活、纺织机器、手杖、变换的帽子、手帕、梳妆台、镜子等无不包括在内。

二、动态

"动态"方面，突出服饰的社会交际功能，关注服饰与身体，与政治、经济文化等方面的互动关系，探讨服饰背后折射的各种现象。即透过服饰的表象，挖掘背后的深层含义。

在现代社会中，人类的身体是着衣的身体，我们的主流文化决定了人与人之间不可能赤身裸体进行交往。恩特维斯特尔（Joanne Entwistle）认为，即便在一些私密性场合，如卧室，或允许袒胸露背的地方，如游泳池或某些狂欢节场合，身体也会被认为是修饰性的，绝不是一丝不挂。她还举了美国好莱坞著名影星玛丽莲·梦露的例子，梦露曾如此回答一位记者的采访："晚上，在床上我只穿夏奈尔 5 号。"② 除了为香水打广告，也反映了在人类的文化中，即便是赤裸的身体，也会被不同程度着衣，"即便是被珠宝，甚至是香水所修饰。"③

既然任何文化都不允许身体毫无修饰，服饰与身体的互动关系就不可避免。福柯对身体与权力关系的论述也可以灵活运用于服饰与权力的关系探讨。福柯通过谱系学方法对西方国家权力的演变进行了探究。他发现，随着现代化的进程，过去对身体的暴力式管理已经演变成较为宽松的，貌似柔性的权力制约。这种权力被称为权力规训，这种权力不再让人感觉到压迫和控制，而是"通

---

① （日）山内智惠美：《20世纪汉族服饰文化研究》，西安：西北大学出版社，2001年，第1页。
② 华梅：《服饰文化全览》（下卷），天津：天津古籍出版社，2007年，第729页。
③ Joanne Entwistle, *The Fashioned Body: Fashion, Dress and Modern Social Theory*. Second edition. Cambridge: Polity Press, 2015,p.6.

过自然的温柔的力量表现出来。"① 权力充盈于身体，权力无处不在，权力处于人与人之间的各种社会关系之中，通过各行业部门的各种规章制度呈现出来。如学校规章制度对学生的管理和制约，公司企业规则和政策对员工的监督和束缚等。学生统一的制服、公司统一的职业套装，都明确了个体所属的集体、所认同的相关制度与文化，是相关部门实现权力规训明显可见的外化手段。若某天穿错了衣服也就意味着违反了相关规定，早已内化的相关知识会让人感到局促不安，受到相关服饰话语的柔性压迫，权力也就通过服饰对身体和精神实行规训。

与身体相关的衣服不是无生命的空荡荡的悬挂，而是与人的身体互动合作，紧密相连。"没有人的身体，着装就缺乏完整性和动感；它是尚未完成的。"②给身体着衣也是一种动态过程，需要着衣人积极主动参与，不仅通过人的行动完成服饰对身体的遮盖和修饰，还积极发挥人的主观能动性，对服饰进行挑选取舍，实现服饰的实用功能与审美功能，通过服饰进行自我表达与形象建构。巴恩斯（R. Barnes）和艾彻（J.B. Eicher）就认为，"衣着"表示一种"行为"，强调"遮盖的过程，"③ 服饰表现自我，增强人的主体性。

身体因衣服的修饰而具有了复杂多态的表现，服饰也因身体的参与具有了活力与思想。电影最直观地表现了这种"活"的服饰。譬如：美国漫威漫画公司（Marvel Comics）拍摄的电影《奇异博士》，主人公佩戴的红斗篷就具有人的思想和主观能动性，对人表现出明显的喜好。许多人对它青睐有加，可是它无动于衷，置之不理，直到某一天奇异博士出现。它对博士可谓"一见钟情"，飞速地从展柜里出来，自动跳到了博士身上。从此对主人赤胆忠心，与主人同甘共苦，不离不弃。主人悲伤时温柔安慰，主人危险时及时相救。虽然红斗篷是古一法师的魔法道具，但服饰具有生命与思想、服饰与人的互动关系却表现

① Michel Foucault, *Discipline and Punish: the Birth of the Prison*. London: Penguin Books, 1977, p.106.

② Joanne Entwistle, *The Fashioned Body: Fashion, Dress and Modern Social Theory*. Second edition. Cambridge: Polity Press, 2015,p.10.

③ Joanne Entwistle, *The Fashioned Body: Fashion, Dress and Modern Social Theory*. Second edition. Cambridge: Polity Press, 2015,p.43.

得淋漓尽致。电影《蜘蛛侠》里蜘蛛侠的服装因为共生体的附着而改变了颜色，由红色变成了黑色，主人的性情也因服饰的变化而大变。

所以，服饰与身体是辨证互动的关系，本研究中，服饰与身体的概念往往可以互换。服饰反映身份地位，也是一种个性化表达。关注服饰，更多是关注其背后的文化现象，如服饰对身体的规训以及权力的反规训，服饰体现的审美风尚、社会变迁、道德规范、政治方略、阶层之间的矛盾与权力博弈，等等。简而言之，服饰的"动态"性方面，关注服饰的文化解读，关注服饰对社会的复杂性、矛盾性以及多样性的反映。

第二节　维多利亚时代着装述略

英国工业革命自 18 世纪 60 年代开始，进入 19 世纪，特别是维多利亚时代，工业革命发展到了鼎盛状态。社会结构随之发生了嬗变，继承地产的贵族阶层逐渐式微，资产阶级作为社会发展的中坚力量逐渐登上了历史舞台。生产方式的变革、工商业的发展促进了城市的发展，催生了众多行业与工种，大量人员涌入城市寻找工作机会。自 16 世纪开始的圈地运动使大批农民失去土地，为谋生存，他们被迫涌入城市。城市化进程使陌生人见面的机会增多，但也加剧了人与人之间的疏离。百货商店的兴起、传媒出版行业的发展、消费文化等理念的出现等激发了人们对商品的购买和占有欲望。铁路等交通枢纽的发展让货物流通极为便捷，加快了国际间的贸易与合作。英国通过海洋事业的发展与海外殖民地的扩张和建设聚敛了巨额财富，也加强了国与国之间的互相影响、交流与合作。工业革命的发展也催生了新的娱乐活动。贵族阶级依然流行猎狐、板球、赛马等活动，固定的社交季是贵族们颇为流行的娱乐节日。除了贵族阶层，资产阶级和广大劳工阶层的休闲娱乐活动也变得丰富多样。进入剧院、咖啡馆、俱乐部，阅读书刊杂志等成了中产阶级较为青睐的休闲活动，海德公园与摄政公园、百货商场也是他们喜欢光顾的日常休闲场所。酒吧是工人阶级常去的娱乐社交场所，公园等公共空间也是他们休闲的好去处，相对高雅的音乐厅也渐渐成了下层阶级提升品味的所选之地。文艺思潮方面，19世纪主要经历了早期的浪漫主义、中期的批判现实主义以及晚期的唯美主义几个重要阶段。浪漫主义以华兹华斯、济慈、雪莱、拜伦等为代表，批判现实主义的代表狄更斯被称为英国继莎士比亚之后最著名的作家，唯美主义则因王尔德的着装扮相与特立独行而引起广泛注意。

工业革命是从工场手工业向机器大工业过渡的阶段，率先在纺织行业兴起，纺织行业日新月异的技术革新带来了维多利亚时代服饰行业的飞速发展，服饰的大批量生产与价格下调成为可能，服饰朝着精细化多样化方向发展。服饰行业的变革涉及复杂的政治经济文化动因，是社会价值体系的表现，是阶级之间权力博弈的结果，是新的审美趣味在外观上的确立，是新的伦理规范在着装上的体现……简而言之，维多利亚时代服饰的复杂性、矛盾性和多样性等特点是上述诸多因素合力作用的结果。

一、英国维多利亚时代的服饰特色

工业革命开始于18世纪后期，19世纪则是其发展的鼎盛阶段。而其中，一直占主导地位的纺织业技术，到了维多利亚时代更迎来了其发展的"春天"。先进的技术带来了服饰行业的巨大变革，服装款式种类日益繁多，色彩越发明艳多样。纺织业技术进步与殖民贸易等方面的发展也丰富了服饰的布料质地。进入维多利亚时代，社会结构发生了很大变化，继承地产、拥有大量闲暇的贵族阶级在工业革命的浪潮中经济地位率先被削弱，白手起家的资产阶级在经济上逐渐占据了主导地位，随之在政治上和文化上与贵族阶级进行抗衡。新的社会分工模式带来了男女角色的变化与重新定位。中产阶级明确划分了男女两性的活动空间，妇女局限于家庭等私人领域，生儿育女，管理家庭内部的事务。男性活跃于公共空间，谋求经济和政治利益。不同空间中的角色扮演对男女提出了不同的要求。男性需要打造严肃、克制、理性、庄严、强大的形象，体现在服饰上，男性的服饰款式和颜色渐趋单调暗沉。女性需要做温柔的母亲，贤惠的妻子，乖巧的女儿，持家的贤内助。服饰更多体现社会赋予的女性特质，柔美亮丽，款式丰富。由此，服饰出现了显著的性别分野。当然，这只是原因之一。譬如艺术史家安·霍兰德（Anne Hollander）就将男性在服饰上的巨大变化归结于时尚的现代化。男性着装的现代化使得两性外观上的区别较之以往更加明显。[①] 该时期服饰显著的性别分野还涉及复杂的原因。阶层、性别间的权力博弈，国与国之间的纺织业竞争等都可纳入考量的范围。此外，纺织业技术进步改变了服装的生产方式，服装大批量生产成为可能。生产成本减少导致服装价格下降。服装贸易业的发展、阶层间的文化战略、百货公司的兴起、二手服装市场的繁荣、消费文化理念的影响等因素相互作用，服饰不再是贵族阶级彰显身份的工具，阶层间可通过服饰模糊身份和地位，至少在视觉上可实现阶级间的跨越。

（一）丰富多样的款式、色彩、质料

维多利亚时期，女性服饰款式多样，色彩艳丽，材质丰富，雍容繁复。男性的服饰色彩单调，款式相对单一，总体上简洁干练。具体而言，女性的服饰大量运用蕾丝、细纱、荷叶边、缎带、蝴蝶结、多层次的蛋糕裁剪、折皱、抽褶等丰富的元素。该时期主要流行立领、高腰、公主袖、羊腿袖等宫廷款式。紧身胸衣和裙撑成为贵族妇女等上流社会妇女服饰中不可缺少的服装配备。蕾丝花边、缎带、细腰、羊腿袖、灯笼袖以及夸张的帽子是流行服装的主要特点，配以华贵珠宝，尽显繁复厚重、富贵奢华。而男性的服装，与女性的繁杂相反，一切以简洁舒适为主。黑色是男性服饰的主打颜色，无论是日间的常礼服或夜间的燕尾服，均以黑色等灰暗色调为主。其色彩和样式的变化，主要表现在一些细微之处，如外套的裁剪样式，裤子的肥瘦程度，背心的精工细酌，以及衣领的样式等。

相对而言，工人阶级等下层百姓服装的主要特点是：样式简单，用料厚实，便于劳作。由于该时期行业众多，为了便于识别和树立让人信任的形象等目的，

---

① Anne Hollander, *The Modernization of Fashion*. Design Quarterly No. 154 (1992): 27–33.

各行业的服装具有一些明显可见的特征。例如，肉贩常穿着蓝色外套，佩戴横条纹图案的围裙，而渔夫的围裙则是竖条纹。熟练的手艺人和许多商店店主佩戴白色的围裙。[①]居住在贫民区的穷人们忙于生计，在着衣上毫无选择，常常是破衣烂衫。

由于苯胺等化学染料的出现，布料染色工艺成本大幅度降低。服饰的色彩变得极为丰富多样，这一点主要体现在女性的服饰上。赤、橙、黄、绿、蓝、靛、紫等各种颜色都大量用于服饰的制作。布料材质也极为丰富，有棉布、亚麻布、缎子、天鹅绒、呢料、羊毛织品、各种绸等。

（二）显著的性别分野

总体而言，18世纪末期以前，男女服饰重在突出身份地位，性别区隔不明显，色彩艳丽，做工精细，雕花刺绣，镶嵌珠宝是男女服饰的共同特色。18世纪末期，男女服饰逐渐出现性别差异，至19世纪，特别是维多利亚时代，男女服饰的性别区隔更加显著。"19世纪到20世纪期间，男女服装的确差别越来越大。"[②]女性的服饰色彩艳丽，款式多样，服饰层层叠叠，繁复华丽。杰恩·施林普顿（Jayne Shrimpton）总结道："1837年，一种精致的、如画的女性形象出现了。"[③]而男性的服饰则色彩单调，款式简洁。

针对从18世纪末期以后男女服饰逐渐呈现显著的性别分野的状况，德国心理学家弗雷格尔（John C. Flugel）称为"男性大弃绝"（Great Masculine Renunciation），男性的服装不再花俏，显得平淡灰暗，三件套（The three-piece suit）成了中产阶级男性的经典着装。他还认为，法国大革命倡导的"自由、平等和博爱"思想对服装的变革也有影响，人们需要通过可视化的服装来表现参与新的社会秩序。

① Peter Chrisp, *A History of Fashion and Costume: The Victorian Age (volume 6)*. Hove: Bailey Publishing Associates Ltd., 2005, p.38.
② Michael Carter, *Fashion Classics from Carlyle to Barthes*. Oxford · New York: Berg, 2003, p.130.
③ Jayne Shrimpton, *Victorian Fashion*. Oxford: Shire Publications Ltd, 2016,p.7.

（三）渐趋模糊的阶级区隔

19世纪以前，服饰具有鲜明的阶级特性。上流社会男女服饰奢华、色彩绚烂，喜欢佩戴贵重珠宝。平民百姓没有经济能力配置这样的服饰行头。贵族服饰主要由私人裁缝手工缝制，价格不菲。普通百姓难以支付一件做工精良、质地上好的衣服。通过服饰可以迅速判断一个人家境是否优渥，属于什么社会阶层，服饰具有将家产穿在身上的效果，体现了贫富分化的两极。到了维多利亚时期，随着纺织业技术的进步，服装价格大幅下调，加之二手服装市场兴盛等原因，精美服饰不再是贵族等上流人士的专属物品，广大民众也有能力购买物美价廉的服饰，下层平民也有可能穿得像贵妇绅士，阶层间出现了服饰的僭越。通过服饰来判断一个人的阶级属性和社会地位变得困难，服饰的阶级区隔日渐模糊。仅仅通过服饰判断一个人的身份地位变得困难，判断的标准转变为对着衣人的语言、动作、教养和服装配饰等方面全方位的考察和细微方面的判断。

二、维多利亚时代各时期的服装流行样式

总体上，男性服饰款式简洁，色彩暗沉单一，强调利落、庄重的男性特色。女性服饰繁杂绚丽，层层叠叠，包裹身体，禁锢行动，但同时注重形塑女性的曲线，突出细腰、丰胸与性感的S型身材。

根据莎伦·索贝尔（Sharon Sobel）对维多利亚时代男女服饰流行款式的调查，"在维多利亚时代，合适的绅士装束是外套、背心和长裤三件套，这种风格一直延续至今。然而，不同场合有不同风格的外套，如诺福克短外套（Norfolk Jacket）（通常是长及膝盖的裤子或灯笼裤）专为打猎、骑马和其他的运动或乡村的活动而设计，燕尾服晚上穿，双排扣常礼服（The Frock Coat）和大礼服则是白天的职业服装。男士便装短上衣（the Sack Coat）则适于更随意的场合。"[1]

"维多利亚时代，女士紧身胸衣（bodice）的改变主要体现在袖子的形状和腰

---

[1] Sharon Sobel, *Draping Period Costumes: Classical Greek to Victorian.* New York and London: Focal Press, 2013, p.174.

线的位置——其实就是裙子的大小和形状反映了时尚的快速变化。"①萨姆·雷克（Sam Lake）认为维多利亚时代女性服饰的流行款式主要分为两个大的阶段，1837—1870 年为早期阶段，"裙子具有优雅、端庄的特点。裙子领口很高，宝塔袖，腰围很细，裙子下摆很长并且呈圆顶状。帽子装饰鲜花。"②1870—1901 年是维多利亚时代的晚期阶段，"裙子前部变得更平滑，而后部突起。用裙撑（bustle）这种贴身衣来维持这种形状。"③她还注意到维多利亚时代晚期另一股新的服饰时尚风气，即以唯美主义文学家王尔德为首的"一群艺术家和知识分子拒绝这种已经确立的时尚。男士们穿休闲夹克和马裤。女士们穿粗体印染图案的宽松长袍。这就是'唯美'风格的服饰"。④这股文艺思潮的兴起源于抵制当时盛行的中产阶级文化观念，他们反感一切以经济、功利等为目的的追求，提倡生活艺术化，为艺术而艺术。

三、维多利亚时代服装特色成因分析

多方面的影响造就了维多利亚时代独具特色的服饰。社会结构嬗变引起的男女服饰显著的性别分野，该时期保守的伦理道德观念，发展迅速的纺织业技术，知识分子为形塑社会文化掀起的文艺思潮，19 世纪后期体育运动的兴起，人们娱乐活动的改变，女权意识的觉醒以及"新女性"群体的出现，是其中一些重要的原因。

（一）社会结构嬗变

维多利亚时代，服饰为什么出现了显著的性别分野？社会结构嬗变是其主要原因。贵族阶级渐趋没落，中产阶级地位逐渐上升。与贵族阶层不同，由于没有世袭财产，中产阶级的财富往往是自己白手起家、努力奋斗获得。他们在工业革命的进程中脱颖而出，经济地位不断上升，随之要求更高的政治地位和

① Sharon Sobel, *Draping Period Costumes: Classical Greek to Victorian*. New York and London: Focal Press, 2013, p.188.
② Sam Lake, *Victorian Fashion*. London: Usborne Publishing Ltd., 2013, p.2.
③ Sam Lake, *Victorian Fashion*. London: Usborne Publishing Ltd., 2013, p.2.
④ Sam Lake, *Victorian Fashion*. London: Usborne Publishing Ltd., 2013, p.3.

社会地位。

工业革命带来的显著变化是，随着中产阶级地位的不断上升，他们信奉的价值体系也受到推崇。中产阶级普遍信奉男主外、女主内的社会分工模式。"工业革命期间，性别的差异在公共和私人领域变得越来越大"，[①] 这种社会结构变化以及男女新的社会角色分工带来了男女服饰的变化。恩特维斯特尔注意到，"男性对装饰的放弃和女性对着装越来越多的修饰形成了鲜明的对比，尤其是维多利亚时代，用花边和丝带修饰似乎达到了一个新的鼎盛时期。"[②] 皮特·克里斯普（Peter Chrisp）认为，维多利亚时代中产阶级和上流阶层妇女因有仆人打理一切而无需劳作，"她的角色就是扮演丈夫和父亲的'最重要的装饰品'。"[③] 这种看法与凡勃伦（Thorstein B Veblen）所说的炫耀性消费的观点一致。凡勃伦如此解读该时期男女服饰的特色："英国男性更多地在家庭之外的公共领域工作，妇女则越来越囿于家庭或私人领域。维多利亚时代的服装顺应了这种区分：男性的服装颜色暗沉，素雅实用，而女性的服装则休闲笨重，颜色绚烂。"[④] 加之贵族阶级繁复华丽的服饰在充满变革的维多利亚时代极为不便，服饰的革新已不可避免。逐渐占社会主导地位的中产阶级也需要通过服饰与贵族阶级和下层平民进行区隔，于是确立了服饰审美的新风尚。男性服饰统一以黑灰等暗色系为主，式样简洁舒适。中产阶级女性则囿于家庭的狭小天地里，充当克里斯普和凡勃伦所说的展示男性财富的被动角色，穿戴炫耀家业的华丽服饰。

（二）维多利亚时代保守的伦理道德观

突出女性婀娜体态、同时又严密遮盖女性身体的绚丽又保守的服饰生动体现了维多利亚时代的矛盾性特点。

---

① Joanne Entwistle, *The Fashioned Body: Fashion, Dress and Modern Social Theory*. Second edition. Cambridge: Polity Press, 2015,p.155.

② Joanne Entwistle, *The Fashioned Body: Fashion, Dress and Modern Social Theory*. Second edition. Cambridge: Polity Press, 2015,p.156.

③ Peter Chrisp, *A History of Fashion and Costume: The Victorian Age (volume 6)*. Hove: Bailey Publishing Associates Ltd., 2005,p.8.

④ Sean Purchase, *Key Concepts in Victorian Literature*. Shanghai: Shanghai Foreign Language Education Press, 2016, p.25.

维多利亚时代尊崇保守的伦理道德观，鼓励勤劳节俭，支持理性节制。受此观念影响，社会风气极为保守，并影响到人们生活的方方面面。这种保守的观念尤其体现在女性的服装上，强调服装的遮裹，繁复层叠，将女性身体包裹得严严实实。该时期充满矛盾的维多利亚时代风尚（Victorianism）对于英国人来说非常重要。"它是复杂的——有时诚挚、精干、沉着、高尚，有时则沾沾自喜、养尊处优、随遇而安、俗不可耐；有时宽容大度、独立自主、诚实无欺，有时则武断专横、随声附和、虚饰伪善。它会热情地追求英雄的和美丽的事物，或者习惯于物质主义和实利主义。"[①]这种矛盾性也体现在女性的着装上。中产阶级和上流社会的女性一方面充当男性的炫耀性工具，服饰绚丽奢华，引人注目，一方面她们得尊崇保守的伦理道德观念，服饰层层叠叠，从头到脚遮盖身体。

皇室一直是时尚的风向标，譬如法国的凡尔赛宫数个世纪以来就一直引领欧洲诸国的服饰时尚风潮。英国皇室的服饰时尚也一度主导了英国民众的服饰偏向。由于"皇室家庭代表了整个帝国家庭生活的最高道德标准"[②]，维多利亚女王和其丈夫阿尔伯特亲王都提倡努力工作，节俭勤勉，因为"英国的皇室旨在节制而不是鼓励挥霍"[③]，女王夫妇都反对奢华俗艳的服装，两人保守的着装风格对英国民众的着装也产生了很大影响。

（三）日新月异的纺织业技术革新

英国的工业革命率先在棉纺织行业进行。纺织机器的发明与不断完善改变了以家庭为作坊的传统手工生产方式，大大提升了纺织品产量。"1829年，批评家卡莱尔在《爱丁堡评论》上撰文指出：'在各个方面，有血有肉的工匠都被赶出他的作坊，让位给一个速度更快的、没有生命的工匠。梭子从织工的手

---

① （美）克莱顿·罗伯茨、（美）戴维·罗伯茨、（美）道格拉斯 R. 比松：《英国史》（1688 年 – 现在）（下册），潘兴明等译，北京：商务印书馆，2013 年，第 267 页。

② Caroline Goldthorpe, *From Queen to Empress: Victorian Dress 1837-1877*. New York: The Metropolitan Museum of Art, 1988, p.7.

③ Iris Brooke and James Laver, *English Costume from the Seventeenth Through the Nineteenth Centuries*. New York: the Macmillan Company,1937,p.222.

指间掉落,落入到穿梭更快的铁指当中。'"①由于纺织业技术革新,印花、漂白、染色等工艺得到发展和改进。纺织新技术提升了民众对服饰的审美要求,蕾丝、花边等服饰加工工艺也有了长足的发展。

纺织业系列机器的发明和改进掀起了一场纺织业革命。1733年,兰开夏的机械师凯伊(John Kay)发明了飞梭,织布效率提高了1倍。织布效率的提高加大了对棉纱的需求量,造成了布与棉纱之间的供需失调。机器加快了织布速度,传统的手工纺纱技术难以及时提供足够的棉纱,造成"纱荒"。1764年,哈格里夫斯(James Hargreaves)发明了手摇纺纱机,并以女儿的名字命名,这就是历史上著名的珍妮纺纱机。生产工效随之提高了15倍。这种机器的优点是体积小,方便搬运,容易普及。缺点是需要靠人力转动机器,纺的纱较细,容易折断。随着市场需要的扩大,现有的机器越来越难以满足生产需要。1768年,木匠海斯发明了水力纺纱机,因为没有申请专利,随后被钟表匠阿克莱特(Richard Arkwright)仿制成功并申请了专利。水力纺纱机纺出的纱较粗并且坚韧结实,改进了棉纱较细易断的缺点。该机器用水力代替人力作动力,是纺织业的一个重大进步。1771年,阿克莱特在德比附近的克隆福德建立了英国第一座棉纱厂,这也标志着英国的纺织工业开始进入到机器大工业时期。1779年,工人克隆普敦(Samuel Crompton)结合了珍妮纺纱机与水力纺纱机的优点,制成了骡机(The spinning mule),可以推动300~400个纱锭,纺出的纱细密而牢固。

纺纱系列机器的应用和改进大大提高了棉纱的产量和质量,于是纺纱与织布之间出现了新的不平衡,织布技术滞后。为了调节供需,急需改进织布机技术。1785年,工程师卡特莱特(Edmund Cartwright)发明了水力织布机,织布工效提高了40倍。他于1791年在曼彻斯特建立了第一家织布厂。随着纺织行业工艺的不断改进和市场需求量的逐步增加,以水力为机器动力受到地点和季节的限制,越来越显示出其局限性,需要方便实用的大功率发动机。瓦特根据前人的成果,对蒸汽机进行改良,经过刻苦努力和不断实践,于1782年发明

---

① 杜君立:《现代的历程:一部关于机器与人的进化史笔记》,上海:上海三联书店,2016年,第311页。

出性能较为优良的复合式蒸汽机，工业革命自此进入了蒸汽时代。"蒸汽机解放了压在大工业身上的束缚，完成了从手工生产向大机器生产的重大飞跃"[①]，机械化生产和使用突破了自然条件的限制，向更加宽广的领域迈进，大大加速了工业革命的进程。

纺织业、航海业、运输业、采矿业、冶金业、造纸业等工业部门都受惠于蒸汽机的发明。纺织行业的机械化催生了或改进了更多的纺织技术，出现了净棉、梳棉、漂白、印染等纺织工艺。技术革新降低了生产成本，丰富了服饰种类，服饰的大批量生产和价格下调成为可能。服饰行业的巨大变化诚如戈德索普（Caroline Goldthorpe）所说，"19世纪早期服装的简单裁剪和印染棉布让位于奢华的丝绸和丰富多样的服装款式。这是一个充满变革的时代，19世纪40年代发明了缝纫机，苯胺或合成染料的出现使服装颜色比以往任何时候都要明丽绚烂。"[②]以染料为例，1856年以前，服装的染料取自植物、昆虫、矿物、贝类等自然界的物品，自然染料极为昂贵。比如，17,000条胭脂虫仅仅能提取28克的红色染料。如果受到光照和清洗的话，衣服极易褪色。[③]1856年，一位化学专业的学生威廉·佩尔金（William Perkin）试图研制治疗疟疾的药物，实验失败，却无意中发明了一种人工染料。他将这种亮紫色的染料称为"苯胺紫"（mauveine）。此后，丰富的人工染料不断被开发出来。人工染料不易褪色且成本极其低廉，很快风靡于服装市场，这为该时期流行绚丽多彩的服饰创造了很好的条件。

（四）文艺思潮的影响

社会文艺思潮为服饰风格的多样化存在和发展提供了文化基础。以18世纪的法国为例，当时的法国服饰以奢侈、繁复、华丽、精致为主要特色。这股奢华的服饰潮流由凡尔赛宫廷主导。路易十五的两个著名情妇蓬巴杜夫人和杜

---

① 刘秦：《发明家与发明》，北京：现代出版社，2017年，第47页。

② Caroline Goldthorpe, *From Queen to Empress: Victorian Dress 1837-1877*. New York: The Metropolitan Museum of Art, 1988, p.11.

③ Peter Chrisp, *A History of Fashion and Costume: The Victorian Age (volume 6)*. Hove: Bailey Publishing Associates Ltd., 2005, p.22.

白丽夫人是其中的代表性人物，服饰极尽奢华。她们的后继者、路易十六的王后玛丽·安托瓦内特在服饰上的花销更是有过之而无不及，她热衷于不断开发新的服饰时尚。譬如王后发明的高耸发型极度夸张。头发中掺入大量假发，发髻上有花样繁多的装饰品，花草动物、楼台庭园、军舰等模型都可安然安插在头上。传闻为了让头上的鲜花长时间保鲜，会将盛水的花瓶隐藏在头发里。发型高度有时达到令人瞠目结舌的程度，与人的身高齐平，人脸处于中间的位置，这类夸张的发型不易打理，让人行动极为不便，却吸引女士们纷纷仿效。由王后引领的这股服饰奢靡浮夸之风，一度左右宫廷和整个法国的时尚风潮，甚至走出国门，影响到其他欧洲国家。直至今日，王后的着装依然是人们乐于谈论的话题。与此并存的，法国社会当时还流行另一股女性服饰时尚风气，"这种新风尚的代表人物是卢梭"。① 与这股流行的浮夸风相对，卢梭提倡女性的服饰应简洁、宽松、舒适，强调服装应适应身体曲线的自然之美。他的代表作《爱弥儿》《新爱洛漪丝》就借人物之口对当时的服饰风尚进行了批判，书中塑造的理想女性人物，她们的服饰都简洁清新，淡雅朴素，让人赏心悦目。作者以欣赏之情，评价《爱弥儿》中苏菲的服装："她的衣服又简朴又淡雅；她所喜欢的不是那种花花绿绿的衣服，而是合身的衣服。"② 尽管服饰的流行有极其复杂的原因，但不可否认，以卢梭为代表的文艺界人士确立的服饰审美标准在一定程度上发挥了很大作用，引领了另一股时尚风潮。

19 世纪，英国的文艺思潮大致经历了前期的浪漫主义，中期的现实主义以及后期的唯美主义几个主要阶段。服饰的流行风尚竟然与文艺思潮倡导的理念有某些不谋而合之处。与其说这种现象是巧合，还不如说文艺思潮反映并积极参与流行文化的构建。

英国浪漫主义文学肇始于 18 世纪后期，19 世纪初期是其鼎盛阶段。开创者为罗伯特·彭斯和威廉·布莱克。彭斯从苏格兰民歌中吸取大量养分，诗歌注重个人感情的抒发，热情奔放，真挚感人，语言富有音乐性，朗朗上口，平

---

① 汤晓燕：《革命与霓裳：大革命时代法国女性服饰中的文化与政治》，杭州：浙江大学出版社，2016 年，第 71 页。

② （法）让－雅克·卢梭：《爱弥儿》（下卷），李平沤译，北京：商务印书馆，1996 年，第 589 页。

实通俗。布莱克想象奇特，诗歌不拘一格、清新奔放，句子简单含义深沉，诗歌具有宗教性、哲理性与革命性等特色。浪漫主义诗人们热爱大自然，诗歌表现出对乡村、大海和动植物的喜爱。他们也注重内心感受，诗歌表现了自己强烈的感情和独特的人生价值观。他们还对抗社会黑暗，表现出争取自由和民主的进步思想。19 世纪初期，服饰相对宽松舒适，款式简洁自然。女性甚至弃用了束缚身体的紧身胸衣。这种服饰特点与该时期的浪漫主义思潮追求的理念有诸多契合之处。进入维多利亚时代，经济发展迅速，社会繁荣加剧，人们受功利主义思想影响，热衷于物质财富的追求。许多文学文化批评家在作品中如实反映社会现实，关注繁华背后出现的诸多社会问题，并试图提出改革的良方。批判现实主义文学兴起。服饰体现了该时期的功利性特点，女性往往充当展示男性财力的角色，服饰繁复华丽，层层叠叠。随着英国的日渐富足，女性服饰越加奢华夸张，裙子厚重闷热，给女性带来了诸多不便和痛苦。

从 19 世纪 50 年代开始，女性的裙子逐年变得宽大。"包括僵硬和垫着马毛的衬裙，女性的衬裙达到了 12 层之多。"[①] 与此相对，19 世纪后期，英国出现了"唯美主义"思潮。唯美主义批评家反对资产阶级的唯利是图，也反对现实主义文学强调道德教育的观点，试图让文学祛除其"功用"目的，还原文学的"本质。"他们认为，文学应该注重审美，追求单纯的美感，让人感观愉悦，而非某种道德说教。为艺术而艺术，美才是艺术的本质，主张生活应该模仿艺术，让生活艺术化。这种思想在他们的着装上也有所体现。"唯美主义拒绝维多利亚服装改革运动主张的道德和社会目的。"[②] 代表性人物王尔德着装极具特色，喜欢将自己打扮得花枝招展。皮草、织花锦缎、夸张领结、灯笼裤、法兰绒西装、女性化服饰、紧身半筒袜成了形容王尔德着装的常用词汇。这种带有反叛性质，突出个性的着装风潮也给社会带来了一定的影响。

此外，19 世纪后期，体育运动兴起以及女权意识的觉醒也带来了服饰的革新。女性能到户外参与各项体育活动，户外体育运动催生了相应的服装。女权

① Peter Chrisp, *A History of Fashion and Costume: The Victorian Age (volume 6)*.Hove: Bailey Publishing Associates Ltd., 2005, p.14.

② SB Jeffrey, ed. *Clothing and Fashion of the Victorian Era*. Outskirts Press Inc., 2016, p.149.

意识的觉醒也促进了服饰的变革，禁锢身体、让人难以活动的服饰被抛弃，女性转而青睐解放身体、让人舒适的服饰。

第三节　狄更斯的服饰观

狄更斯在作品中塑造了众多栩栩如生的人物，其独特的服饰叙事在塑造人物方面的作用功不可没。比如学者朱虹就认为："他书中的许多人物都是家喻户晓的典型，读者仅凭他们的服饰、手势、口头语等就能辨认出来。"[①]然而，相对于汗牛充栋的狄更斯作品研究，其独具特色的服饰描写研究却一直处于被忽略的状态。

狄更斯的服饰观散见于其演讲和小说的人物刻画中。通过人物服饰，他表达了独特的服饰审美观，认为服饰应该和谐整洁。他也关注到服饰与人物性格和身份之间的关系，认为服饰应该与人物的性格和身份相符，人如其衣。他还对维多利亚时代以貌取人的现象进行了嘲讽批判，借助服饰针砭时弊，惩恶扬善。归结起来，他的服饰观大致可分为整洁和谐、表里如一、勿以貌取人和善恶有报。

一、整洁和谐

《董贝父子》中善良热情的图茨先生非常注重仪表整洁，他曾说，"只要条件许可，我就要把自己尽量地打扮得整整齐齐、干干净净，把靴子擦亮，我觉得这是一个人应有的责任。"[②]图茨的服饰观念准确地表达了狄更斯独特的服饰审美理想，他小说中几乎所有正面人物的服饰都具有整洁和谐的特点。

《雾都孤儿》的布朗洛先生是正面人物的理想代表，是救助奥利弗的恩人。他首次登场"这位老绅士看起来非常体面，脸上搽了粉，戴着金丝边框眼镜。他身穿黑色天鹅绒领子的深绿色外套和白色裤子，腋下夹着一根漂亮光洁的竹

---

① 朱虹：《爱玛的想象》，南京：南京师范大学出版社，2012年，第155页。
② （英）查尔斯·狄更斯：《董贝父子》，王僩种译，上海：上海三联书店，2015年，第847页。

手杖。"① 简单的外貌描写却透露了许多信息。金丝眼镜是知识分子形象,暗示这位先生有学识涵养。衣服是天鹅绒质地,上好的布料意味着有一定经济地位。这位先生穿白色裤子,在西方国家,白色具有圣洁、高雅、和平、纯洁的含义,这种极不耐脏的颜色也意味着他不用亲自劳作,有专人为他清洗。而手杖几乎是当时绅士的标配。呈现在读者眼前的是一位着装整洁、打扮得体的中年绅士。布朗洛先生的管家贝德温太太"穿戴得整洁干净、精心细致"。② 奥利弗的另一位恩人梅利太太,"着装极为考究、整饬。"③ 这几位人物都是帮助奥利弗脱离困境的恩人,人品高尚,服饰干净,着装得体。

《双城记》里的银行职员洛瑞先生也是一位好人,踏实稳重,真诚善良,助人为乐,在危难时能够坚持原则与底线,冒着生命危险为马奈特医生一家提供过很多帮助。他是一位六十岁的绅士,"正正规规地穿着一套棕色衣服,衣服已经很旧,但保管得非常好。"④ "他看上去整整齐齐,有条不紊……他的棕色长袜既光洁又服帖,质地很好。他的鞋子和搭扣虽然普通,但很整洁。……他的衬衣虽没有袜子那么精细,却白得如同打在附近沙滩上的波峰,或者像远处海面上阳光照耀下闪闪发亮的点点白帆。"⑤ 洛瑞的装扮虽没有前两位考究,但和他们一样有一个共同点:干净整洁。作者还一再对此进行了强调。洛瑞的棕色外套虽旧,但干净整洁。衬衣、袜子、鞋子无一例外,都干净整洁。从头到脚,从内到外,所有服饰都干干净净。文中一再重复强调洛瑞服饰的干净,其实相当于也强调了洛瑞人品的纯洁无瑕。

此外,狄更斯作品中几乎所有理想人物的服饰都具有整洁和谐的特点。除了上面提到的人物,《双城记》中的马奈特医生、达内、露丝小姐,《荒凉山庄》的萨摩森小姐等,无不具有如此特点。

---

① Charles Dickens, *Charles Dickens: Five Novels*. New York: Barnes &Noble, 2010,p.54.

② Charles Dickens, *Charles Dickens: Five Novels*. New York: Barnes &Noble, 2010,p.62.

③ Charles Dickens, *Charles Dickens: Five Novels*. New York: Barnes &Noble, 2010,p.150.

④ Charles Dickens, *The Shorter Novels of Charles Dickens*. Hertfordshire: Wordsworth Editions Limited,2005,p.634.

⑤ Charles Dickens, *The Shorter Novels of Charles Dickens*. Hertfordshire: Wordsworth Editions Limited,2005,p.634–35.

二、表里如一

狄更斯还用"人如其衣"来表达服饰与人物性格身份相符的观点。

《雾都孤儿》的中产阶级、救助奥利弗的好人布朗洛先生和梅利太太仁慈善良，服装考究得体，让人赏心悦目。通过服饰就能判断他们的性格和身份。布朗洛先生的朋友格里姆威格和他同属一个阶级，但是他的服饰就有所不同，看起来不太和谐，而是有点怪异。他使用的不是和布朗洛先生一样的漂亮竹手杖，而是一根粗拐杖。服饰的整体搭配有点滑稽，颜色杂多。外套是蓝色的，背心是条纹的，裤子和绑腿是本色布颜色。戴的是绿色帽檐的宽边白帽。除了颜色花哨，他也不注意细节。"一条编成很细小辫子的衬衫饰边从背心里伸出来；一条很长的钢表链在背心下面松散地晃荡着，表链末端除了拴着一把钥匙之外什么也没有。他的白色围巾末端扭成了一个橘子般大小的小球。"①杂多的颜色加上不拘小节的随意搭配，刚好契合格里姆威格奇怪的性格。

《远大前程》中的乔是皮普的姐夫，一位淳朴憨厚的铁匠，为人本分，重情重义。乔平时身穿朴素的工作服。为了去贵妇郝薇香小姐家看望皮普，穿了套礼服。可是在皮普眼里，乔穿上礼服便拘谨不安，简直就是活受罪，"他穿着工作服看起来要好得多。"②又一次，乔前往伦敦看望发迹后的皮普。为了与皮普当下的身份相配，乔特意打扮了一番。只是换装后的乔极不自在，洋相百出。临别他如此告诫皮普：

> 以后你再也不会看到我穿这些衣服了，倒不是因为我傲慢，而是因为我想自在。我穿了这身衣服就不自在。我走出了打铁间，走出了厨房，离开了沼地，就不自在。只要你一想起我的一身铁匠打扮，手里拿着铁锤，或甚至拿着烟斗，你就不会看我这样不顺眼了……③

---

① Charles Dickens, *Charles Dickens: Five Novels*. New York: Barnes &Noble, 2010,p.75.

② Charles Dickens, *The Shorter Novels of Charles Dickens*. Hertfordshire: Wordsworth Editions Limited,2005,p.1009.

③ Charles Dickens, *The Shorter Novels of Charles Dickens*. Hertfordshire: Wordsworth Editions Limited,2005,p.1106–07.

穿礼服让乔极不自在，穿上节日服装也像个稻草人，让他活受罪。而穿着工作服的乔倒是精壮利索、不失铁匠本色。"乔不能应对文明，衣服提供了最明显的例子。除了工作服，他穿任何服装都不自在。除了乡村和铁匠铺，他待在任何地方都不舒服。"[1]不难看出，这些人物的服饰描写，都突出了人如其衣，服装要和人物性格身份相符的观点。

贼窝首领犹太人费金有着乱蓬蓬的红头发，法兰绒长袍肮脏油腻，脖子裸露，一无修饰。通过服饰判断，费金的阶层可知大概，不属于中上阶级，也不属衣不蔽体的下层贫民。衣服肮脏不合体，但是质地款式不错。最有可能应该是盗贼群体。《董贝父子》的董贝西装革履，笔挺的西装以及上浆的衬衣领子与董贝机械死板，不苟言笑的性格相得益彰。而哐当作响的沉重金表链则透露了董贝经济实力雄厚又张扬傲慢的性格。

三、勿以貌取人

资产阶级登上历史舞台之初，贵族阶层便通过颁布系列禁奢令，防止下层阶级在服饰上与上层阶级"以假乱真"，通过维护服饰在外观上对社会等级的区隔以维护捍卫自己的社会地位。早在1337年，英格兰议会就颁布了第一条抑奢法，之后的数个世纪，英国政府数次颁布相关法令，涉及繁复的服饰使用条款，对服饰进行严格管制。服饰的颜色、质地的使用权限都与不同的社会等级联系起来。

到了19世纪，社会结构嬗变，贵族阶级逐渐式微、资产阶级日益强大已成不可扭转之势，服饰的相关律令已然无多大效用。在阶层之间的权力变更、纺织业发展、经济水平的提高等诸因素作用之下，各阶层之间通过服饰进行阶层"僭越"的情况日益普遍起来。通过服饰判断着衣人的阶级属性变得不那么容易。服饰的阶级区隔日渐模糊，服饰的匿名性越来越突显。

---

[1] Harold Bloom, *Charles Dickens's Great Expectations*. New York: Chelsea House Publishers,2005, p. 74.

工业革命的发展催生了各种行业，大批人群涌入城市寻找机会，加剧了城市化的进程。城市化发展增加了人与人之间见面的机会，通过服饰快速判断陌生人属于何种阶层往往是最有效的途径。但是阶层之间服饰的"越界"现象以及服饰本身具有的匿名性和欺骗性特征又让服饰识人的方法不甚可靠。在功利主义思想的影响下，整个社会对金钱趋之若鹜。用金钱打造的良好外在形象往往成了人们判断人物好坏的标准。

这种"衣貌取人"，重视外在形象，轻视内在品性的识人法常为狄更斯所诟病，文本中多有体现。《荒凉山庄》的特韦德洛普老先生追随摄政时代的时尚，游手好闲，专注于修饰自己的外表，残酷剥削家人以维持自己着装方面的惊人花销。而他因为一副绅士行头的装扮总是给人留下极好的印象。小说中的众多人物都被迷惑了，只有萨摩森小姐头脑清醒。该小说叙事手法独特，全知叙述者和人物叙述者交替叙述。巧妙地通过人物萨摩森的视角观看特韦德洛普老先生，并一针见血地指出了这样的食利者本质："他只不过是风度的化身，除此之外，什么也不像。"[①] 加上权威叙述者的权威评价，反讽效果更突出，批判意味也更明显。

最典型的例子莫过于《雾都孤儿》和《远大前程》。在《雾都孤儿》一书中，作者用不少笔墨对服饰具有的欺骗性特点进行批判，甚至在序言里也对此着力强调。第一章主要讲述奥利弗的诞生地和出生时的情况。叙述者通过包裹奥利弗的毛毯引发了"衣着的威力有多大！"[②] 的感慨。因刚刚包裹奥利弗的毛毯是新的，最势利、最目中无人的陌生人要区分他到底是贵族还是平民的子女都颇为困难。但是因为包裹的衣物一再使用变得泛黄破旧，他的社会地位就立刻通过服饰显露出来，立刻受到大家的唾弃和鄙视。贫穷成了罪过，这是一个世态炎凉的社会。序言里狄更斯曾用嘲讽的语气对服装与德行的关系进行调侃：

---

① （英）查尔斯·狄更斯：《荒凉山庄》，张生庭、张宝林译，广州：花城出版社，2015年。第210页。

② （英）查尔斯·狄更斯：《雾都孤儿》，黄水乞译，北京：中央编译出版社，2015年。第3页。

马萨罗尼①太太因为是一位身穿短衬裙和化装服饰的女士，便成了舞台造型上人们争相模仿的对象，被绘成石版画印到优美的歌本上。可是穿棉布裙廉价围巾的南希②就不被人看重。德行一见到臭袜子便掉过头去，而邪恶与丝带和有点华丽的服饰结了婚，像已婚女士那样改个姓，便成了浪漫故事，这实在太奇妙了！③

　　从这段文字中，读者看到，狄更斯不仅对以貌取人，将人的德行和着装联系起来的社会现象进行了嘲讽，他甚至认为，光鲜亮丽的外表之下往往潜藏着丑恶的灵魂。通过济贫院教区执事邦布尔的服饰，叙述者对服饰的欺骗性或服饰引起的"马太效应"做了一番评论。因职位变更，从牧师助理沦为济贫院普通人员的邦布尔着装随着命运的变更而变更。以前镶有精致花边的外套和威风的三角帽被朴素的衣服和普通的圆帽代替了。叙述者还将批判范围扩展到了众多职业，对陆军元帅、教堂主教、律师等人员进行了批判。这些人的"尊严，甚至还有神圣，超乎人们的想象，有时更多是关乎外套和背心的问题。"④作者通过服饰的批判，对道貌岸然，穿着精致官服却不为民办事的腐败官员们进行了揭露和批判。

　　《远大前程》是狄更斯后期的代表作品，在该部作品里，他的批判范围更广，批判更深刻。囚犯米格韦契因着装寒碜破烂，仪态举止粗俗往往被世人误解。法院也根据他的着装进行误判，他常常被判重刑。而另一囚犯康佩生，尽管所犯罪行罄竹难书，但衣着光鲜、相貌俊俏、谈吐不凡、举止文雅，是大家眼中彬彬有礼的"绅士"，蒙蔽了法官的眼睛，因而常常逃过了法律的制裁，并且在外形的掩护下继续从事罪恶的勾当。米格韦契是一位值得人同情的穷苦孤儿，为了活命被迫偷盗，一次在赛马场与康佩生相遇而彻底沦为其利用的工具。莽撞的米格韦契意气用事地与诡计多端的康佩生、腐败的法律和冷漠的社

① 原文 Massaroni（马萨罗尼）似为 Macoroni（马卡罗尼）之误，指 18 世纪醉心于仿效欧洲大陆派头的英国少年。译者注。
② 《雾都孤儿》的一名女性人物，因生活所迫沦为盗贼，后改邪归正。
③ （英）查尔斯·狄更斯：《雾都孤儿》，黄水乞译，北京：中央编译出版社，2015 年，序言第 3 页。
④ Charles Dickens, *Charles Dickens: Five Novels*. New York: Barnes &Noble, 2010,p.187.

会进行争斗，却在不断的争斗中罪行越发严重。最后，被发配至澳大利亚的米格韦契通过勤劳发了大财，跻身富贾行列。饱受社会伤害的米格韦契没有选择享受荣华富贵，而是将自己辛苦所得用于全力打造皮普，欲将他打造为表里如一的真正的绅士。狄更斯通过精心的人物设计和巧妙的形式结构，对以貌取人的社会进行了深刻批判。未受制裁的坏人，缺乏头脑的大众，腐朽的法律体系，冷漠的社会等都纳入了作者的批判范围。

四、善恶有报

在狄更斯笔下，服饰还能惩恶扬善，具有因果报应的特点。狄更斯通过服饰叙事传达了自己的伦理道德观，表达了好人有好报、恶人有恶报的愿望，实现了服饰的"理想的正义"。恶人服饰由好变差，或始终脏乱，不合体、不美观。好人服饰由差变好，或自始至终合体美观。

《雾都孤儿》的邦布尔先生任教区执事时，服饰很精致，外套镶嵌着精美的花边，有威风凛凛的三角帽和手杖。因作恶多端，最后沦为济贫院平民。服饰质量也急转直下，穿的是普通朴素的外套马裤，手杖没有了，三角帽也没有了。服饰的变换也喻示了人物命运的变换。邦布尔的夫人，济贫院总管，刻薄的科尼太太三个长抽屉里"塞满了各种各样款式时尚、质地上乘的衣服"[1]。沦为贫民后，"他们俩身上都包裹着破旧的外套"[2]。邦布尔夫妇显著的服装变化明显具有善恶报应的特点，两人命运的急转通过服饰就能清楚了解。

彻头彻尾的坏蛋，贼窝头子比尔·赛克斯的服饰描写明显体现了恶人有恶报的特点，服饰随着他的作恶多端而每况愈下。最初出现在读者面前的赛克斯服装虽然脏乱，但是全套装备齐全，上衣是黑色的粗天鹅绒，马裤是灰色的斜纹布，穿着系带的半高筒靴子和灰色的棉长袜，外加一条围巾装饰。从头到脚，整体搭配还算完整。第二次出场时，上衣不再是天鹅绒，布料是棉绒，质地档次有所降低，穿着半高筒靴和长袜，但只穿着一条黄褐色短裤。着装不如以前

---

① Charles Dickens, *Charles Dickens: Five Novels*. New York: Barnes &Noble, 2010,p.140.
② Charles Dickens, *Charles Dickens: Five Novels*. New York: Barnes &Noble, 2010,p.194.

了，搭配比较怪异，棉绒外套搭配短裤，短裤的黄褐色颜色也显得不那么和谐，有点突兀。杀死南希后，亡命天涯的赛克斯最后出现在读者眼前的形象是：眼睛凹陷，双颊深陷，瘦弱不堪。脸的下半部用手帕遮住，脑袋用手帕扎起来再戴上礼帽。这里叙述者只突出了赛克斯的手帕和帽子，可以推断，在逃亡途中，他的衣服早已残破不堪，不值一提，随身携带的普通手帕成了最主要的服饰。对外貌进行客观描述后，全知叙述者以毋庸置疑的权威口吻断言，"这正是赛克斯的幽灵。"[①] 很明显，赛克斯在逃亡途中备受精神和肉体的折磨，早已不成人形，也预示了他已走投无路，离末日不远。果然，故事的结尾，赛克斯将绳索系在窗户上，试图做最后的挣扎，拼尽全力逃生时，却被绳索套住脖子，戏剧性地自取灭亡。通过前面的分析，作品中的好人，布朗洛先生、梅利太太、露丝小姐等心地善良之人服饰始终考究体面，或如奥利弗、沃尔特等人，随着命运转机，服饰逐渐好转，变得得体考究，服饰生动体现了因果报应的特点，作者欲通过服饰惩恶扬善、实现社会的公平正义的创作理想可见一斑。

本研究从静态和动态两个方面对"服饰"一词进行界定。静态方面，关注服饰包括的衣服配饰等内容，还包括了与服饰相关的纺织、女红、机械等活动内容。动态方面，注重服饰背后的文化现象，服饰体现的社会关系，服饰反映的政治经济文化等动态因素。充满变革的维多利亚时代的服饰极具特色，社会结构变化、纺织业技术发展、殖民贸易兴盛、文化思潮的影响等因素合力作用，该时期服饰色彩多样，款式和质料丰富。服饰也出现了明显的性别特征，女性服饰华丽繁复，装饰性强，男性服饰简洁素朴，重在突出精神风貌。服饰淡化了阶级特征，阶级区隔越加模糊。狄更斯关注繁盛时代蕴含的危机，通过服饰叙事巧妙传达伦理道德观念，表达了好人应有好报，恶人应受惩罚的善良愿望，通过服饰叙事针砭时弊，为读者构筑了一个公平正义的美好社会。

---

① Charles Dickens, Charles Dickens: Five Novels. New York: Barnes &Noble, 2010,p.265.

第二章　狄更斯的服饰叙事功能

　　狄更斯的作品享有盛誉，但也不乏批判之声，这一点尤其体现在一些评论家对他的作品叙事手法的质疑上。斯蒂芬（Sir James Fitzjames Stephen）在分析《双城记》时，评价这部作品稀奇古怪，"人们似乎很难想象在狄更斯先生的存货之中，还有比所展销的这种结构更为笨拙、更为松散、花哨而庸俗的货色了。"[①] 亨利·詹姆斯和特洛特普（Anthony Trollope）也毫不留情地对他的创作进行批判。利维斯（Frank Raymond Leavis）影响深远的论著《伟大的传统》将乔治·艾略特、亨利·詹姆斯、约瑟夫·康拉德等作家纳入讨论，却将狄更斯排除在外。当然随着认识的深入，利维斯在后期研究中重新估量了狄更斯的重要作用和意义，这是后话。著者认为，狄更斯的作品具有持久的影响力，很大程度上应归功于他会讲故事的高超技巧。"作者从来就不应说教。即使是在有明显道德或哲理目的的故事中，也永远不应露骨地说教。"[②] 布拉德伯里（Nicola Bradbury）在《狄更斯与小说形式》[③] 一文中，就系统分析了狄更斯在叙事技巧方面的卓越表现。布鲁姆（Harold Bloom）在代表性论著《西方正典：伟大作家和不朽作品》中列举了包括但丁、乔叟、莎士比亚、塞万提斯、蒙田、莫里哀、弥尔顿、约翰逊、歌德、华兹华斯、奥斯汀、惠特曼、狄金森、狄更斯、艾略特、托尔斯泰、易卜生、弗洛伊德、普鲁斯特等在内的 26 位欧美经典作家，狄更斯赫然在列。布鲁姆从欧美众多作家中挑选出狄更斯也说明了他在西方文

---

① 罗经国：《狄更斯评论集》，上海：上海译文出版社，1981 年，第 26 页。

② （英）马克·柯里著：《后现代叙事理论》，宁一中译，北京：北京大学出版社，2003 年，第 25 页。

③ Nicola Bradbury, "Dickens and the Form of the Novel, " John O. Jordan.ed.*The Cambridge Companion to Charles Dickens*. New York: Cambridge University Press, 2001,p. 152–166.

学中的经典地位。这些文学现象从一个侧面反映了狄更斯叙事技巧具有的争议性以及他在文学界的重要地位。笔者认为，服饰叙事在狄更斯作品的经典化过程中发挥着不同寻常的作用，体现了作者高超的叙事技巧。本章将从服饰描写与人物塑造、服饰叙事与情节发展以及服饰的映衬功能几个方面逐一展开讨论。

第一节 服饰描写与人物塑造

狄更斯的作品人物刻画栩栩如生，人物形象经典难忘。在塑造人物时，他往往不是从人物的内心世界来表现人物性格，而是从人物的服饰、举止、语言、所处环境等维度入手。本节将以叙事学家凯南和申丹的相关观点为依据，重点分析《雾都孤儿》和《董贝父子》的服饰描写对人物塑造的作用，并对狄更斯惯常采用的服饰叙事模式进行归纳。

叙事学家里蒙·凯南（Shlomith Rimmon-Kenan）认为直接定义与间接表征是小说人物塑造的两种基本方法，直接定义通过形容词、抽象名词或部分言语等表现人物性格特征；间接表征不直接提到人物特征，而是通过不同的方式展示，通过具体例子让读者推导人物性格的方法。[1] 具体而言，即通过人物行动、语言、外貌、环境或通过名字、风景、不同人物间的类比来表现人物性格。其中服饰在人物外貌描写中占有重要地位，通过服饰描写作者能更好地刻画人物特征、传达特定信息，读者也能更好地把握人物性格、领悟文本传达的意义。

《西方叙事学：经典与后经典》一书举了一些例子对此进行说明：如威拉·凯瑟（Willa Cather）《啊，拓荒者！》（O Pioneers!）的女主人公身穿男士大衣透出英武之气，向读者透露了她特立独行的坚强个性。作者"重点突出人物在外貌和着装方面的个性化特征，为故事即将展示的独立女性形象做了有效的铺垫"[2]。《三国志通俗演义》认为叙述者对吕布出场着装的细致描述强调了这位战将"在

---

[1] Shlomith Rimmon-Kenan, *Narrative Fiction: Contemporary Poetics*. London: Routledge, 2002, p.61.
[2] 申丹、王丽亚：《西方叙事学：经典与后经典》，北京：北京大学出版社，2010年，第63页。

装束方面的富贵气派,突出吕布张扬的个性和行为特征"①。鲁迅先生为了塑造一个具有农民的质朴和愚蠢,又沾了些游手好闲之徒的狡猾的阿Q形象,就曾强调:"只要在头上戴上一顶瓜皮小帽,就失去了阿Q,我记得我给他戴的是毡帽。这是一种黑色的、半圆形的东西,将那帽边翻起一寸多,戴在头上的;上海的乡下,恐怕也还有人戴。"②鲁迅对阿Q戴什么帽子的选择倾注了极大热情,是经过仔细考虑的。他笔下众多令人印象深刻的人物服饰同样令人难忘,如祥林嫂的白头绳,闰土的银项圈,孔乙己的破旧长衫绝不是鲁迅的一种随意行为,而是在人物服饰的选择上高度重视,匠心独运,从中可看出服饰在刻画人物性格,表现人物个性特征方面的重要作用,也可感受到服饰在经典作家作品中的重要性不容小觑。位于经典作家之列的狄更斯,作品中的人物服饰同样令人印象深刻。

伊格尔顿(Terry Eagleton)曾说,狄更斯"迷恋人物外貌,在他的小说中,可以通过人物的鼻子、背心、靴子、膝盖、怀表、演讲的方式或特殊的步态对人物进行定义。"③伊格尔顿肯定了狄更斯作品中服饰对人物塑造的作用,狄更斯的作品人物众多却特色鲜明,让人记忆深刻,这与他善于巧妙地给不同人物着衣有很大关系。

一、《雾都孤儿》的服饰描写与人物塑造

《雾都孤儿》重点描绘了盗贼群体、中产阶级和特权阶层的服饰,突显了服饰叙事在人物塑造、情节功能以及权力表现方面的作用。狄更斯对特权阶层服饰的白描式描绘,突出了服饰的鲜明特征与象征意义,旨在表现统治阶级的残暴腐朽;对盗贼群体的服饰描写,或详或略,或详略结合,突出服饰对人物性格的衬托和人物身份处境的揭露,如实展示盗窃群体混乱危险的生活,旨在发挥文学对人的警示教化作用;对中产阶级的服饰,或详写、或评论,欣赏之情跃然纸上,服饰成了人物道德高尚、品格完美的象征。

---

① 申丹、王丽亚:《西方叙事学:经典与后经典》,北京:北京大学出版社,2010年,第63页。
② 鲁迅:《朝花夕拾》,北京:北京时代华文书局,2016年,第191页。
③ Terry Eagleton, *The English Novel: an Introduction*. Oxford: Blackwell Publishing Ltd., 2005, p.103.

　　狄更斯没有对特权阶层的服饰作整体描绘，而是选取部分服饰反复提及，突出服饰的权力标志以表现特权阶层的飞扬跋扈。济贫院董事会的一位成员"穿白背心的先生"让人印象深刻并满怀憎恶。在西方国家，白色普遍具有纯洁善良、诚实公正、高尚优雅的含义。文中没有只言片语对其长相、性格或心理活动作任何描述或评论，甚至人物的名字也没有，但重复25次之多的简单称呼"穿白背心的先生"以及他对孤儿奥利弗的恶毒诅咒形成了鲜明的对比，突出了衣服的洁白与心地的阴暗，巧妙地勾勒了一个昏庸狠毒、为虎作伥的官僚形象，在读者心中占据了显著的位置。

　　文中反复出现济贫院牧师助理邦布尔先生的手杖和三角帽，通过服饰与动作的描写展现了邦布尔恃强凌弱、以权压人的形象。到济贫院视察、遣送奥利弗和日常的工作和生活中，手杖和三角帽仿佛给了邦布尔无边的权力，是其颐指气使的道具，也是作者竭力嘲讽的对象。其权力的变更竟也通过其服饰的变化来重点表现。很多时候，"时装是一种可以用来争取权力和声望的重要工具。"[①]邦布尔无疑很好地利用职业服装突出自己的威望和权力。后来，不再是牧师助理的邦布尔镶着花边的外套不见了，那顶让他威风凛凛的三角帽被朴素的圆帽取而代之。叙述者有感而发，难免感叹讥讽一番：

　　　　生活中有些高位，除了它们本身带来的物质利益外，其特殊的价值和尊严还跟与之有关的外套、背心之类的衣着有关。陆军元帅拥有他的制服，主教拥有他的绸围裙，律师拥有他的绸长袍，牧师助理拥有他的三角帽。剥去主教的围裙、牧师助理的三角帽和饰带，他们是什么人呢？人，只是普通人而已。尊严，甚至还有神圣，与其说是一些人的想象，不如说是外套、背心等衣着赋予他们的。[②]

　　邦布尔的太太脾气暴躁、喜怒无常，常令他颜面尽失、难堪不已。在长久的忍受后他终于与妻子发生了"男人的特权就是发号施令"，女人的特权就是"服

---

① （美）珍妮弗·克雷克：《时装的面貌》，舒允中译，北京：中央编译出版社，2000年，第43页。
② （英）查尔斯·狄更斯：《雾都孤儿》，黄水乞译，北京：中央编译出版社，2015年，第291页。

从"的争执。在争辩与对抗中他不忘利用服饰来给自己助威。"说完这些轻松的幽默话后，邦布尔先生从衣帽钩上取下他的帽子，潇洒地歪戴在头上，如一个觉得已经得体地维护了自己的优势的人那样，双手插进衣袋，悠然自得地朝门口走去，脸上的表情显得从容和滑稽。"① 狄更斯突出了邦布尔的帽子，通过他穿戴衣饰的动作和神态，生动地突出了他的性格特征，画面感扑面而来。

对盗贼群体的服饰描写，详略结合，注重服饰与人物性格和身份的关系，如实展示盗贼的混乱生活，旨在警示教化读者和民众。作者在序言中就明确告诉读者，窃贼在日常生活中没有华丽的服饰，没有刺绣，没有花边，没有军人的长筒靴，没有绯红色的外套和褶裥饰边，没有自古以来"江湖豪客"曾经拥有的那种洒脱和自由。② 这也从一个侧面反映了狄更斯对当时流行的美化盗贼群体服饰的读物进行了批判。他在序言中进一步阐明了自己如实描写窃贼服饰的态度："尽管在许多小说里对这显赫的一批人的服饰着力加以描述——是本书的意图的一部分，因此，我没有向读者隐瞒'蒙骗者'上衣有破洞，或者南希的乱蓬蓬的头发上有卷发纸的事实。"③ 丹纳（H.A. Taine）在分析狄更斯的作品时，认为他的小说都可以归结于"行善和爱"，认为小说传递了这样一种观点："千万不要伤害那些在一切情况下，不管他们穿戴什么服饰，在一切时代里都茁壮成长着的脆弱的心灵。"④ 联想到南希等人的善良本性，丹纳的分析不无道理。

同样在序言里，作者对其他作家书里描写盗贼衣着光鲜、生活潇洒、引人羡慕的生活状况作了批判，提醒读者盗贼短暂的光彩生活最终会以悲惨结局收场，警示读者不要误入贼窝、误入歧途。⑤ 在此我们能明显感觉到，作者旨在通过服饰描写，真实再现盗贼的混乱生活，以警示读者的教育意图。

小说对贼窝首领、教唆犯费金、改恶从善的女贼南希的服饰进行了略写，

① （英）查尔斯·狄更斯：《雾都孤儿》，黄水乞译，北京：中央编译出版社，2015年，第293页。
② （英）查尔斯·狄更斯：《雾都孤儿》，黄水乞译，北京：中央编译出版社，2015年，序言第3页。
③ （英）查尔斯·狄更斯：《雾都孤儿》，黄水乞译，北京：中央编译出版社，2015年，序言第3页。
④ 罗经国：《狄更斯评论集》，上海：上海译文出版社，1981年，第41–42页。
⑤ （英）查尔斯·狄更斯：《雾都孤儿》，黄水乞译，北京：中央编译出版社，2015年，序言第1页。

而对机灵的蒙骗者、少年惯偷杰克·道金斯以及南希的恋人，彻头彻尾的坏蛋、残暴的赛克斯的服饰进行了详写，尽管手法不一，却生动表现了人物的性格特征。

机灵并且盗窃手段高超的蒙骗者杰克·道金斯首次出现在奥利弗面前时，帽子草草歪戴在头顶上，仿佛随时都会掉下来。他一副少年的模样，却身穿大号的成年男性外套，下摆长及脚后跟，袖口挽至手臂。身穿灯芯绒裤，双手插在裤袋里。一个身穿不合体的成年绅士服装的少年惯偷形象生动地出现在读者眼前，通过他的服装可以判断，这套服装行头极不合身，应该是偷窃而来。他威风狂妄、自负狡猾，这套不合体的成年装束显示出他在社会的大染缸中浸润已久，少年老成，更反衬出初到大城市的奥利弗懵懂朴实，单纯无知。也从一个侧面反映了当时社会的复杂性和对青少年的毒害。

贼窝里最残暴狠毒、常对费金破口大骂的赛克斯身材矮胖，穿黑色粗天鹅绒上衣和脏兮兮的灰色斜纹布马裤、系带的半高筒靴子和灰色的棉长袜。长袜裹住了两条粗壮的大腿，小腿肌肉隆起。头戴褐色帽，脖子围着一条杂色的脏围巾。喝酒时用破损长围巾的一角将溅到脸上的啤酒抹去。服饰装配齐备，布料质地不错，显然赛克斯貌似绅士的装束，但服装的肮脏、着衣人的粗鲁举止以及整体的不和谐暴露了其身份地位。

叙述者以厌恶的口吻如此描述贼窝首领、诡计多端的教唆犯费金的服装："他那邪恶可憎的表情和令人厌恶的面孔被浓密又乱作一团的肮脏红头发遮蔽着。他穿着一件油腻腻的法兰绒长袍，颈前部裸露着。"[①] 一次盗窃失败后，处境艰险的费金精神紧张，时刻处于煎熬状态，蜷缩着身子，紧裹大衣，紧扣纽扣，衣领盖住耳朵和下半张脸去找同伙赛克斯商量对策。费金的外貌描写，让读者意识到贵为贼窝首领的费金日子也并不好过，服装油腻腻，头发蓬乱，显然生活混乱无序，随时处于惊慌状态，不能好好享受窃来之物；由于做贼心虚，出门需用服装掩饰身份以防随时被警局逮捕；没有任何尊严，被同为窃贼的赛克斯任意辱骂。即便费金有个盛满珍贵珠宝名表的小盒子，也只能偶尔偷偷地

---

① Charles Dickens, *Charles Dickens: Five Novels*. New York: Barnes &Noble, 2010,p.48.

拿出来独自欣赏一番又迅速收藏起来，唯恐被人发现而经常惶惶然。

对比之下，作者对中产阶级的理想代表布朗洛先生和梅利太太的服饰或详写，或评论，欣赏之情跃然纸上。着衣人的气质修养、个性品味、社会地位等都可通过服饰描写作最为直观的判断解读。请看布朗洛先生首次登场时的服饰："那位老先生看起来非常体面，脸上搽了粉，戴着金丝边框的眼镜。他身穿衣领是黑色天鹅绒的深绿色外套和白色裤子，腋下夹着一根漂亮的竹手杖。"[①] 叙述者首先通过外貌告知读者布朗洛先生非常体面，接着详写服饰如何表现体面。"非常体面"一词具有解释和评价的作用，按照凯南的看法，"这种解释与其说是间接的人物塑造，不如说是掩饰的定义（disguised definitions）。"[②] 脸上涂粉和使用漂亮的手杖在当时的上层阶级颇为流行，是身份地位的象征。"闪闪发亮的黑漆皮鞋、洁净无瑕的亚麻布服装、光泽夺目的圆柱形礼帽和挥洒自如的手杖极具魅力，足以增强一位绅士原有的尊严。这些服饰明显暗示了着衣人不可能插手到需要直接和立刻用到体能的行业。"[③] 金丝眼镜预示了主人的文化涵养，衣服上好的天鹅绒质地以及和谐的颜色搭配都突出了着衣人的体面讲究、卓然不群。有产者的仆人们也能间接体现主人的经济实力和身份地位，如凡勃伦所说的代理性消费。因此女管家贝德温太太也穿戴得整整齐齐、一丝不苟。

中产阶级的另一理想代表、年事已高的梅利太太精神十足，腰板挺直。叙述者眼中的她穿着极为考究，身穿旧式和对流行品味稍作让步的古怪的混合服装，并评论这种让步与其说削弱了旧风格的效果，不如说怡人地加强了这种风格。显然，尽管上了年纪，梅利太太依然特别注意着装，紧跟时尚潮流，深谙穿衣之道，注重个人形象的塑造，讲究生活的质量与品味。一位身家丰厚、精神矍铄、着装别致、品味独特、令人心怡的女性形象生动出现在读者眼前。

---

① （英）查尔斯·狄更斯：《雾都孤儿》，黄水乞译，北京：中央编译出版社，2015 年，第 71 页。

② Shlomith Rimmon-Kenan, *Narrative Fiction: Contemporary Poetics*. 2nd edition. London: Routledge, 2002, p.68.

③ Thorstein Veblen, *The Theory of the Leisure Class*. New York: Oxford University Press, 2007, p.113.

二、《董贝父子》的服饰与人物形象

1848 年出版的《董贝父子》通过叙述董贝公司的兴衰史，展现了资本主义社会金钱至上、人情淡薄的现实，也展示了一幅资本主义社会的众生相：唯利是图、傲慢自大的资本家董贝，阳奉阴违的董贝公司的经理卡克尔，生活落魄却乐观坚强、助人为乐的船长内德·卡特尔，贫穷但孩子众多，相亲相爱的小保罗的奶娘土德尔一家，还有众多性格迥异、社会地位不同的人。服饰描写生动展现了各阶层的人物形象。狄更斯对四类人群的服饰描写颇具特色：骄傲自大的资本家、善良淳朴的下层阶级、趋炎附势的群体以及反抗社会习俗的女性。

文中有多处对大资本家董贝的服饰描写，代表其财富的黄金表链和强硬自负的僵硬衣领数次被强化，人物视角的转换加剧了这一形象。董贝首次登场时，恰逢儿子出生。这桩喜事让他激动不已，不停用手拨弄挂在胸前的"沉重的金表链，使之叮当作响"[①]，上衣纽扣闪闪发光。文中以全知叙述者的视角和口吻两次提到董贝拨弄金表链。接着借用董贝女儿弗洛伦斯的视角，描述了董贝蓝色的上衣和笔挺的白色领带，接着叙述者评价性地说道，"加上一双嘎吱作响的皮靴和发出很大嘀嗒声的表构筑了她心目中的一个父亲形象"。[②]金表链突出了董贝的经济实力，无意识搬弄金表链的动作突出了董贝对金钱的崇拜和傲慢自负。而女儿眼中通过服饰构筑的父亲形象又表现了董贝与女儿关系的疏远和对家人的冷漠无情。

斯库顿夫人的服饰采用了略写加评论的方法。斯库顿夫人在文中具有贵族渊源，虚荣势利，滑稽可笑，她的着装特色与性格匹配。叙述者注意到她的手帕香味极其浓烈，并对她别扭的着装加以讽刺性评论，一位非常做作、肢体语言和着装打扮与年龄极不相称的年老女性的形象跃然纸上。后续的诙谐性描写进一步突出了这种形象。"外出时她戴了那顶绯红色丝绒帽……而那天风又大，它疯疯癫癫地直想从斯库顿头上逃跑，怎么也不能叫它就范。……她头上的假

---

① （英）查尔斯·狄更斯：《董贝父子》，王僴种译，上海：上海三联书店，2015 年，第 1 页。
② Charles Dickens,*Dombey and Son*.Ware:Wordsworth Editions Limited,2002,p.7.

玫瑰又不停地颤抖起来，仿佛救济院里满屋的西风残叶。"[1]帽子和头上的假玫瑰花都用了拟人化的写法，"疯疯癫癫""逃跑""就范""颤抖"等描绘人物的词语用在斯库顿夫人的服饰上，更加剧了滑稽感和讽刺意味，更加突出了人物形象和性格。

而善良淳朴的卡特尔和图茨的服饰，作者采用了迥异的叙事手法。叙述者用简略的语言一再重复船长卡特尔的帽子，强化了帽子的符号作用。详写图茨的服饰，并通过图茨的心理活动来表现其性格特点。卡特尔第一次出现在读者眼前时，作者没有告知名字，而是详写他的装束。卡特尔是一位绅士模样的人，穿着宽大的蓝色衣服，衣领粗大得像小型船帆。右手握着铁钩，左手拿着布满疙瘩的手杖。脖子松松垮垮地围着黑色丝手帕。还有一顶硬邦邦的光亮的帽子。这些装扮当然不是绅士的标配，衣服宽大不合体，衣领型号夸张，手握的铁钩和满是疙瘩的手杖更不是绅士的配饰。但是叙述者首先就告知他是绅士模样的人，通过故事的进展和后续描写，作者似乎在告诉读者，不要以貌取人，对比衣着光鲜，一派绅士装束的董贝和经理卡克尔，卡特尔船长才是真正的绅士。详细描述了他的着装后，叙述者明确告知读者："他的确是一位饱经风霜的海员。"[2]前面所提到的绅士装束其实是海员的装束。这位船长最引人注目的服饰就是"那顶硬邦邦、油光光的帽子。"此后，卡特尔船长的帽子在文中重复出现，不断被强化。作者通过船长无处不在的帽子和船长使用帽子的方式突出了其性格特征。船长首次出场时全知叙述者已对船长下了定论，他是绅士，是一位饱经沧桑的海员。而后，船长出现在任何场合，手上都拿着或戴着那顶从来没有变换的帽子。帽子突出了船长大大咧咧、不拘小节、勤劳朴实、助人为乐的性格特点，沧桑的经历反衬出他的坚强乐观，叙述者对他是一名绅士的评价突出了他的良好品行。

"重复"是狄更斯惯用的服饰叙事手法。《大卫·科波菲尔》中，希普太太的编织意象重复出现，具有编织罗网，用心险恶的象征意义。《双城记》中，

---

① （英）查尔斯·狄更斯：《董贝父子》，王僩种译，上海：上海三联书店，2015年，第573–74页。

② Charles Dickens, *Dombey and Son*. Ware:Wordsworth Editions Limited,2002,p.43.

德发日夫人的编织、仆人普罗斯小姐一身通红的服饰、银行职员洛瑞先生的棕色衣服以及革命者"戴蓝帽子的工人"的服饰在文中高频率出现。德发日夫人的编织意象贯穿全书，不断重复的编织意象突出了她对贵族阶级的刻骨仇恨以及复仇到底的决心。普罗斯小姐一身红色的装束通过洛瑞的视角呈现。装束与性格的反差也在洛瑞与她的交往中逐渐清晰起来。洛瑞的服装除了描写加评论的手法，更多是通过普罗斯小姐的重复称呼"那位穿棕色衣服的"进行强调，突出洛瑞可敬可爱的形象。《荒凉山庄》中德罗克夫人的面纱，《远大前程》里郝薇香小姐的婚纱以及乔大嫂插满针的围裙等也采用了重复手法，反复强调服饰的某个显著特点，突出服饰的符号作用。

图茨先生深爱董贝小姐，他对服饰特别在意的态度间接体现了他对这份爱的珍视。作者详写图茨的服饰和其心理活动来表现他的性格。以下的描述生动表现了图茨的性格。

> 图茨先生衣服上纽扣林立、珠宝闪烁，晚会的气氛使他如痴如醉。他和博士握了握手，向布林伯夫人和布林伯小姐鞠了一躬，便把保罗拉到一边问道："您看我这一身打扮怎么样，董贝？"
>
> 但是，尽管有这么一点淡淡的自信，图茨先生还不敢断定：总的来讲，他背心上最底下的纽扣是扣上还是不扣上更合乎体统；在对周围的环境重新冷静地审察之后，他衣服的袖口是往上卷起还是放平，哪种更好，他也无法决定。当他看到费德先生的袖口是往上卷起来的，于是图茨先生也把他的袖口放平了。来的人越来越多，背心上的纽扣，不仅是底下的，而且还是最上面的，扣与不扣的方法也千差万别，各有不同，因此图茨先生的手指不断地摆弄着衣服上的这件东西，仿佛在弹奏一种乐器，他似乎觉得这样不停地操作是非常左右为难的。①

文中常常用白描手法写伊迪丝小姐的服饰，或详写、评论她对服饰的态度和处理方式，通过服饰突出她勇于挑战男权社会，反抗不合理的社会习俗的性

---

① （英）查尔斯·狄更斯：《董贝父子》，王僴种译，上海：上海三联书店，2015年，第215页。

格特点。第四章"服饰叙事与社会反抗"一节会有详细解读，在此忽略。

三、狄更斯的服饰叙事模式

通过以上分析，狄更斯的服饰叙事模式主要可归结于三种：

模式一：描写 + 评论；

模式二：重复；

模式三：白描。

"描写 + 评论"模式中，或详写加评论，或略写，外加评论。《雾都孤儿》中的奥利弗、布朗洛先生、梅利太太、教区执事邦布尔的服饰，《董贝父子》中的斯库顿夫人、董贝、卡克尔、史托克小姐等人，《双城记》中洛瑞、马奈特医生等人，《远大前程》中的皮普、郝薇香小姐、乔以及乔大嫂的服饰就采用了这样的模式。"重复"法意在突出服饰的符号作用，如以上所讨论的例子。白描法则略貌取神，重在突出人物的性格和内在品性。

这三种服饰叙事模式当然不能将天才作家狄更斯的所有服饰叙事模式进行全部囊括，但却在一定程度上代表了他最常用的几种模式。这些服饰叙事模式也不是截然对立或分开，有交叉使用现象。狄更斯作品的人物形象众多却形态各异，令人过目难忘，他灵活多变并独具特色的服饰叙事手法在其中功不可没。

第二节　服饰叙事与情节发展

狄更斯的服饰叙事除了塑造生动的人物形象外，还有助故事情节的推进或跳转，并蕴含善恶二元对立的深层情节结构。《雾都孤儿》的手帕、《双城记》中的编织意象和革命者的服饰具有推动故事情节发展的作用。《雾都孤儿》中蒙克斯的斗篷则让故事情节跳转，制造悬念，具有很强的戏剧性效果。若以格雷马斯（Algirdas Julien Greimas）关注故事情节深层结构的方法加以对照，狄更斯的服饰叙事常常蕴含善恶二元对立的深层情节结构。

一、情节的推进

手帕在推进《雾都孤儿》的故事情节时发挥了重要作用。在济贫院出生并艰难长大的孤儿奥利弗被济贫院打发去了棺材铺。不堪忍受棺材铺老板夫妇以及工作伙伴的折磨，冒险独自逃往伦敦。到了靠近伦敦的巴尼特小镇时，已是奄奄一息，颓然坐在街边的台阶上。少年惯偷杰克·道金斯过来搭讪，招待奥利弗饱餐一顿，并引诱他前往伦敦，因为"我认识那里住着一位体面的年老绅士，他将免费为你提供住宿。"①对饥饿难忍，走投无路的奥利弗来说，这是天大的喜事，也是他当时能够活下来的唯一选择。于是他一路跟随道金斯来到位于伦敦贫民窟的贼窝。

手帕在这段经历中具有推进故事情节的功能。初进贼窝，还未见到贼窝首领费金时，奥利弗便听到他在整理手帕的信息。费金为什么整理手帕？奥利弗对此感到迷惑，读者的好奇心因手帕而勾起。叙述者在此不经意提及手帕，但有意保留手帕的重要信息，相当于运用了伏笔的写法，也可说运用了凯南所说的制造悬念的"延缓"方法。"延缓就是在文本中应该传达信息的地方没有传达，而是保留到以后的阶段传达。"②接着奥利弗和费金在道金斯的帮助下第一次见面，奥利弗看到，费金的注意力集中在煎锅和挂满了许多丝质手帕的晒衣架上，感到困惑不解。作者利用人物视角巧妙地引发了读者的疑问，不禁跟着蒙在鼓里的奥利弗一样，对费金专注于手帕的行为深感奇怪，欲一探究竟。紧接着费金与奥利弗开始了首次交谈，并提到了奥利弗充满好奇老是盯着的手帕。虽还不明就里，但读者能隐隐感到奥利弗与数次提到的手帕必然有某种联系，手帕也在读者的心中占据了一定的位置。后来，手帕在一系列事件中相继出现，比如外出盗窃归来的贝茨掏出四条手帕、费金与同伙们玩的偷手帕游戏以及费金诱导奥利弗偷手帕等系列事件，都为奥利弗后来参与偷窃布朗洛先生的手帕做了充分的铺垫。可以说，通过这一系列手帕事件，故事情节一步步向前发展。

---

① Charles Dickens, *Charles Dickens: Five Novels*. New York: Barnes &Noble, 2010,p.47.

② Shlomith Rimmon-Kenan, *Narrative Fiction: Contemporary Poetics*. 2nd edition.London: Routledge, 2002, p.129.

其实，如果读者有所留意的话，在第三章，手帕作为伏线就已经首次出现了。济贫院的孩子们每天喝的丁点儿稀粥令他们饥饿难耐，大家商量通过抽签的方法，决定谁第二天去向大师傅要求再给点粥。奥利弗抽到了签。第二天他恐慌地对胖墩墩的大师傅提出"对不起，先生，我还想要一点"[①]的请求时，在济贫院引起了轩然大波。为了惩罚奥利弗犯下的大错，董事会根据他身形瘦小的特点，一致决定让他离开济贫院，跟随从事扫烟囱生意的甘菲尔德先生，专事扫烟囱。董事会里，"穿白背心的先生"最恶毒，一再诅咒奥利弗会被绞死。全知叙述者以讥讽的口吻评论，若奥利弗对他的预言有点敬意，会用手帕将自己吊死。但是这一简单的行动却极难实现，"因手帕系明显的奢侈品。"[②]手帕在这里的作用貌似不甚明显，让读者误认为是富于激情的狄更斯的任意发挥，与故事发展无甚关联。直到后来的系列手帕事件出现，读者才恍然大悟：作者早已在此处埋下了伏线。手帕起到了推动故事情节一步一步向前发展的作用，大大地增强了故事的戏剧性和趣味性。

《双城记》是狄更斯后期的作品，发表于1859年，是一部以法国大革命为背景的长篇历史小说，"双城"指的是巴黎和伦敦，故事就在这两个城市之间切换。小说揭露了贵族阶级的残暴统治和腐朽堕落导致了不可避免的法国大革命，也对革命者的狂热和非理性行为深感忧虑，对统治阶级和革命党人双方都表示了质疑和批判。德发日夫人的编织以及革命派成员修路工的蓝帽子对推动故事情节发展起到了重要的作用。

故事的梗概如下：18年前的一个深夜，事业正蒸蒸日上，在巴黎声名鹊起的年轻绅士马奈特医生外出散步，突然被劫持到某贵族府邸出诊。原来是显赫的厄弗瑞蒙德侯爵家族，此行是为一位少妇治病，他了解到了发生在侯爵府里的黑暗内幕：侯爵兄弟看中了当地一位美丽的农家少妇，抢夺、霸占少妇并将她的丈夫折磨致死，使少妇身心受到极大摧残。少妇的父亲悲愤而死，她的弟弟前来报仇，也被侯爵家人所杀。少妇此后变得癫狂。马奈特医生无法医治好

---

① Charles Dickens, *Charles Dickens: Five Novels*. New York: Barnes &Noble, 2010,p.18.

② Charles Dickens, *Charles Dickens: Five Novels*. New York: Barnes &Noble, 2010,p.19.

她的病，不久，少妇去世。目睹真相的马奈特医生满腔悲愤，出于正义与良知，向当局递交了一封控告信，不料信却落入侯爵手里。为了掩盖真相，侯爵兄弟凭借贵族享有"空白逮捕令"的特权，将马奈特医生以莫须有的罪名关进了巴士底狱，长达18年。出狱后，身心饱受摧残的马奈特医生在女儿露西无微不至的关心和爱护之下，渐渐恢复了神智。厄弗瑞蒙德侯爵家族的查尔斯·达内是一位有良知的青年，对自己家族所犯下的各种罪行深感痛苦不安，对那些遭到自己家族伤害的无辜百姓感到万分愧疚，对贵族阶层压榨穷苦大众的行径十分厌恶，毅然与家族决裂，从巴黎来到伦敦自谋生路。命运安排，达内与露西相爱结婚。德发日夫人是被侯爵伤害的少妇的妹妹，厄弗瑞蒙德家族对她们家的残酷迫害使她对贵族阶层充满了仇恨，变得日益坚强起来，一直寻找机会复仇。法国大革命让她有机会逐步实施自己的复仇计划，并在岁月的流逝中成了一名武断冲动、残酷无情的复仇者。

德发日夫人的编织意象贯穿全书，无处不在，并推动故事情节不断向前发展。德发日夫妇在巴黎最贫穷的圣安东尼区经营一家酒店，酒店就是商讨革命计划，进行革命活动的据点。编织意象出现之前，发生了这样一件事，送到酒店的一大桶酒在酒店门前摔破了，引发了周围人的哄抢，出现了一副令人惊心动魄的画面：

　　　　附近的人都停下手头的活儿，或停止闲逛，全都跑到出事地点来喝酒。街道上的石头高低不平，参差不齐，四散满地，一个人可能会想，它是存心要把所有走近的生物都弄残废。这些石头把地面上的酒筑成了一个个小酒池。按照尺寸大小，每个酒池都挤满了数目不等的抢酒喝的人群。有的男人跪在地上，双手捧起酒来啜饮，或者趁酒还没有从指缝间流尽时，捧给从他们肩上伸过头来的女人吮吸。其他的男男女女，用破陶杯在酒洼里蘸着，甚或扯下女人的头巾去蘸，然后使劲挤干，让酒滴进婴孩的嘴里；为了不让酒流失，有的人用泥巴筑起了小小的堤坝。有的人听从在高处窗子里观看的人的指挥，东奔西跑，忙着阻隔那些涌向新方向的涓涓细流。也有人专注于被酒浸透的酒桶碎片，起劲儿地舔着，甚至陶醉地啃嚼起那些被酒沤烂的木桶碎片。这里没有排水沟，酒不会流走，不仅所有的酒都被吮吸干净，而且许多烂泥也被一并吸干吃下，仿佛这条街有个食腐动物似的，假如熟悉这条街道的人相信有那样神奇的存在的话。[①]

    贫民们疯狂抢食葡萄酒的事件透露了贫民们食不果腹的悲惨状况。血红的葡萄酒染红了周围的一切，一个男人蘸着和着泥的酒浆，在一堵墙上写了个"血"字。革命来临前"山雨欲来风满楼"的征兆清楚地呈现在读者眼前。紧接着叙述者断言"这种酒洒在街道的石头上，许多石头上的酒污渍变得血红的时日，就要到来了。"[②] 这句不带感情色彩的客观评论无形中更加剧了革命即将来临的紧张气氛。跟随着叙述者的眼光，从店外到店内，看到了酒店老板德发日的太太，她端坐在柜台后面，身材粗壮，"有一双好像不太在意任何事却什么都不放过的眼睛。……编织活就在她面前，但她却将编织放下，用一根牙签剔牙。"[③] 这是文中第一次出现有关编织的描写，酒店门口贫民哄抢地上的酒的画面，德法日夫人"什么都不放过的眼睛"与貌似无甚关联的服饰意象——编织相继出现，编织显得更为特别，很容易引起读者留意。接下来，出现了一系列编织意象，德发日夫人"心态平和、非常镇静地开始她的编织活，并全神贯注于其中。"[④] "德发日太太手指灵巧地编织着，眉毛一动也不动，好像什么也没看见。"[⑤] "好像什么也没看见"与前面"什么都不放过的眼睛"形成对照，暗示专注于编织的德发日夫人其实一切都尽收眼底，事态的发展逃不过她的眼睛。

    编织意象再次出现是在侯爵老爷进城的时候。侯爵的马车横冲直撞，撞死

① Charles Dickens, *The Shorter Novels of Charles Dickens*. Hertfordshire: Wordsworth Editions Limited,2005,p.643.

② Charles Dickens, *The Shorter Novels of Charles Dickens*. Hertfordshire: Wordsworth Editions Limited,2005,p.644.

③ Charles Dickens, *The Shorter Novels of Charles Dickens*. Hertfordshire: Wordsworth Editions Limited,2005,p.646.

④ Charles Dickens, *The Shorter Novels of Charles Dickens*. Hertfordshire: Wordsworth Editions Limited,2005,p.647.

⑤ Charles Dickens, *The Shorter Novels of Charles Dickens*. Hertfordshire: Wordsworth Editions Limited,2005,p.648.

了一个小孩，他"那神气活像一位偶然失手打破某个寻常物件的绅士"①，傲慢地扔出一个金币便扬长而去。孩子的父亲沉默不言，但在这位不幸父亲的旁边，"站着一个肤色黝黑，身材粗壮的女人，正在编织。"②所有人不敢抬头看侯爵，"但是那个站着编织的女人，却坚定地抬起头，直勾勾地盯着侯爵的脸。"③人群散去后，"只有刚才惹人注目地站着编织的那位妇女，仍然以命运的坚定在编织着。"④侯爵的飞扬跋扈让胆小的民众不敢有任何表示，然而那位编织的妇女坚定无惧地与侯爵对视，可理解为民众中有人有了反抗意识，编织意象推进了革命的进程，老百姓奋起反抗的那一天终会到来。德发日夫人是侯爵罪行的见证者，目睹暴行，编织了仇恨和反抗。

侯爵在乡下时，和在城里一样，遇到的民众都低着头，逆来顺受。只有一位修路工除外。他手握着一顶蓝色的破帽子，用帽子指着马车，控诉侯爵碾死小孩的暴行。文中数次重复修路工用蓝帽子指着侯爵马车的动作。夜幕降临，他还在"借助那顶必不可少的蓝帽子……"⑤。编织意象意味着记录贵族的罪行，意味着仇恨和反抗，蓝帽子具有揭发贵族阶层的暴行，并进行控诉的象征意义。

随着革命形势的严峻，这位修路工的蓝色帽子改变了颜色，换成了代表革命的红帽子。革命队伍中很多人的服饰也变换了。酒店和街上都出现了许多戴着红帽子、三色徽、穿着革命者外套的人。这里出现的服饰与历史较为相符，明显具有法国大革命时期的服饰特点，三色徽的三种颜色指的是红蓝白三色，众所周知，蓝色、红色、白色分别代表大革命所倡导的"自由、平等和博爱"，这也是大革命时期确定的法国国旗的颜色。当时的革命者流行戴红色帽子，称

---

① Charles Dickens, *The Shorter Novels of Charles Dickens*. Hertfordshire: Wordsworth Editions Limited,2005,p.712.

② Charles Dickens, *The Shorter Novels of Charles Dickens*. Hertfordshire: Wordsworth Editions Limited,2005,p.712.

③ Charles Dickens, *The Shorter Novels of Charles Dickens*. Hertfordshire: Wordsworth Editions Limited,2005,p.712–13.

④ Charles Dickens, *The Shorter Novels of Charles Dickens*. Hertfordshire: Wordsworth Editions Limited,2005,p.713.

⑤ Charles Dickens, *The Shorter Novels of Charles Dickens*. Hertfordshire: Wordsworth Editions Limited,2005,p.717.

为"自由之帽"。这种革命服饰意象的出现进一步推进了叙事进程，暗示革命即将爆发。在叙事进程中，编织意象和蓝色帽子重复出现，服饰颜色和服装的变换，都进一步渲染了革命的气氛，服饰在叙事进程中起到了重要作用，推动故事情节不断向前发展。

德发日夫人的编织意象贯穿于故事情节发展的始终，但其头上佩戴的红玫瑰则对加剧情节发展，强化故事的节奏方面具有独特作用。相比随处可见的编织意象，玫瑰意象只出现了寥寥数次。玫瑰意象集中出现在故事的第二部分第16章"仍在编织"。在这一章中，叙述者描述德发日太太的编织比以往更用力，时不时在编织中打一个死结，就如勒死一个敌人。这里的编织意象可以理解为以德发日太太为首的革命者对敌人的仇恨加剧，革命形势变得更为严峻，感觉到战争一触即发。随后，戴上玫瑰花的德发日太太让酒店的气氛立刻改变了。顾客一看到她头上的玫瑰花，都停止了谈话，随后都溜出了酒店。刚进店的顾客看到玫瑰花，也立刻找机会溜走了。编织完毕，她摘下头上的玫瑰花后，顾客又开始放心走进店里，一切又恢复了平静。从前后所发生的系列事件判断，酒店的气氛指的是革命气氛，气氛因玫瑰花而立刻改变，这里的玫瑰花犹如马上要采取革命行动的暗号，这一点可以从顾客与往常完全不同的反映和举动来进行推断。

接下来的第17到20章没有再叙述发生在德发日夫妇身上的相关故事，而是叙述了露西与父亲谈论自己的婚事以及由此而发生在父亲身上的事情。露西家恬静的家庭生活、即将到来的婚礼与酒店和巴黎街上的革命气氛迥异，完全是两个不同的世界。第21章"回响的脚步声"，又回到了有关革命的描写，不再叙述露西恬静的家庭生活，转而叙述巴黎街道的革命者行动。现在已经不再是编织意象，德发日夫人的头上也不再佩戴玫瑰花，她将从不离手的编织工具换成了作战武器，率领狂热的革命者进攻巴士底狱，革命正式开始。革命前后穿插露西一家的故事，有效地控制了故事节奏，增强了故事的丰富性和有效性。

小说有两条主要的故事线，一条是以马奈特医生和女儿等人为代表的代表爱与善的故事线，另一条则是德发日夫妇为首的法国革命者向统治阶级和贵族复仇的故事线。若这几个章节只考虑复仇的故事线，德发日太太头上的玫瑰花在推动叙事进程、推动故事情节的发展方面就具有十分重要的作用。德发日太太长久以来的编织意象可以如此理解：仇恨经过长久的积累，终于到了要爆发的时候。第16章的编织意象和平时的编织完全不同，编织时德发日太太不断打死结，叙述者说如同勒死敌人，这里的象征意义已极为明显，仇恨到了一触即发的时候，血腥的革命即将开始。从来不戴玫瑰花的德发日太太突然在头上戴上了玫瑰花。顾客看到玫瑰花纷纷溜走，这又是一个极具象征意义的物件。故事发展到这里，读者已通过早已熟悉的不断出现的编织意象预测，接下来会发生令人惊骇的事情。果然，在德发日夫妇的带领下，法国大革命很快就爆发了。革命发生后，夫人将头上的玫瑰花摘了下来。接下来的几章，主要叙述了革命期间爱国者越演越烈的狂热行动。狄更斯让玫瑰花的意象集中出现在大革命爆发前夕的关键时刻，给读者留下了十分深刻的印象，对推动故事情节发展、增强故事的戏剧性方面起到了画龙点睛的作用。

此外，玫瑰花的含义也别有深意，值得读者品味。若进行一下历史溯源，18世纪70年代开始，法国大革命爆发之前，巴黎某些山区流行的"玫瑰节"逐渐向外传播，在当时颇有影响。"玫瑰节"主要的目的是选拔德行出众、美丽善良的未婚少女。村民们推举三位，然后再由当地领主和教堂选出当年的"玫瑰少女"。玫瑰就具有了完美无瑕、至善和高尚品行的含义，与本研究中玫瑰代表血腥的复仇含义迥异。在西方国家中，玫瑰更普遍的含义为代表爱情和浪漫，这也与本研究的玫瑰意象相去甚远。

通过以上分析，服饰在推动故事情节的发展方面起到了重要作用。《雾都孤儿》中数次出现的手帕推动故事一步步向前发展。《双城记》中编织意象频繁出现，象征革命者对贵族的仇恨和复仇的决心，并推动着故事的进程。法国大革命的萌芽、酝酿和最终爆发，都与编织、革命者服饰等元素紧密相连。可以说，撇开服饰叙事的分析，故事会变得支离破碎，故事进程的分析将极难进行。

二、情节的跳转

服饰叙事有助故事情节的推进，也有助故事情节的跳转。在《雾都孤儿》

中，为增加悬念和趣味性，作者安排奥利弗同父异母的哥哥蒙克斯神秘地出场，而每次蒙克斯出场，故事将会朝另外的方向发展，导致故事情节发生突转。作者没有描写蒙克斯的五官、身形、职业和心理活动，文中有关他的信息极少，形象神秘莫测，但却突出了代表他显著个人标志的斗篷。

第 33 章"奥利弗和他朋友们的幸福生活突然中断"，叙述的是奥利弗与梅利太太和罗斯小姐在乡下生活的日子。他们在乡下的惬意生活因罗斯小姐突然生病而中断。梅利太太焦虑万分，嘱托奥利弗火速前往小镇客栈寄信，请医生前来救治罗斯小姐。奥利弗匆匆寄信完毕，"正要转身走出客栈大门时，意外地撞在一个裹着斗篷的高个子男人身上，他正从酒店里出来。"[①] 裹着斗篷的高个男人增加了读者的好奇。他是谁？他的出现会让故事如何走向？这为后来故事情节的发展变化埋下了伏线。

第 32 至 36 章主要叙述奥利弗与梅利太太一家生活期间发生的事情，但第 37 章转而叙述济贫院邦布尔夫妇婚后的生活状况。貌似故事转变有点突兀，却是作者的有意安排。在这一章中，结婚后的邦布尔先生成了济贫院的主持人，不再是牧师助理。华丽精致的官服随之也换成了普通朴素的便服。精于计算的邦布尔当时看中了太太的财产而结婚，但婚后每况愈下的境遇让他时常处于因婚姻而将自己便宜出卖的懊恼中。加之太太也精于计算，专横跋扈，这桩本是相互之间以金钱计算、没有任何爱的婚姻让其更添烦恼。在又一次与太太吵架后，心情极度郁闷的邦布尔外出散心，为了缓解悲伤的情绪，他沿着一条又一条街道走，经过许许多多小酒店，最后在一条偏僻小路的一家小酒店门前停了下来。酒店空荡荡的，只有一个顾客，"坐在那儿的男人个子高挑，皮肤黝黑，披一件大氅。"[②] 酒店里只有邦布尔先生和披大氅的男人两位顾客，他们相互开始认识并自然而然地攀谈起来是情理之中的事。故事情节因为披大氅男人的出现而突转，两人貌似不经意的谈话与奥利弗的身世有关。这位披大氅的男人急切地打听为奥利弗的母亲接生的济贫院护士老萨利的下落。太太与老萨利熟

---

① Charles Dickens, *Charles Dickens: Five Novels*. New York: Barnes &Noble, 2010,p.172.

② Charles Dickens, *Charles Dickens: Five Novels*. New York: Barnes &Noble, 2010,p.191.

识，精于计算的邦布尔紧紧地抓住了这次赚钱机会，两人约好次日晚上见。接着邦布尔夫妇与他的进一步交往透露了奥利弗更多的身世信息。原来奥利弗的母亲死后留下一只小金盒，盒子里的金质结婚戒指刻着"艾格尼丝"的字样。奥利弗生母的名字直到此时才予以揭晓，为后来故事的发展走向做了铺垫。

至此，读者自然也会将披大氅的高个男人与奥利弗寄信时遇到的裹着斗篷的高个男人产生联想。这两位披大氅的男人是否是同一人？如果是同一人，他与奥利弗是什么关系？他为什么急于知道与奥利弗有关的一切？故事产生了一个又一个悬念，叙事进程中的不可靠因素不断增加，产生了很强的戏剧性和趣味性，吸引了读者的好奇心，不断思考故事中人物的关系和故事走向，并不断调整自己的阅读体验。这种"偶然"安排也使故事具有了结构统一性，貌似不同时空中发生的无甚关联的事件因作者的巧妙构思而在情节结构上具有了完整统一的特点，而其中，服饰的作用尤其巧妙。

三、善恶二元对立的深层情节结构

以上分析了服饰叙事的推进或跳转的情节功能。服饰叙事还蕴含善恶二元对立的深层情节结构。《雾都孤儿》和《双城记》就是典型的例子。

通常认为情节结构是故事的骨架。情节概念的发展演变经历了亚里士多德的情节观、传统情节观以及经典叙事学的情节观几个阶段。叙事情节研究的始祖亚里士多德在其美学著作《诗学》中以诗为研究对象，主要探讨悲剧与史诗。他将"情节"界定为是对"事件的有序安排"。[①] 传统情节观认为"情节"是"故事"的一部分并强调情节结构的完整性。叙事学一般将叙事作品分为"故事"层和"话语"层两个层面。"故事"是按照实际时间和因果关系排列的事件，"话语"是对素材进行的艺术加工。前者指叙述内容，后者指叙述方式。经典叙事学家不在意故事细节和具体人物，而是深入到故事的结构层，探讨故事的表层或深层结构。不同作品中的不同故事可有相同的情节。他们聚焦于人物行动，将行

① （古希腊）亚里士多德、（古罗马）昆图拉·贺拉提乌斯·弗拉库斯：《诗学·诗艺》，郝久新译，南昌：江西教育出版社，2013年，第15页。

动抽象化为功能，常忽略人物性格和读者反应。普罗普（Vladimir Propp）、布雷蒙（Claude Bremond）、格雷马斯和托多罗夫（Tzvetan Todorov）是经典叙事学情节观的代表性人物。

格雷马斯通过故事的深层结构来分析情节要素之间的逻辑关系，认为一部叙事作品相当于一个句子，表面形式结构互不相同，但具有构成作品的本质结构，即深层机构里有恒定不变的一套"叙事语法"。什么是叙事的深层结构？根据凯南的观点，深层结构和表层结构的概念来自"转换生成语法"，"故事的表层结构是横组合的，即受到时间和因果原则的支配，而深层结构是纵聚合的，以各成分之间静止的逻辑关系为基础。"[①]普罗普通过100个俄罗斯民间故事的分析，发现这些故事的内容虽然不同，但是情节的内在结构方面有许多相似之处。他将人物行动抽象为31项功能，发现承担这些功能的人物只有七种角色，这些相对稳定的角色功能构成了情节的基本构架。格雷马斯将普罗普的七种角色概括为由六个行动素组成的三个对立项：主体/客体；发送者/接受者；帮助者/反对者。他认为，"行动素"（actant）是构成情节本质要素的基本单位，"即行动在情节深层结构中的抽象意义。"[②]这种以二元对立为核心结构的分析模式"突出了行动素之间的相互对立或对应关系，揭示故事的深层关系结构。"[③]在故事事件中，一个行动素可以由几个不同的人物来体现，几个行动素也可由一个人物来体现。[④]

以格雷马斯的深层情节结构为参照，狄更斯的服饰叙事也体现了故事的深层情节结构，体现了善恶对抗的二元对立结构关系。其中，《雾都孤儿》的服

① Shlomith Rimmon-Kenan, *Narrative Fiction: Contemporary Poetics*. Second edition.London: Routledge, 2002, p.12.
② 申丹、王丽亚：《西方叙事学：经典与后经典》，北京：北京大学出版社，2010年，第48页。
③ 申丹、王丽亚：《西方叙事学：经典与后经典》，北京：北京大学出版社，2010年，第49页。
④ 关于格雷马斯深层情节结构、行动素（actant）等概念，参见申丹、王丽亚：《西方叙事学：经典与后经典》。北京：北京大学出版社，2010年，第42–51页；（美）杰拉德·普林斯（Gerald Prince）：《叙述学词典》，乔国强、李孝弟译。上海：上海译文出版社，2011年，第2–5页；格雷马斯：《结构语义学》，蒋梓骅译，天津：百花文艺出版社，2001年，第251–282页。David Herman, "Acant," Routledge Encyclopedia of Narrative Theory, ed. David Herman et. Al. London and New York: Routledge, 2005, p.1–2. Shlomith Rimmon-Kenan, *Narrative Fiction: Contemporary Poetics*. London: Routledge, 2002, p.7–30.

饰叙事颇具代表性。小说人物可以分为善恶两派。善人分为三类。第一类以奥利弗为代表。他们的服饰由破旧到体面，代表不因环境外因所左右，性本善良的一类人。第二类以中产阶级的布朗洛和梅利太太等人为代表。他们是善良人的理想代表，服饰一直体面考究。第三类是弃恶从善者。比如小偷贝茨，服饰由差变好，命运也有了转机。小偷南希代表的一类群体，服饰残破，生命终结时的洁白手帕象征南希本质的纯洁善良，以生命为代价完成了宗教意义上的救赎。意为面对强大的邪恶势力，难免有牺牲，但最终正义必胜。恶人也分为三类人群。第一类是特权阶层，服装由华丽转向普通，预示他们的命运由盛转衰，如邦布尔由济贫院总管沦为贫民。第二类重点突出了服饰的符号作用。如动辄叫嚣奥利弗要被绞死的"穿白背心的先生"。他代表掌权的邪恶势力，最后进了天国。第三类人群的服饰始终不合体，每况愈下。如彻头彻尾的坏蛋赛克斯，服饰逐渐变差，最终以戏剧性的方式自取灭亡。贼窝首领费金，身着肮脏不合体的"有钱人"服饰。随着故事的进展，服饰越加残破，在被判处绞刑的最后时刻，在徒劳的挣扎中"他还开始不停地想着审判长这套礼服的款式，它需要花费多少钱，以及怎样穿上去"[1]。突出了其贪婪邪恶的本性。

　　若以服饰叙事为主线，以奥利弗的行动来梳理小说的主要情节，可以进行如下划分：在事件中，一个行动素可通过几个不同的人物来体现，而几个行动素也可通过一位人物来体现。如奥利弗有好些敌人，这些敌人都是通过"反对者"这一行动素出现在情节发展过程中。如济贫院的邦布尔和穿白背心的先生；贼窝里的费金、赛克斯。他也有好些朋友，这些朋友都是通过"帮助者"这一行动要素出现在情节发展过程中，如布朗洛先生和其管家、梅利太太和其养女。该叙事中出现了一类较为特殊的行动素，由反对者转变成了帮助者，如南希和贝茨。这一类叙事中奥利弗的形象也抽象化了，他代表社会上的善良一方，另一类代表弃恶从善，终得善终的一方。

　　根据格雷马斯的语义矩阵，该小说可划分为两组二元的对立项，a 和 b，−a和 −b。核心二元对立项 a 和 b，分别代表奥利弗为首的善的社会力量以及以邦

---

① Charles Dickens, *Charles Dickens: Five Novels*. New York: Barnes &Noble, 2010,p.278.

布尔为首的恶势力；–a 和 –b，分别代表盗贼群体的邪恶势力以及中产阶级的进步力量。这两组对立项的服饰各具特色并经历了相应的变化过程。

a 奥利弗：出生起就一直使用的旧毛毯和破旧泛黄的白布罩衣 – 漆黑的丧服 – 盗贼服饰 – 体面合体的绅士服 – 盗贼服饰 – 体面合体的绅士服。

b 特权阶层：邦布尔炫目的官员制服、代表特权的手杖和三角帽 – 普通的贫民服装、权力旁落后佩戴的软圆帽；穿白背心的先生 – 进入天国。

–a 盗贼群体：总体上，服装质量尚可却脏乱滑稽，又可下分为两类群体：十恶不赦者着装越来越差，弃恶从善者着装逐渐变好或通过服饰完成象征意义上的救赎。

十恶不赦者：

费金：质地不错但肮脏的"有钱人"装束 – 最后的挣扎还在计算审判长的服装行头价值几何 – 走向灭亡。

赛克斯：肮脏极不和谐的伪绅士行头 – 不和谐的便装 – 逃亡时遮住脸和捆扎头发的两条手帕 – 自取灭亡。

弃恶从善者：

南希：破旧衣衫 – 作案时伪装"家庭主妇"的"工作服" – 生命终结时双手高举的白手帕完成了重生意义上的救赎。

–b 布朗洛先生和梅利太太：着装始终体面考究、举止得体。某种意义上他 / 她们代表了社会的进步力量并被作者寄予厚望，该群体能拯救社会。

这两组二元对立项进行方形结构的排列，形成一个如格雷马斯所说的意义矩阵图：

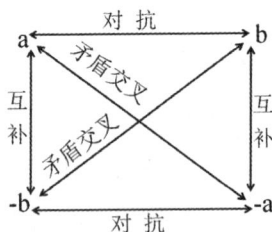

a 和 b，–b 和 –a 之间是对抗关系：a 和 b 意为以奥利弗为代表的善和以邦

布尔为首的恶；–b 和 –a 是以布朗洛先生和梅利太太为代表的社会进步势力和以盗贼群体如霍金和赛克斯为代表的社会邪恶势力。

a 与 –b，b 与 –a 之间是互补关系：所以，奥利弗和中产阶级代表布朗洛、梅利太太是互为补充的关系，他们都代表社会"善"的一方；特权阶层与盗贼群体互为补充，都代表社会的邪恶势力。

a 与 –a，b 与 –b 之间是矛盾交叉关系：奥利弗与盗贼群体是矛盾交叉关系，两方有矛盾，但又有合作。如奥利弗只身前往伦敦时贼窝提供了一个糊口栖身之所、奥利弗拒不从恶与恶势力斗争之行动、与南希对抗后转为合作互助的朋友关系。特权阶层与中产阶级都代表社会的权力阶层，但却是正邪两方，双方之间的关系呈现出既矛盾又交叉的特点。

《雾都孤儿》主要围绕主人公奥利弗的行动来表现他的命运起伏，同时也聚焦于盗贼群体、特权阶层和中产阶级的行动并穿插奥利弗哥哥蒙克斯以及接生妇老萨莉等人的行动来叙述故事情节的发展，使故事的结构具有形散而神不散的完整特点。其中人物服饰叙事如蒙克斯的斗篷、贼窝的手帕以及赛克斯的服饰变化等对情节的推进和跳转具有重要意义。故事还具有善恶二元对立的深层情节结构特点。狄更斯通过独特的服饰叙事和严格的形式结构对社会进行批判。

以法国大革命为背景的小说《双城记》情节错综复杂，极富戏剧性。小说篇幅不长，却涉及蒙冤、复仇、牺牲、爱情、善恶等众多主题。其中，作者花费较多笔墨刻画了三大阶层：中产阶级、贵族阶层与革命者代表的普通大众。中产阶级的代表马奈特医生一家代表蒙冤、爱、宽恕和行善，革命者代表德发日夫妇为首的受压迫阶级代表被迫害、恨、反抗和复仇，以及贵族阶层埃弗瑞蒙德侯爵家族代表的腐败、压迫、作恶、迫害。这些主题具有互为对照、相互矛盾的二元对立的特点，服饰叙事同样体现了这样的二元对立。

文中两大纺织意象值得关注。马奈特小姐不停缠绕的金线以及德发日夫人从不离手的编织。德发日夫人的编织是全书最重要的纺织意象。通过马奈特医生之口，读者知晓埃弗瑞蒙德侯爵家族对德发日太太一家犯下了滔天大罪。德发日夫人很小的时候，姐姐被侯爵兄弟强奸，姐夫、兄弟和父亲被侯爵杀害。在刻骨仇恨中长大的德发日夫人成了强硬的复仇者，发誓要将侯爵一家赶尽杀绝。她也是法国大革命中最坚定的革命派，要将旧势力彻底根除。文中无处不在的编织体现了她的刻骨仇恨和将复仇进行到底的决心。有一次，在马不停蹄地前往凡尔赛宫的路上，德发日夫人仍然在不停地编织。下面是一位颇感诧异的路人和她之间的谈话：

> 你在织什么呀，太太？
> 很多东西。
> 比如说——
> 比如说，德发日太太泰然自若地答道，"寿衣。"[①]

这段简短的对话透露的信息非常明显。编织为别人送葬的"寿衣"。若无其事的回答也让复仇一事显得普通平常，复仇的决心早已定下。在德发日夫人的带领下，对旧制度心怀怨恨的妇女们和她一道"一边坐着编织呀，编织呀，一边数着那些落下来的人头"[②]。这句话更具血腥意味，编织等同于杀戮。

文中的编织意象出现的频率非常多，表现手法也很丰富，通过全知叙述者的叙述、人物对话、德发日太太的丈夫的描述等方式加以表现。无论从哪个角度，编织都代表血腥的复仇。与之相对的另一个明显的纺织意象就是金线。相对无处不在的编织，金线出现的次数非常少，叙述方式也很单一，仅仅通过全知叙述者来描述。但传递的信息非常明显，那就是——爱。

结婚后的露西住在街角一栋宁静的房子里，而街上则是年复一年不断回响的脚步声。

"一刻不停地忙着缠绕金线，这根金线把她的丈夫、她的父亲、她自己以

① Charles Dickens, *The Shorter Novels of Charles Dickens*. Hertfordshire: Wordsworth Editions Limited,2005,p.763.

② Charles Dickens, *The Shorter Novels of Charles Dickens*. Hertfordshire: Wordsworth Editions Limited,2005,p.772.

及她的老管家和伙伴，都缠绕在恬静欢乐的生活之中。……露西一直忙着缠绕那根把大家捆绑在一起的金线，将她那给人带来幸福的影响力，编织进每一个人的生活中，并在他们的生活中占据着主导地位。"①

露西宁静甜蜜的家庭生活与街道上革命者忙碌喧嚣的脚步声组成了两幅对比鲜明的画面，形成了两个不同的空间：安全的家庭空间与危险的社会空间。也代表了两种不同的立场：通过暴力革命推翻旧制度的观念和通过用心经营的爱来打造未来的理想。叙述者再次提到金线时，先通过环境的渲染象征性地描述了越发紧张的革命形式。文中颇为夸张地描述，整个大地烈火熊熊、怒海滔天，让人心惊胆战。在这暴风骤雨的三年中，"小露西又有三个生日被金线织进了她那宁静的家庭生活的薄纱之中。"②马奈特小姐用爱营造的温馨小家庭与摇摇欲坠、充满仇恨的大环境正好形成了截然相反的两幅画面。布鲁姆对此有所留意，他评论道，"德发日夫人服务于暴力的编织与露西·马奈特代表和解与和睦的'金线'形成了尖锐的对立"③，作者似乎想通过这种鲜明的对比，呼吁用爱，而不是复仇，来拯救国民，用爱来改造旧制度。

故事接近尾声的第14章，标题为《编织到头》，意义很明显，意为复仇之路已走到了尽头。这一章主要叙述了以德发日太太为首的复仇者们誓要将复仇进行到底的坚强决心和果敢行动。她去马奈特医生家寻机复仇时，一家人已在银行职员，他们家的好朋友洛瑞先生的帮助下出逃。按照计划，马奈特小姐的女仆普罗斯小姐稍后出逃。对主人忠心耿耿的普罗斯小姐与德发日夫人的较量也体现了爱与恨的较量，爱战胜恨的观点。全知叙述者在叙述两人的殊死搏斗时，加了这样一句权威性的评论，"顽强的爱总是要比恨有力得多。"④最后，德

---

① Charles Dickens, *The Shorter Novels of Charles Dickens*. Hertfordshire: Wordsworth Editions Limited,2005,p.792.

② Charles Dickens, *The Shorter Novels of Charles Dickens*. Hertfordshire: Wordsworth Editions Limited,2005,p.811.

③ Harold Bloom,*Bloom's Guides:Charles Dickens's A Tale of Two Cities*. New York: Inforbase Publishing, 2007.

④ Charles Dickens, *The Shorter Novels of Charles Dickens*. Hertfordshire: Wordsworth Editions Limited,2005,p.921.

发日太太欲掏出怀中的手枪结果普罗斯的性命，意识到危险的普罗斯一拳打出去，子弹戏剧性打中了德发日夫人，一瞬间，"当硝烟散尽时，留下一片可怕的寂静。硝烟，正如这个狂怒的妇人的灵魂一样，在空中飘走了，她的身体躺在地上，了无生气。"① 至此，爱战胜了仇恨，复仇之路行不通。

狄更斯也借欣然替情敌达内赴死的卡顿先生之口，对腐朽的旧制度以及残暴的革命者进行了批判："我看到巴塞德、克莱、德发日、复仇女、陪审员、法官等一大批因摧毁旧制度而兴起的级别不一的众多新压迫者，在这冤冤相报的机器② 被废除之前，一一被它消灭。"③

不难看出，《双城记》的故事还是体现了善恶二元对立的深层情节结构。在爱与恨，行善与作恶的对抗中，善最终战胜了恶，服饰叙事也体现了狄更斯一贯的仁爱思想。

以上分析显示，狄更斯通过服饰叙事进行故事情节的推进和跳转，手帕在《雾都孤儿》中频繁出现，推动情节一步步向前发展。而只出现两次的斗篷在情节的跳转方面意义重大，斗篷的出现都将故事引向了不同的方向，增加了故事的悬念和趣味性，牢牢地控制了读者的注意力。某种意义上，撇开服饰的分析，叙事进程的发展将会留下一些读者无法理解的疑点。以格雷马斯关于深层情节结构的观点为参照，服饰叙事还蕴含了善恶二元对立的深层情节结构，这一点突出表现在《雾都孤儿》和《双城记》的服饰叙事中。

第三节　服饰叙事的映衬功能

评论家普遍对狄更斯人物刻画的高超技巧予以高度赞扬。"人物刻画是狄更斯作品中最可宝贵的部分之一，如果将人物描写去掉，他的故事情节就会支

---

① Charles Dickens, *The Shorter Novels of Charles Dickens*. Hertfordshire: Wordsworth Editions Limited,2005,p.921.
② 指断头台。
③ Charles Dickens, *The Shorter Novels of Charles Dickens*. Hertfordshire: Wordsworth Editions Limited,2005,p.927.

离破碎。"① "狄更斯的人物刻画，其奥秘处简直可以与《红楼梦》中的人物形象媲美。"② 在《听衣裳讲那百年的故事——读袁仄，胡月著〈百年衣裳〉杂感》一文中，朱虹通过沈从文的服装史讲座，联想到小说《白衣女人》《远大前程》《巴扎克与中国小裁缝》中服饰描写与人物形象塑造的关系，认为"狄更斯更是别出心裁，让衣服作为主体对读者说话"③。不但学者注意到了这一点，喜爱狄更斯的读者也将作品中的人物服饰带到了现实生活中。在官方或个人举办的各种狄更斯纪念活动中，参加者特地穿上狄更斯小说中的服装，再现小说中的人物和场景。英国每年的 5 月 28 日—6 月 6 日期间会举办狄更斯节。节日期间，参加庆祝活动的人们化装成狄更斯笔下的人物，出演小说的精彩片段，举办各种文化娱乐活动。伦敦车站开出一年一次的"匹克威克先生专列"列车，"满载身穿维多利亚时代服装的游客前往曼彻斯特。"④ 荷兰东部小城代芬特尔，每年都会举办狄更斯节。届时整个小城的居民会装扮成其笔下的人物，穿上小说里的人物服装。游客仿佛穿越时空，回到了英国的维多利亚时代。

狄更斯塑造的人物形象为何如此成功？著者认为与他灵活运用映衬的修辞手法有很大关系。"映衬"，是汉语修辞学上的辞格之一，是一种"烘云托月"的修辞手法，通常也称"陪衬""衬托"，指"用类似或相反、相异的事物陪衬主体事物。一般分为'正衬''反衬'⑤ 两种"。⑥ 这种修辞手法目的明确，通过事物间近似或对立条件的对照，用一些事物作为陪衬来突出所要表现的事物，使主体事物显得更加鲜明突出。

"正衬"，是利用同主体事物相类似的事物作陪衬以充分反映主体事物的修

---

① 任子峰、王立新：《弹拨缪斯的竖琴：欧美文学史传》（中），太原：山西教育出版社，2011 年，第 522 页。

② 吴富恒：《外国著名文学家评传》（二），济南：山东教育出版社，1990 年，第 563–564 页。

③ 朱虹：《爱玛的想象》，南京：南京师范大学出版社，2012 年，《第 192–193 页。

④ 徐宪江：《新版世界通志》（欧洲卷，下卷），吉林：吉林摄影出版社，2002 年，第 736 页。

⑤ 有学者分法不同，如周大璞将映衬分为衬托、映照两种，意义和本研究正衬、反衬的分法等同，参见周大璞：《古代汉语教学辞典》，长沙：岳麓书社，1991 年，第 203 页。陈望道将映衬分为反映和对衬，认为是揭出互相反对的事物来相映相衬的辞格，将相反的两件事物彼此相形，使所说的一面分外鲜明，或所说的两面交相映发。和本研究的意义稍有不同。参见陈望道著，凌瑜、张迎宝：《陈望道全集》（第 4 卷），杭州：浙江大学出版社，2011 年，第 144–146 页。

⑥ 马文熙、张归璧：《古汉语知识辞典》，北京：中华书局，2004 年，第 656 页。

辞手法。具体而言，就是以次要的事物来衬托主要的事物，用好衬托更好，以差衬托更差，用美景渲染快乐，用凄景衬托哀伤。以景衬情，寓情于景的正衬手法也很常见。例如杜甫《登高》一诗："无边落木萧萧下，不尽长江滚滚来。万里悲秋常作客，百年多病独登台。"通过写秋天的落木和滚滚的长江，衬托诗人的愁思和飘零孤寂，在景情的交融中构成一种凄凉悲苦的意境。"反衬"，与正衬相反，即利用与主体事物相反或相异的事物作陪衬以充分突出主体事物。如以丑衬美，以高衬矮，以动衬静，以乐衬哀，以哀衬乐等。例如，毛泽东的《减字木兰花》，"漫天皆白，雪里行军情更迫。"通过漫天飞舞的雪花衬托天气寒冷，条件恶劣。这种恶劣的天气喻示了红军长征的艰苦。艰苦的条件反衬出红军不畏任何艰难险阻的大无畏革命乐观主义精神。金圣叹在《读第五才子书法》中评点《水浒传》的人物塑造时，曾如此评论，"如要衬宋江奸诈，不觉写作李逵真率；要衬石秀尖利，不觉写作杨雄糊涂是也。"[1]可以看出，金圣叹在此所总结的"背面铺粉法"相当于反衬的修辞手法。

一、狄更斯服饰叙事的正衬手法

狄更斯使用正衬的服饰叙事手法衬托人物形象，以美衬美，以丑托丑。戈尔登（Catherine J. Golden）注意到这一点，曾评论道："狄更斯常塑造次要人物映照品行端正的人和堕落的人，如天使般的索菲·特拉德尔更加映衬出了艾格尼丝·威克菲尔德的善良，玛莎·恩德尔越发突出了艾米莉·辟果提的堕落。"[2]戈尔登的看法与正衬手法的修辞手法异曲同工。

对部分人物，狄更斯精细描绘其服饰，人物形象通过服饰的衬托显得丰满鲜活。《雾都孤儿》中，狄更斯对中产阶级理想形象梅利太太、布朗洛先生的服饰，贼窝首领费金、赛克斯、道金斯的服饰进行了详写，衬托出主人的形象、身份、地位、气质、修养与品味。《董贝父子》中，沉重的金表链、笔挺上浆

---

① （明）施耐庵著、（清）金圣叹评：《水浒传》（注评本），上海：上海古籍出版社，2015 年，第 1003 页。

② Catherine J. Golden, "Late-Twentieth Century Readers in Search of a Dickensian Heroine: Angles, Fallen Sisters, and Eccentric Women." *Modern Language Studies* 30. 2 (2000):11

的衣服以及冷漠的表情突出了傲慢的大资本家董贝的形象。滑稽的服饰与不合时宜的举止生动地衬托了斯库顿夫人的扭捏作态、贪慕虚荣。图茨极其用心地对待服饰的态度则表现了他对爱情的虔诚以及淳朴善良的性格。"服饰描写与人物塑造"一节中有所分析。本节以正衬的修辞手法为参照，不再赘述"服饰描写与人物塑造"一节中涉及的内容，重点分析本研究选取的四本小说服饰叙事的正衬手法。

《董贝父子》中，斯库顿夫人、董贝和卡克尔的服饰生动地衬托了他们的性格和身份。斯库顿夫人瘦骨嶙峋、老态龙钟，但注重着装。在叙述者眼里，她的服饰是轻飘飘的，有绣着花边的衣领，或是焕发着青春气息的短袖子衣服，或是香气扑鼻的手帕或镶着花边的手绢。她的着装与年龄极不相称，"斯库顿夫人热情洋溢的讲话和她那老态龙钟的举止之间的差异，恰如她约七十岁的年纪却穿着二十七岁般青春女性的服装的对比一样，都是显而易见的。"①除了着装，斯库顿夫人的声音与动作和年龄也极不相符。"她那慵懒而又不失庄严的声音犹如她年轻时候对一位头戴假发、手拿花椰菜花束、脚穿丝袜的马车夫喊叫时的声调。"②狄更斯通过滑稽的声音与怪异的服饰的巧妙对比，衬托出斯库顿夫人的怪异。

下面一段描写更加突出了斯库顿夫人与年龄极不相称的服饰风格与性格特征：

　　董贝告辞，房门一关，斯库顿夫人便按铃叫人拿蜡烛来。女仆拿着蜡烛出现了，她带来了那件明天准备用以欺骗世界的青春服饰。和她的其他衣服一样，这件衣装具有残酷的惩罚作用，与她那条油腻的法兰绒长袍相比，这件青春服装使她更加苍老不堪、更加丑陋不已。但是斯库顿夫人却扭捏作态、心满意足地试穿起来。当想到这件衣服对少校产生的杀伤力效果时，她不禁对着镜子形容枯槁的自己傻笑。随后她折腾女仆再次把衣装脱下，为她休息

① Charles Dickens,*Dombey and Son*.Ware:Wordsworth Editions Limited,2002,p.268.
② （英）查尔斯·狄更斯：《董贝父子》，王僴中译，上海：上海三联书店，2013年，第314页。

做准备,她就像涂上颜料的卡片做成的房子,顷刻间倒塌下来,成了一堆碎片。[①]

其中,叙述者的评论"可是这件衣装却有其残酷的惩罚作用,和她那油腻的法兰绒长袍相比,这件青春服装会使她更加苍老不堪、更加像个丑八怪。"突出了人物形象,服装的正衬作用更为明显。

同样,在《董贝父子》中,狄更斯对大资本家董贝、经理卡克尔的服饰进行了详略结合的描写,服饰突出了人物的傲慢与自大,与人物性格相得益彰。董贝信奉金钱至上的价值观,一切都以金钱衡量。文中董贝的服饰衬托出一个傲慢自大,冷酷无情的大资本家形象。沉重的金表链、不自觉摆弄金表链的动作,冷漠的神情构成了董贝的外在形象,而董贝的公司经理卡克尔的服饰描写更为巧妙,具有双重效果,既突出了卡克尔傲慢冷酷的性格,更通过卡克尔的服饰衬托出董贝的形象。"这位绅士正背对着炉火站着,两手垂在衣服后摆底下,看着自己的白领带,自命不凡的样子如同董贝先生一样。"[②]文中对卡克尔的服饰不乏多次类似的描写,达到了衬托卡克尔和董贝傲慢自大的双重效果。

二、狄更斯服饰叙事的反衬手法

狄更斯常通过反衬的手法体现一种二元对立。对不同阶层的人物服饰,他通常采用详略对照的方法反衬人物形象,或重复强调部分服饰突出服饰与人物性格的反差。

《雾都孤儿》中,特权阶级的服饰与人物的性格成反比。如董事会成员"穿白背心的先生"、教区执事邦布尔精致华丽的服饰与他们丑恶的灵魂正好相反。同样,在第一节人物刻画中已举例分析,在此不赘。反衬部分重点关注《双城记》里贵族与贫民服饰的对比、仆人的服饰描写以及《董贝父子》中卡克尔兄弟的服饰相互映衬的情况。

在《双城记》中,狄更斯通过详略对照的方法对贵族和贫民的服饰进行了

① Charles Dickens,*Dombey and Son*.Ware:Wordsworth Editions Limited,2002,p.400.
② Charles Dickens,*Dombey and Son*.Ware:Wordsworth Editions Limited,2002,p.167.

对比描写。《侯爵老爷在城里》那一章，作者先通过伺候侯爵老爷的四名壮汉的服饰以及侯爵妹夫的服饰描写衬托侯爵的富有奢侈，最后对贫民服饰一笔带过，反衬效果非常明显。四名壮汉伺候侯爵吃巧克力，每人全身都装饰得金光灿烂，"他们中的头认为自己的口袋里若是少于两只金表，就会活不下去。"[1]侯爵妹夫的手杖顶部镶着金苹果。对贵族阶层的服饰进行详细描写和评论后，叙述者一句"只消稍微想一想别的地方那些衣衫褴褛、头戴睡帽、骨瘦如柴的贫民"[2]，反衬出社会贫富的巨大差距。贵族和贫民居住的地方相隔不远，但生活却是冰火两重天。"事情是极其不妙的——如果在大人的府邸里有人把这当回事想想的话。"[3]也预示了大革命爆发的先兆。

接下来的几个段落，叙述者对贵族服饰进行了详细描写，加以评论，对贫民服饰却只字未提。但是结尾一句简单的评论"……丝绸、织锦缎和精细的亚麻布相互摩擦的沙沙声，在空气中振动，煽动了圣安东尼区和远处辘辘饥肠的贫民"[4]。反衬出贵族与贫民之间的巨大差距以及大革命爆发的必然性。

> 然而，令人慰藉的是，聚集在大人府邸富丽堂皇的餐厅里的所有宾客都穿戴得尽善尽美。如果最后审判日确定是一个服饰日的话，那么这儿的每一个人都永远是正确的。头发烫得那么卷曲，扑了那么多粉，梳得那么高耸，皮肤被刻意保养和呵护得那么娇嫩，佩剑看起来是那么雄伟华丽，气味是那么清雅高贵，这一切肯定能确保事事运转，永世不息。教养良好、穿戴雅致的绅士们佩戴着下垂的小饰物，当他们懒洋洋地移动时，就会叮当作响。这些金链子像珍贵的小铃铛一样发出响声。清脆的铃声，丝绸、织锦缎和精细的亚麻布相互摩擦的沙沙声，在空气中振动，煽动了圣安东尼区和远处辘辘

① Charles Dickens, *The Shorter Novels of Charles Dickens*. Hertfordshire: Wordsworth Editions Limited,2005,p.706.

② Charles Dickens, *The Shorter Novels of Charles Dickens*. Hertfordshire: Wordsworth Editions Limited,2005,p.707.

③ Charles Dickens, *The Shorter Novels of Charles Dickens*. Hertfordshire: Wordsworth Editions Limited,2005,p.707.

④ Charles Dickens, *The Shorter Novels of Charles Dickens*. Hertfordshire: Wordsworth Editions Limited,2005,p.708.

饥肠的贫民。①

　　叙述者详细写了贵族服饰的方方面面：布料、头式、佩剑、香水、小饰物、金链子，用戏谑反讽的口吻评价贵族的服饰。紧接着，提到了贫民。没有写他们的服饰，只简略提到了他们的饥饿。对比强烈，读者可以通过贵族的华丽装扮想象贫民的衣不蔽体，这样的衬托方式效果更显著。这里作者对贫民服饰作了留白式处理。

　　留白，是中国的一种绘画艺术，与接受美学有关。接受美学将作者和读者紧密联系起来，认为艺术作品的欣赏，或成功的艺术作品都是作者和读者相互作用的结果。比如绘画作品，作品中没有明确展示的部分是要通过观赏者的理解、想象和再造来完成的。读者发挥主观能动性，充分想象，积极参与作品构建，这样的绘画作品具有高超的艺术性。绘画若太满太实，让人一眼看清，便索然无味。恰到好处的留白也会强化作品的审美情趣，给人以无限的想象空间，令人回味无穷，思绪万千。狄更斯花很多笔墨描写评论贵族服饰，对贫民服饰只字未提，恰如绘画艺术上的留白手法，给读者留下了无限的想象空间，让人思绪万千，强化了作品的审美情趣。这样的服饰叙事技巧也达到了凯南（Shlomith Rimmon-Kenan）所说的"空隙"（Gaps）效果，"无论什么类型的空隙，总是能增强读者的兴趣和好奇心，延长阅读过程，有助于读者动态地参与文本意义的构建。"②

　　狄更斯通过略写，对几位仆人的服饰描写采用了反衬的手法，奇特不和谐的着装与内心的高贵成反比。《双城记》中，露西小姐的仆人普罗斯初次出现在洛瑞眼前时模样粗野，"洛瑞注意到她浑身上下都是通红的颜色，还有一头红发，穿着式样有些古怪的特别紧身的衣服，戴一顶令人很惊奇的软帽，像近

① Charles Dickens, *The Shorter Novels of Charles Dickens*. Hertfordshire: Wordsworth Editions Limited,2005,p.708.

② Shlomith Rimmon-Kenan, *Narrative Fiction: Contemporary Poetics*.Second edition.London and New York: Routledge, 1983, p.133.

卫军佩戴的僵硬大号的帽子，或是像一大块斯蒂尔顿奶酪。"① 经过长时间的接触，洛瑞发现，"她的性格（与她高大的身形毫无联系）干脆利落，富有柔情。"② 洛瑞认为普罗斯性格爽朗，勤劳朴实，麻利能干，对主人忠心耿耿，具有献身精神。叙述者通过洛瑞，对普罗斯进行了高度评价：

> 洛瑞先生阅历丰富，洞察世事，深深懂得什么也抵不上这种忠心耿耿，这种奉献不沾染任何铜臭味，他对此怀有如此崇高的敬意以致按照他心目中对于因果报应的安排——我们所有人都或多或少做过这种排列——他将普罗斯小姐列在近乎下凡天使的位置，位于许多太太小姐们之上，尽管她们在台尔森银行有存款，无论先天和后天都远比她优越。③

这样一位天使般的人物，着装却毫无美感，极不和谐，甚为奇怪。此后，作者一再提到普罗斯给人留下的满身通红的印象。红色的头发，上下一身红的着装。力气大，动作粗鲁，性子急躁，着装奇特的普罗斯却有着金子般的心灵。作者通过外貌与人物心灵的反差，更加鲜明地衬托了普罗斯小姐的高尚。

《大卫·科波菲尔》中，作者对大卫的仆人辟果提也用了类似的反衬手法。辟果提女士身材肥胖，衣服紧绷，很不合身，走路时衣服总是不断掉扣子。小说通过第一人称叙述者大卫的视角和声音，以夸张和幽默的口吻重复提到辟果提衣服上的纽扣。诸如"我相信，一直相信，她的长外衣上一定一颗纽扣也不剩了"④ 的幽默表达在文中比比皆是。不合体不中看的服饰与主人慈爱坦诚的性格形成对照，这种反衬的手法突出了仆人的心灵美，给读者留下的印象更深。

《董贝父子》中，卡克尔经理的服饰具有双重效果，正衬部分已进行讨论。书中还有另一同名的人物，即经理卡克尔的哥哥卡克尔。与弟弟飞扬跋扈的性

① Charles Dickens, *The Shorter Novels of Charles Dickens*. Hertfordshire: Wordsworth Editions Limited,2005,p.642.

② Charles Dickens, *The Shorter Novels of Charles Dickens*. Hertfordshire: Wordsworth Editions Limited,2005,p.697.

③ Charles Dickens, *The Shorter Novels of Charles Dickens*. Hertfordshire: Wordsworth Editions Limited,2005,p.698.

④ （英）查尔斯·狄更斯：《大卫·科波菲尔》，宋兆霖译，北京：商务印书馆，2015年，第68页。

格截然相反，哥哥是公司的低级职员，性格懦弱，身份卑微，但是待人做事诚恳踏实。文中对哥哥卡克尔的服饰描写甚少，仅有的描写加上叙述者的评论更加凸显了经理卡克尔阴险狡诈、冷酷无情的性格，也衬托出他对哥哥冷漠刻薄的事实。"他身着黑色的衣装，虽然朴素却很得体。然而，衣服的剪裁虽与他的整体风格相符，衣服却显得萎缩害怕，自我贬抑，似乎契合他从头到脚通身所表露的一种悲哀祈求之态，好像让他不要引起关注，自顾自谦卑吧。"① 有意思的是，除了服饰上的刻意反衬效果，作者有意选择性格和身份迥异的兄弟俩冠以同样的名字，衬托的效果也就具有了明显的反讽意义。

有学者如此评价狄更斯的服饰描写，"正是因为小说作者总是通过人物的服饰打扮，具体容貌，举动姿态，和难以觉察而又经常流露的外部表情刻画了性格，他的描写和叙述总是有惊人的造型性、视觉性。"② 通过以上分析，狄更斯的服饰叙事效果与汉语修辞上的映衬手法有异曲同工之妙。他灵活运用正衬和反衬的修辞手法突出人物的外貌、形象、性格、身份、地位、品格和心灵，还通过服饰体现了时代的审美风尚和精神风貌。

根据以上分析发现，狄更斯的服饰叙事具有多重叙事功能。狄更斯主要通过"描写＋评论""重复""白描"等服饰叙事刻画人物形象，推进或跳转故事情节的发展，增强了故事的趣味性和戏剧性。以格雷马斯针对故事深层情节结构的方法作进一步探究，发现狄更斯的服饰叙事还蕴含善与恶、爱与恨等二元对立的深层情节结构。他巧妙地以形式结构针砭时弊，惩恶扬善。通过对比刻画人物也是他惯常使用的手法。若与衬托的修辞手法相比较，狄更斯的服饰叙事灵活运用了正衬和反衬的修辞手法，与金圣叹"背面铺粉法"的人物塑造方法有相似的地方，也与凯南提出的吸引读者继续阅读的"空隙"（Gaps）的叙事技巧有相通之处。

---

① Charles Dickens,*Dombey and Son*.Ware:Wordsworth Editions Limited,2002,p.76.
② 韩尚义：《电影美术散论》，北京：中国电影出版社，1983 年，第 50 页。

第三章　狄更斯服饰叙事的伦理解读

　　人们习惯用有关道德的语言来评判别人的装束。在维多利亚时代，女性不穿紧身胸衣甚至被认为是生活不检点，道德有问题。个人的道德素质与身份背景常通过外化的服饰进行评判。本章通过细读小说《双城记》与《远大前程》，探究服装与道德的关系，分析狄更斯如何通过服饰叙事传递自己的服饰审美观以及善恶有报的"诗性正义"理想。结合时代背景，也从修辞性叙事学角度，特别是隐含作者的角度探讨狄更斯如何巧妙利用服饰叙事技巧传达伦理道德观念。

第一节　服饰叙事与道德隐喻

　　文学作品中，服饰的隐喻或许最早可以追溯到《圣经·创世纪》。亚当和夏娃赤身裸体而自身浑然不觉，丝毫没有羞耻之感，在伊甸园无忧无虑地生活着。禁不住诱惑吃了智慧树上的果实后，具有了分辨善恶的能力，对赤裸的身体感到羞愧，于是树叶成了他们遮羞的第一套服装。

　　其实，无论在文学作品还是在日常生活中，服饰的隐喻意义无处不在。服饰或许是权力的象征，如康拉德小说《吉姆爷》中代表吉姆权力变更的戒指；或是财富的标榜，如封建社会时期王公贵族们镶嵌贵重珠宝的华丽服饰；或是确立新的身份地位的诉求，如《红与黑》中于连素雅的黑色套服以及《远大前程》中皮普考究的绅士装束。人们关注服饰，更多关注服饰丰富的文化意蕴。

　　受社会习俗和道德规范的制约，人类常常不能随心所欲地着衣。所以，对衣着的讨论常常与道德素质联系起来。在庄重的场合，身着休闲装，衣着搭配怪异或女士头发凌乱等等，都被认为是缺乏修养、道德有缺陷的表现。而对服饰进行伦理道德上的判断，深层次上是社会主流意识形态与各阶层权力关系的表现。

狄更斯的服饰叙事也应做如是观。或者，换言之，狄更斯有意遵循这一服饰规范。在狄更斯笔下，考究得体、赏心悦目的着装常常与高尚的人格相联系。在维多利亚的时代语境下，狄更斯笔下的人物也通过身着奇怪的装束或令人费解的行为言说内心的创痛，通过服饰的隐喻意义，对社会进行控诉。本节将分析服装的道德隐喻。

一、着装整洁考究与道德完善

在维多利亚时代，人们极其崇尚整洁。整洁不但是体面问题，还成了评判道德品行的标准。这一点体现在家居环境上，就要求居室干净整洁。体现在着装上，则要求家庭成员着装整洁体面。着装整洁考究与身份地位紧密相关，也与道德联系密切。

狄更斯在小说中塑造了一大批道德完善的理想人物。他们大多数着装整洁，体面考究，有一种赏心悦目的美感，"美是善的标志。"[1] 服饰似乎成了他们道德品质的外化表现。以该文研究的四本小说为例，《雾都孤儿》中的中产阶级代表布朗洛先生和梅利太太、《双城记》里蒙冤受辱的医生马奈特、银行职员洛瑞先生以及露西小姐的丈夫达内先生就是道德完善、服饰考究的代表。他们的品格如同所穿的服饰一样，表里如一、光明磊落。

奥利弗首次参与盗窃的对象是一位在书摊专心看书的老先生，这位老先生就是后来好心收养并救助奥利弗的布朗洛。第三人称全知叙述者用了"respectable looking personage"等词来描述这位先生。"respectable"一词意为"可敬的，体面的，品行端正的"，具有道德评判的含义。从外貌上判断，叙述者

---

[1] Immanuel Kant, *Critique of Judgement*. Translated by James Creed Meredith, revised, edited, and introduced by Nicholas Walker. Oxford: Oxford University Press, 1952,p.180.

就肯定这位老绅士是位令人尊敬的具有高尚品行的人。"personage"一词的含义重在强调是"名人，要人"，该词的使用强调眼前的这位被盗人士绝对不是普通人，而是一位拥有体面的社会地位和相当名望的人。为什么叙述者第一次见到布朗洛先生就如此定义？其实，叙述者极其自信肯定的主观判断来自布朗洛先生的装束。读者跟随叙述者的眼光，可以清楚地看到布朗洛先生的整体装扮：头发上扑着粉，戴着考究的金色眼镜，身穿黑色天鹅绒衣领的深绿色外套，白色裤子，手里拿着一根漂亮整洁的竹手杖。尽管在车水马龙、人流不息的伦敦街头判断一个人来自什么阶层不是易事，但是布朗洛先生的服饰装扮还是清晰地透露了他的身份地位。与华丽的贵族服饰、精致的官服、破旧的下层阶级服饰截然不同，布朗洛先生是一位绅士。

"服饰不是琐碎的事，而是灵魂的可见外衣。"[1] 随着故事的发展，布朗洛先生后来的一系列行为都与他赏心悦目的装束一样，令人称道。一次，布朗洛先生在某书摊前看书，少年惯偷道金斯和贝茨趁其沉溺于书中之际盗其手帕，然后迅速逃脱。被迫参与的奥利弗没有任何偷盗经验，茫然无措之际，被当作小偷带到了法庭，其间遭遇了路人的谩骂嘲讽，警局官员的恫吓斥责，最后在书店主人的证实下宣判无罪释放。善良的布朗洛先生将奥利弗带回家。在他的授意下，仆人们以"无限的体贴和无微不至的关怀悉心照料着奥利弗。"[2] 对于奥利弗在布朗洛先生家的这段生活经历，叙述者情不自禁地对布朗洛先生的高尚品德如此赞扬："若非要说出真相的话，事实是，布朗洛先生心胸宽广，足以抵得上六位慈善心肠的普通老绅士……"[3]

书中刻画的另一人物梅利太太是一位家境殷实的中产阶级代表，性格温和、善良慷慨。她对养女罗斯小姐视如己出，给予她无私的爱。她与奥利弗的关系源于奥利弗又一次参与的抢劫活动。抢劫案发生后，梅利太太家的仆人发现了倒在水沟、受伤而奄奄一息的奥利弗。如布朗洛先生一样，梅利太太好心

① Iris Brooke and James Laver, *English Costume from the Seventeenth Through the Nineteenth Centuries*. New York: the Macmillan Company,1937,p.88.
② Charles Dickens, *Charles Dickens: Five Novels*. New York: Barnes &Noble, 2010,p.61.
③ Charles Dickens, *Charles Dickens: Five Novels*. New York: Barnes &Noble, 2010,p.64.

收留了奥利弗，并给予他无微不至的关心和照顾。在爱的沐浴中，奥利弗变得健康而快乐。叙述者注意到，梅利太太"穿着极为考究、整饬"①。很明显，梅利太太表里如一，人如其衣，完美的着装与她完美的德行相得益彰。

《双城记》里的银行职员洛瑞工作兢兢业业，做事一丝不苟。常常标榜自己公事公办的洛瑞先生却并非世人眼中只顾赚钱，毫无人情味的资产阶级。在良心和正义感的驱使下，不管遇到多大困难和挫折，甚至不惜付出生命，他自始至终帮助非亲非故的好人马奈特医生一家，体现了人性的光辉。洛瑞的穿着有一个最显著的特点："整洁"。这位马奈特医生的仆人普罗斯小姐口中常常称呼的"那位穿棕色衣服的"人衣服朴素，却极其洁净。这里的洁净具有象征意义，象征他的心灵和他的着装一样洁净，让人舒心。文中数次提到他装束的"整洁"，似乎在向读者一再强调洛瑞先生的高尚德行。

书中的主角马奈特医生是一位有精湛技术的、受人尊敬的医生。在复杂的社会背景下，含冤入狱18年，历经磨难。出狱后的马奈特没有妒恨，选择了宽容。换言之，书中刻画的马奈特医生本性善良、心胸宽广、乐于助人。是一位品行高尚、道德完善的人……马奈特医生的女婿达内先生出生侯爵世家，目睹家族的血腥残暴，果断放弃荣华富贵而独自前往伦敦自谋生路。外表上看，达内外貌英俊，举止儒雅，谈吐不凡，着装时尚考究。与完美的外表相似，达内教养良好、心地善良、性格阳光、乐观坚强、勇于担当。堪称一位完美的绅士。

博克斯曾说："时装是一种公开的行为。它是摆出来供人看的一副招贴画，它表明人们打算用什么态度对待道德问题。"② 狄更斯通过以上几位人物整洁考究的着装描写，突出人物完美的内在品性，服饰成了道德的一种外化表现。

二、"鞋"的道德隐喻与创伤书写

《双城记》是狄更斯创作后期的作品，是一部以法国大革命为背景，以伦敦和巴黎为故事发生地的长篇历史小说。评论界对小说褒贬不一，研究者们从

① Charles Dickens, *Charles Dickens: Five Novels*. New York: Barnes &Noble, 2010,p.150.
② （德）爱德华·博克斯：《西方风化史》（资产阶级时代），赵永穆、许宏治译，沈阳：辽宁教育出版社，2000年，第180页。

人道主义思想、监狱意象、主题内涵、创作风格、狄更斯思想的矛盾性、宗教色彩、女性观等方面对小说进行解读。然而，当下的所有研究似乎都忽略了小说中的一个重要意象——"鞋"。马奈特医生入狱后常常做一件让人匪夷所思的事：制鞋。此外，马奈特医生数次强调忙于制鞋，可是鞋一直在做的状态中，一直未完工。马奈特医生为何要制作"鞋"，而且选择只做女鞋？这只女鞋为什么一直没有做好？"鞋"到底代表什么？狄更斯的用意何在？

若以心理学创伤理论为观照，结合故事内容、鞋的象征意义和当时的社会背景进行解读，发现马奈特医生重复机械的制鞋行为是创伤病人的典型特征，选择制作女鞋是他试图保护女性贞操与安全的隐喻，一直处于未完成状态的鞋则喻示了在当时的社会背景下，女性命运无望改变的社会现实。狄更斯巧妙通过"鞋"的叙事表达了对女性命运的关怀和对社会道德滑坡现象的担忧，并积极采取拯救行动的努力。

（一）心理创伤视域下马奈特医生的制鞋行为

欲讨论故事的主人公之一马奈特医生的制鞋行为与心理学创伤理论的关联，有必要了解他的不幸遭遇。马奈特医生年轻有为，医术精湛，在一次外出散步时被贵族埃弗里蒙德侯爵家族劫持，要求为一位奄奄一息的美貌少妇治病。埃弗里蒙德侯爵兄弟为占有这位美貌的农家妇女不惜草菅人命。少妇的丈夫、弟弟、父亲相继被夺去了性命，农妇因此神经错乱，病入膏肓，最后也因身心遭受重创而丧命。目睹这位女病人和她家人的悲惨遭遇，逐渐了解真相的医生出于良知与道义，偷偷给宫廷大臣写了一封控诉信，勇敢揭发侯爵的罪行，但是信件被侯爵兄弟所获。侯爵家族因具有贵族豁免权逍遥法外。相反，马奈特医生却被侯爵家族以一纸"空白逮捕令"陷害入狱，在狱中度过了漫长而又痛苦的18年。

这位年轻有为、医术精湛、在巴黎声名鹊起的年轻医生，在狱中竟发展了一个爱好，孜孜不倦干起了与自己的职业风马牛不相及的制鞋行当。而在当时，

"制鞋不是一个人的寻常爱好"。① 出狱后，在女儿的关爱和朋友们的帮助下，医生神志渐渐恢复了正常，生活已步入正轨，似乎已戒掉了制鞋的习惯，恢复了旺盛的精力。叙述者眼中的医生"现在又是一个精力非常充沛的人了，他意志坚定，做事果断，活力满满。……他花在学习上的时间很多，睡得很少，非但不知疲惫，还怡然自得，生活过得欢快满足"。② 可是，马奈特医生有几次情绪波动，甚至旧病复发，重新操起制鞋行当。医生在监狱中发展的制鞋爱好以及麻木、机械地重复同一动作的行为与他蒙冤入狱的经历密切相关。"但借助于闪回、重复和梦魇等形式，创伤仍会不断侵扰受害者的生活"。③ 若以心理学的创伤理论为观照，马奈特医生的病症与创伤病人无异。

"创伤"的原初含义指人的身体发肤受到物理性伤害。此后，该词含义逐渐扩大，逐渐转向了精神层面。创伤研究的缘起源于对经历事故的幸存者的观察，然后转移到对参与战争的士兵的诊断。19 世纪 70 年代"创伤"用于歇斯底里病症研究，尚－马丁·夏柯（Jean-Martin Charcot）是歇斯底里症研究的先驱。其后继者西格蒙·弗洛伊德（Sigmund Freud）、皮耶·贾内（Pierre Janet）、约瑟夫·布吕尔（Joseph Breuer）等人致力于这方面的研究，取得了不俗的成就，其中弗洛伊德的影响最为深远。一战时，部分士兵们患有弹震症（the brain-shellshock），弗洛伊德通过观察和分析，认为这是一种与心理相关的疾病。尽管当时受到普遍质疑，不断出现的事例和相关症状让人们逐渐意识到他的观点是正确的。

1994 年，美国精神病学会列出了创伤后紧张应急综合诊断标准，如"当面临与创伤事件有关的内在或外在联系的事物时，心理上表现出强烈的痛苦""过度警觉""夸张的反应"，④ 等等。20 世纪 90 年代，凯西·卡鲁斯（Cathy

---

① Theresa Atchison, Accessories to the Crime: Mapping Dickensian Trauma in Great Expectations and A Tale of Two Cities[J].*Fashion Theory*,2016,20(4): 461–473. p.468.

② Charles Dickens,*The Shorter Novels of Charles Dickens*[M]. Hertfordshire: Wordsworth Editions Limited,2005,p.727.

③ 何卫华：主体、结构性创伤与表征的伦理 [J]. 外语教学，2018（7）：97–102，第 97 页。

④ American Psychiatric Association ed. *Diagnostic and Statistical Manual of Mental Disorders*. (DSM-IV)[M].Washington, D.C.:American Psychiatric Association,1994，p.427–429.

Caruth）在综合前人研究的基础上，对此有所发展，她给出了目前被认为是最为权威的关于创伤的定义："最一般的定义是，对于突如其来的或者灾难性事件的一种无法回避的经历，其中对于这一事件的反应往往是幻觉或其他侵入方式的延宕的、无法控制的反复出现。"① 马奈特医生每次发病的原因千篇一律：都与女儿，与侯爵家族有重大关系。发病的几次相关事件如下：

第一次情绪出现波动，是查尔斯·达内向他谈起对露西的爱恋，并征求意见之事。交谈之前医生便已明显局促不安，动作有点奇怪，交谈时念及旧日经历医生竟会发出受伤般的惨叫，神情异常，目光呆滞，举止反常。尽管经历了激烈的思想斗争，他也镇定地向达内表示，为了女儿，自己所遭受的旧冤新愁都可以一笔勾销，"她是我的一切，与她相比，我的苦难算不了什么，我的冤屈也算不了什么，我也算不了什么——好啦"！② 但是，达内辞别后仅仅一个小时，外出归来的女儿露西竟惊奇地发现父亲卧室里有轻轻的锤子敲击声。很明显，达内这次造访引发了医生旧病复发。这次发病的持续时间很短，仅仅一会儿，很快一切又恢复了常态，"他制鞋工具的托盘，还有他以前没完工的活计，都像往常一样放着"。③

露西结婚前夜，与父亲有一次愉快的交谈。医生愉快优雅，神态镇定，举止自然。但是权威叙述者将露西的内心感受告知了读者，露西总是有一种莫名的恐惧感，感觉心头发凉，毛骨悚然。接着，叙述者清晰地展现了医生的内心世界，表面上故作镇静的医生其实正在进行激烈的思想斗争。"他那张英俊的面庞，被长期监禁的苦水侵蚀了。但是，他用坚强的意志极力掩饰它们留下的痕迹，即使是在睡眠中，这一切也尽在他的掌控之中。那天晚上，在默默无声、坚决果敢、小心谨慎地和一个看不见的攻击者做斗争的过程中，在整个广袤的梦乡，再也看不到一张比这更引人注目的脸了"。④ 这段描述可以看作是医生在

---

① Cathy Caruth, *Unclaimed Experience: Trauma, Narrative, and History*[M]. Baltimore and Maryland: Johns Hopkins UP, 1996,p.11.

② Charles Dickens, *Charles Dickens: Five Novels*. New York: Barnes &Noble, 2010.p.731.

③ Charles Dickens, *Charles Dickens: Five Novels*. New York: Barnes &Noble, 2010.p.732.

④ Charles Dickens, *Charles Dickens: Five Novels*. New York: Barnes &Noble, 2010.p.776.

竭力克制自己的情绪，是即将要发病的前奏。

结婚当天，医生更为反常。强作镇定的态度掩盖不了医生遭受的精神折磨和内心挣扎：脸色煞白，诚惶诚恐，眼光躲闪。简单的婚礼仪式结束后仅仅两个小时，令大家担心的事最终还是发生了：医生在埋头忙着做鞋，已经不认识仆人普罗斯小姐。

> 他将上衣和背心抛在一边，衬衣领口敞开着，颈前部裸露，跟他过去干这活儿时一个样。甚至他的脸也恢复到昔日那种憔悴枯槁的模样。他干得很起劲——很不耐烦——好像被打扰了一样。①

医生拿在手上、正在竭力想做好的鞋和在狱中做的一样，还是老尺码、老式样。当洛瑞拿起放在他旁边的另外一只，问他那是什么鞋时，他如此回答："'是年轻小姐走路的鞋。'他头也不抬嘟囔着，'早就应该做好的。别动它'"。②

婚礼之前，马奈特医生情绪反常，甚至旧病复发，但是持续时间很短，很快又恢复了常态。医生两次出现异常都与露西的婚礼事宜有关。婚礼当日再次发病，病症整整持续了九天九夜。尽管他们一家的老朋友、银行职员洛瑞先生和他们忠诚的仆人普罗斯小姐想尽了办法，日夜守护病人，弄得筋疲力尽，却没有丝毫效果，病人依旧不依不绕地忙于手中的活计。"刚开始他的手还有点生疏，渐渐变得非常熟练，到了第九天的黄昏，他比以往任何时候都专心致志于他的活计，双手的灵巧娴熟也达到了前所未有的程度"。③第十个早晨，洛瑞发现，医生又恢复了正常，穿着平时的晨衣，安详镇定地看书。

创伤病人"典型的病状就是过去的（记忆）以侵入的形象和思维在当下复现，患者被迫重新经历往事"。④结合创伤理论与上面的实例分析，马奈特医生重复、麻木、机械地做同一件事情就有了合理的解释：心灵遭受过重大的创伤

---

① Charles Dickens, *Charles Dickens: Five Novels*. New York: Barnes &Noble, 2010.p.779.

② Charles Dickens, *Charles Dickens: Five Novels*. New York: Barnes &Noble, 2010.p.779.

③ Charles Dickens, *Charles Dickens: Five Novels*. New York: Barnes &Noble, 2010.p.781.

④ Allan Young, *The Harmony of Illusions: Inventing Post-traumatic Stress Disorder*[M]. Princeton: Princeton UP, 1997,p.7.

所致，是心理创伤病人的典型表现。然而，还有一个谜底未揭开，那就是，为什么他只做女性的鞋？

（二）马奈特医生制鞋行为的道德隐喻

马奈特医生的制鞋技能全是靠自学得来，花了很长时间、费了很多周折才被允许在监狱里制鞋。此后，在监禁的漫长岁月中，他就一直干此行当。出狱的那天，洛瑞等人经一番努力，好不容易将医生接上马车，但是"鞋匠痛苦地要起他的制鞋工具和那些没做完的鞋子来了"。[1] 这部分描述不难看出，出狱后的日子，制鞋还将在医生的生活中发挥重要作用。

文中有几处关于马奈特医生制鞋的描写，时间为出狱后，地点分别为德发日先生酒店的阁楼和自己家里。洛瑞奔赴法国迎接出狱后的马奈特，马奈特医生被安置在他以前的仆人、现在成了法国革命者的德发日先生的酒店阁楼上。他们初次见面的情形如下："然而，在这间阁楼上，确有一个人在做这种活。因为，他背对着门，脸朝着窗（酒店老板正站在窗前看着他），这是一位白发苍苍的老人，他坐在一张矮矮的长凳上，向前弓着腰，正在繁忙地做鞋。"[2] 跟随叙述者的眼光，"照见了这个工匠和他膝头上一只未做完的鞋子，他停下了手中的活"[3]。

需要注意的是，马奈特医生做的不是男鞋、童鞋或老人穿的鞋，而是年轻女性穿的鞋。他告诉友人自己正在做的鞋"这是一只女士的鞋。是年轻小姐走路穿的鞋。是当下时兴的式样"。[4]

"鞋"与女性的关系早在《圣经》里就有记载。《圣经·申命记》"为丧亡的弟兄生子立后的规定"内容如下：

> 弟兄同居，若死了一个，没有儿子，死人的妻不可出嫁外人，她丈夫的兄弟当尽弟兄的本分，娶她为妻，与她同房。妇人生的长子必归死兄的名下，

---

[1] Charles Dickens, *Charles Dickens: Five Novels*. New York: Barnes &Noble, 2010.p.652.

[2] Charles Dickens, *Charles Dickens: Five Novels*. New York: Barnes &Noble, 2010.p.651.

[3] Charles Dickens, *Charles Dickens: Five Novels*. New York: Barnes &Noble, 2010.p.652.

[4] Charles Dickens, *Charles Dickens: Five Novels*. New York: Barnes &Noble, 2010.p.653.

免得他的名在以色列中涂抹了。那人若不愿意娶他哥哥的妻，他哥哥的妻就要到城门长老那里，说："我丈夫的兄弟不肯在以色列中兴起他哥哥的名字，不给我尽弟兄的本分。"本城的长老就要召那人来问他，他若执意说："我不愿意娶她。"他哥哥的妻就要当着长老到那人的跟前，脱了他的鞋，吐唾沫在他脸上，说："凡不为哥哥建立家室的，都要这样待他。"在以色列中，他的名必被称为脱鞋之家。①

以上规定意思很明确，为了延续家族血脉或保护家族财产，针对丧夫女性，实行家族内嫁制。原则上嫁夫家最至亲的亲人，这位亲人不愿娶，再嫁稍远的亲戚，以此类推。《圣经·路德记》就有这样的例子。路德是拿俄米的儿媳，拿俄米的两个儿子都已不在人世。在婆婆的授意下，路德欲嫁给夫家富有又贤能的亲属波阿斯。波阿斯得先去征求在血脉上比他更近的亲属，那人不愿娶路德，他才有资格买下拿俄米家族的土地，并娶路德，让路德死去的丈夫能在产业上留下名字，以免他的名字在整个家族和所居之地被灭没。那位亲属不愿买地，不愿娶路德，就将自己的鞋脱了下来。"从前，在以色列中要定夺什么事，或赎回，或交易，这人就脱鞋给那人。以色列都以此为证据。"②

以上两则圣经典故中的脱鞋风俗都与女性有关。

服饰也是一些心理学家关注的对象。根据弗洛伊德的观点，突起、棒形、长条形等物体往往代表男性的生殖器，如手杖、树干、长矛、雨伞、水龙头、飞机、帽子、外套，等等。而具有容纳性质的物体则象征女性的生殖器，如洞穴、盒子、口袋、轮船、房间、门户、森林，小礼堂等。那么具有凹槽的"鞋"很明显是女性性器官的象征。

鞋与女性的关系在中国也能找到类似的观点。日常生活中，人们用"破鞋"一词暗指性关系混乱、作风不检点的女性。一些文学作品也不乏相关叙述，如明末清初中国古代长篇小说《醒世姻缘传》第56回记载，狄员外的全灶丫头调羹在狄家被狄宾梁纳为妾。薛素姐看不惯，拉下脸说道："没廉耻老儿无德！

① 《圣经》（简字化现代标点和合本），中国基督教两会，2000年，第309页。
② 《圣经》（简字化现代标点和合本），中国基督教两会，2000年，第417页。

鬟毛也都白了，干这样老无廉耻的事！爷儿两个伙着买了个老婆乱穿靴。"①这里的"乱穿靴"性象征意义明显，与弗洛伊德的观点极为相似。鞋象征女性性器官，穿鞋有性交之意。"乱穿靴"意为爷儿俩风流乱性。

不难发现，中西方国家关于鞋的象征意义有共通之处：鞋与女性、女性性器官或性行为有关。由此推知，马奈特医生的制鞋行为明显有所指涉，富含象征意义。前面部分已经对鞋与女性的关系进行了梳理，鞋子常常代指女性。根据弗洛伊德的观点，具有容纳、凹陷形状的物件指女性生殖器。他关注了脚、鞋和女性生殖器官之间的历史关联，注意到"脚"是一种古老的性象征，甚至在神话里就出现了相关记载。而"鞋和拖鞋是指女性的生殖器"。②

那么医生制作女鞋就有了非同寻常的意义：他试图通过做女性的鞋保护女性贞操，特别是保护女性免受社会伤害。这也是医生对女性地位卑微、社会道德滑坡现象的关注。为什么有这样的隐喻意义？著者认为，有以下几个重要原因：

首先，马奈特医生蒙冤的主要原因是控告侯爵对一位农家女的残害。

当时的贵族阶层无条件对下层贫民女性享有性权利，正如这位少妇的弟弟对医生所抱怨的那样，"多少年来，这帮贵族老爷对我们姐妹们的贞操，都享有无耻的特权"。③医生见到这位病人时，她已经发疯并奄奄一息。双臂被侯爵用腰带和手帕捆绑在身体两侧。"我注意到这些捆绑用的带子全是一位谦谦君子衣装上的东西"。④侯爵兄弟通过暴力享用了农家女的身体，并使其家破人亡。马奈特医生还看到，侯爵哥哥漠然地看着被他弟弟的剑刺伤的农家女的弟弟，"好像他是一只受伤的小鸟或者是野兔、家兔。仿佛根本就不是他的同类"。⑤农家女的经历代表了千千万万下层平民的命运：在贵族的统治下，她们沦为任人宰割的羔羊，被彻底物化了，成了阿甘本所说的"赤裸生命"。

---

① 西周生：《醒世姻缘传》（第3卷）[M].姚家余编，长春：时代文艺出版社，2003年，第668页。
② 〔奥〕弗洛伊德：《精神分析引论》[M].周丽译，武汉：武汉出版社，2014年，第92页。
③ Charles Dickens, *Charles Dickens: Five Novels*. New York: Barnes &Noble, 2010.p.886.
④ Charles Dickens, *Charles Dickens: Five Novels*. New York: Barnes &Noble, 2010.p.884.
⑤ Charles Dickens, *Charles Dickens: Five Novels*. New York: Barnes &Noble, 2010.p.886.

其次，通过做女鞋，试图保护女性贞操。

马奈特医生入狱的直接原因是对侯爵的控告。目睹侯爵兄弟对农家女的恶行，尽管知道事情绝对无人理睬，医生还是选择了控告，希望解除自己良心上的负担。入狱后，医生经过刻苦自学，选择了与他的本职工作风马牛不相及的制鞋行业。以弗洛伊德的观点来看，"鞋"代表女性器官。很清楚，医生是想通过制作女鞋保护女性贞操，或为保护女性群体做努力，"因为制作这些鞋的用意是试图保护年轻而易受伤害、性成熟的女性"。[①] "弗洛伊德理论治愈的要点是'转移'"，[②] 制鞋也是医生转移自己心理创伤的尝试，"毫无疑问，做鞋极大减轻了他的痛苦，手指的不知所措替代了脑子的混沌迷惘，随着技艺日渐精进，双手的灵活自如又取代了折磨精神的胡思乱想"。[③]

第三，女儿结婚的对象是侯爵家族的成员。

露西的恋人，埃弗里蒙德侯爵家族的成员查尔斯·达内在母亲的教导和影响下，果断地与自己的家族决裂，在英国靠自食其力养活自己。他是一位素养极高、文质彬彬的绅士。可是，他是侯爵家族成员，这件事毫无疑问勾起了马奈特医生的痛苦回忆，不受控制地恢复了这个在狱中重复了数年的行当，这是创伤病人的普遍反应。"当女儿要离开他的监管保护，和一位潜在的怪物在一起，医生便试图精心制作女鞋"。[④] 听到女儿结婚的打击对他如此之大，布鲁姆注意到，"与其说他是一位新娘高兴的父亲，不如说他更像一位焦虑的男人。……这件事带来的震惊使他又恢复了以前的混乱状态。……他又成了一名鞋匠"。[⑤] 制鞋有了更明确的目的：保护女儿不受侵害。

医生旧病复发最严重的一次，是在女儿露西的婚礼上。发病过后，经过洛

① Theresa Atchison,Accessories to the Crime: Mapping Dickensian Trauma in Great Expectations and A Tale of Two Cities[J].*Fashion Theory*,2016,20(4): 461–473.p.470.

② Terry Eagleton, *Literary Theory: An Introduction*[M].Foreign Language Teaching and Research Press & Blackwell Publishers,2004,p.138.

③ Charles Dickens, *Charles Dickens: Five Novels*. New York: Barnes &Noble, 2010.p.786.

④ Theresa. Atchison, Accessories to the Crime: Mapping Dickensian Trauma in Great Expectations and A Tale of Two Cities[J].*Fashion Theory*,2016,20(4): 461–473,p.471.

⑤ Harold Bloom, *Bloom's Guides:Charles Dickens's A Tale of Two Cities*[M]. New York: Inforbase Publishing, 2007,p.46.

瑞的巧妙处理，医生爽快丢弃了一直坚持保留在身边的制鞋工具，病几乎得到彻底治愈。洛瑞的做法是：编撰一个类似的故事，讲给医生听，并听取医生的建议。洛瑞通过两人之间的对话引导医生尽情畅谈对该事件的处理办法。马奈特从医生的角度给出了非常专业的建议。"解铃还需系铃人"，他自己的病症竟然通过自己治愈了。

这种治疗方法也与弗洛伊德对病人采用谈话疗法有相似之处。他从当时著名的精神病医生布洛伊尔（Josef Breuer）治疗病人所采用的催眠疗法（hypnosis）中获得启发，根据自己的实践和大量临床经验，发明了一种新的疗法，谈话疗法（talking therapy）。病人躺在弗洛伊德诊所那张著名的躺椅上，弗洛伊德则坐在躺椅背面某处病人看不到的地方，通过巧妙的言语引导，鼓励处于催眠状态中的病人脑海中想到什么就说什么，通过这种自由联想，积极说出与病症有关的经历。这种疗法神奇地治愈了很多病人。

弗洛伊德通过病人的自由联想和随意倾诉发现，病人的病因往往与早些年受到的心理伤害、特别是童年时代遭受的心理创伤有关，"性"则是其中最重要的因素。马奈特医生的病症显然与早些年蒙冤入狱的经历有关，而其中，目睹农家女受到性侵害是其中最为关键的因素。"在维多利亚时代的现实主义小说中，性总是不应讲述的东西……维多利亚时代喜用委婉语、典故、比喻尤其是用借喻来表现人物之间的性关系"，[①] 在这样的时代背景下，狄更斯巧妙通过"鞋"的隐喻意义，对女性表示同情，对社会进行批判。

此外，值得注意的是，尽管马奈特医生忙忙碌碌，专注于制鞋，可是鞋却一直没有做好，始终处于未完成的状态。若从另一个层面理解，也暗示了他试图拯救女性群体的愿望在当时的条件下阻力重重，极难实现。事实上，在实际生活中，狄更斯对"堕落女性"的救助行动收效不大也证实了这一点。

"在维多利亚时代的现实主义小说中，性总是不应讲述的东西……维多利亚时代喜用委婉语、典故、比喻尤其是用借喻来表现人物之间的性关系"[②]，在

---

① 宁一中：《文学与文化论文集》，北京：北京语言大学出版社，2013年，第112页。
② 宁一中：《文学与文化论文集》，北京：北京语言大学出版社，2013年，第112页。

这样的时代背景下,狄更斯通过"鞋"的隐喻意义,对社会进行批判。由此推知,马奈特医生的制鞋癖好是一种他力图保护女性贞操与安全的隐喻,也是他对社会道德滑坡现象的忧思与拯救。

通过上面的分析得知,马奈特医生重复、机械、麻木的动作符合创伤病人的典型特征,在狱中发展的制鞋爱好可以理解为他对女性的贞操和安全试图进行保护的努力,对社会道德滑坡现象的忧思与拯救,以及对社会腐朽统治的另类反抗。而始终处于未做好状态的女鞋则暗示了在当时的社会背景下,女性群体命运和地位的改变面临着巨大阻力,根本不可能实现。狄更斯通过这种独特的服饰叙事表达了对女性命运的关切,并对当时道德滑坡的社会黑暗现象进行揭露和批判。

耐人寻味的是,几乎痊愈的马奈特最后还是发病了,起因是女婿达内在以德法日夫人为首的革命者的反对下即将被判处死刑。这次发病的原因明显与此前不同。如果说前面数次发病都与女性贞操与女性安危有关的话,这次发病可以理解为是马奈特医生对整个社会道德滑坡现象的反应。由此,明显可见随着故事的推进,狄更斯对社会的批判也愈加深刻与广泛。

第二节　服饰叙事的"理想的正义"

19世纪的英国小说家倾向于在作品中实现一种"理想的正义":即故事结尾,好人往往有好报,恶人则遭受惩罚。狄更斯的作品常遵循这一写作模式,《雾都孤儿》的服饰叙事也体现了善恶报应思想。他重点描绘了中产阶级、特权阶层和下层平民的服饰。随着故事的发展和人物命运的改变,好人的服饰始终体面考究或由差变好,坏人的服饰则脏乱不合体或由好变差。服饰是狄更斯反映社会和批判现实的武器,从另一层面说,也反映了狄更斯创作手法的局限和难以超越时代藩篱的事实。

"理想的正义"①（Poetic justice）一词最早于 17 世纪由英国批评家莱默（Thomas Rymer）提出。"这种学说假定：每一个人物在剧终都应当善有善报，恶有恶报。"（殷企平 2001：34）此后，这一文学思想在许多作家作品中经常出现，并经不同作家与文论家的演绎而不断丰富。狄更斯的许多作品也继承并发扬了这一传统：恶人如《老古玩店》中贪得无厌的奎尔普、《雾都孤儿》中凶狠残暴的贼窝头目赛克斯、《董贝父子》中诡计多端的公司经理卡克尔等人，在故事结尾，这些恶人都戏剧性地走向了灭亡。而《双城记》中的马奈特医生一家以及银行职员洛瑞先生、《董贝父子》中的贝茨少爷、沃尔特一家以及卡特尔船长、《雾都孤儿》中的奥利弗和罗斯小姐等好人命运总会出现转机，生活过得越来越好。

在许多作品中，狄更斯也通过巧妙的服饰叙事策略，传达"理想的正义"，通过服饰塑造生动鲜活的人物形象，服饰的衬托作用常常蕴含了作者的善恶有报思想，这一思想在《雾都孤儿》中表现尤甚。故事中，好人的服饰体面考究，或逐渐由差变好，或通过服饰的象征性表达，实现人物身份地位的提升。坏人的服饰则始终脏乱不和谐，或者从精美华丽转变为普通破旧。笔者在细读《雾都孤儿》的基础上，通过特权阶层、盗贼群体和中产阶级三个阶层服饰描写的分析，探究作者如何通过服饰叙事传达善恶有报的"理想的正义"思想。

一、"理想的正义"的思想渊源与发展

如果对"理想的正义"一词进行追溯,这一思想渊源可上溯到古希腊时代。自柏拉图以降，文学艺术的道德教诲作用成了许多学人关注的对象。柏拉图在《理想国》里，借苏格拉底之口讨论正义，还谈及节制、勇敢、睿智、教育、艺术等题材。他认为诗歌不会产生理性和科学，是非理性迷狂的产物，会引起

① 该词国内学者译法稍有不同，殷企平译为"理想的正义"，参见殷企平：《英国小说批评史》，上海：上海外语教育出版社，2001 年，第 34 页。张错译为"诗的公义"，参见张错：《西洋文学术语手册：文学诠释举隅》，上海：上海译文出版社，2012 年，第 267 页。林骧华译为"诗的理想正义"，参见林骧华：《西方文学批评术语辞典》，上海：上海社会科学院出版社，1989 年，第 304 页。丁晓东译为："诗性正义"，参见：玛莎·努斯鲍姆：《诗性正义：文学想象与公共生活》，丁晓东译，北京：北京大学出版社，2010 年。本研究参照殷企平的译法。

快感，妨碍理性，不利于公民道德情操的培养，主张将诗人逐出理想国。当然，排斥诗人，主要是因为他站在贵族阶级的立场上，提出文艺必须为贵族政治服务的观点。亚里士多德则肯定文艺的社会功用。在《诗学》中，通过分析古希腊悲剧，提出了自己的文艺观念。他认为悲剧的目的在于引起怜悯和恐惧，能净化人的心灵。贺拉斯认为诗歌有教益和娱乐的双重功用，"诗人的目的在给人教益，或供人娱乐，或是把愉快的和有益的东西结合在一起。"① 朗吉努斯在《论崇高》里提出要学习希腊罗马作品的"崇高"，在具体作品中体会古人的崇高思想，久而久之会受到古人崇高思想和伟大气魄的影响。

在《英国小说批评史》一书中，根据殷企平的梳理，英国自 17 世纪莱默提出"理想的正义"的观点以来，后续的许多作家在创作中都积极实践并发展了相关观点。比如笛福（Daniel Defoe）非常重视文学作品对民众道德教诲的作用。塞缪尔·理查逊（Samuel Richardson）给这一概念注入了新的含义。他认为最好的人也可能会受到惩罚，但罪孽深重的坏人却不应该有权利获得幸福。亨利·菲尔丁（Henry Fielding）认为作家应具备仁爱之心，注重与读者的交流，他强调要利用情节结构等写作技巧间接引导读者。1800—1884 年期间，小说的道德教诲功能是文学的主旋律之一。布尔沃·利顿（Bulwer-Lytton）、乔治·莫瓦（George Moir）、斯蒂芬（James Fitz James Stephen）、罗斯科（William Caldwell Roscoe）、梅森（David Masson）、刘易斯（George Henry Lewes）、艾略特（George Eliot）、特罗洛普（Anthony Trollope）等作家在传承中创新，提出并发展了富有特色的"理想的正义"观点。而其中，狄更斯以更大的格局、更高的视野发展了"理想的正义"观点。他把目光投向了广大劳苦大众，认为小说不但要唤醒世人对劳苦大众的同情，还要激起对他们的崇敬。因为往往能从他们身上学到美德。②

不难发现，英国文学的"理想的正义"思想在继承中有创新和发展。大致呈现出如下几个特点：

---

① 朱光潜：《西方美学史》，北京：人民文学出版社,2002 年，第 100 页。
② 殷企平：《英国小说批评史》，上海：上海外语教育出版社,2001 年，第 34–72 页。

1. 是古希腊罗马相关思想的超越。古典主义哲学家和文论家主张向古典著作学习，向古典著作的神、英雄等人物学习。贺拉斯在《诗艺》中就曾告诫庇梭父子："你们须勤学希腊典范，日夜不辍。"[①] 而英国的文论家关注普通人，关注现实生活，在作品中塑造普通人为学习典范。

2. 对作家提出了新的要求。认为作品要有道德教化作用，作家首先需要具备仁爱之心和道德修养。

3. 关注小说叙事技巧、布局安排在传播道德观念的作用。他们鄙弃小说死板的道德说教，而要通过巧妙的构思和叙事技巧让读者在润物细无声中思想和心灵受到熏陶和净化。

4. 提升了善恶有报思想的内涵。"理想的正义"不应该仅仅是故事结局时好人取得世俗上的成功，比如获得大笔财富、幸福的家庭、豪华的庄园等。而应该从故事中对善恶有清醒的认识，让善的理念深入人心。

狄更斯关注普通人，特别是下层贫民，他认为劳苦大众在历经苦难中还能保持本色，保持令人钦佩的美德更为不易。比起富人来，在恶劣条件下能保持美德的穷人显然要高尚得多。相比之下，在当时的社会语境下，狄更斯的思想更具有进步意义。在一次演讲中他不无幽默地说，"德行与其说居住在宫廷大厦，不如说居住在穷街陋巷。"[②] 在《雾都孤儿》的序言中，他曾毫不忌讳地坦白要如实描写南希头发上有卷发纸的事实，其实也是对这一思想的回应。狄更斯不但在作品中有明显的道德善恶观念，还积极加以实践，试图通过文学来改造社会。这一点和马克思的实践哲学观有共通之处。马克思曾宣称："哲学家们只是用不同的方式解释世界，而问题在于改变世界。"[③] 狄更斯利用小说的影响力，促成了英国的多项改革。"狄更斯的小说对英国的社会改革起过不容忽视的积极作用。他对社会丑恶与不公的无情揭露，使整个社会痛感改革的紧迫性，对当时英国的政治机构形成了巨大的舆论压力，迫使它给予下层人民更多的发言权，不断改善穷人的工作和生活条件。萧（萧伯纳）曾说《小杜丽》比马克

① 朱光潜：《朱光潜全集（第六卷）》，合肥：安徽教育出版社,1990 年，第 122 页。
② （英）狄更斯：《狄更斯演讲集》，殷企平等译，南昌：江西教育出版社,2016 年，第 17 页。
③ 李宏昀：《维特根斯坦：从挪威的小木屋开始》，上海：复旦大学出版社,2015 年，第 219 页。

思的《资本论》更具煽动性。"①

狄更斯试图通过小说宣扬伦理道德观念，改造民众思想，促进社会进步。大多数学者都注意到了他作品中呈现的"理想的正义"思想。在批判社会的时候，他"不自觉地用善恶有报的童话模式来建构他的故事情节"②。赵炎秋等人认为"狄更斯的小说绝大多数以大团圆结尾，人物大多善恶有报。"③ 李维屏、张定铨认为，狄更斯很多作品"都带有浪漫的理想主义色彩和充满幻想的乐观精神，故事大多有皆大欢喜的结局。……深层结构上大都隐含着由悲到喜、善恶有报的童话模式"④。

总之，"理想的正义"观念尽管随着时代的发展有所改变，但其核心内涵依然是善恶有报的"因果报应"观点。关注社会弱势群体的狄更斯，其作品的结局常常是好人有好报，恶人则受到不同程度的惩罚。非但如此，他还将这一观点进行创新性发展，一些作品中的人物服饰也体现了这种好人好命、坏人遭殃的"理想的正义"思想。

二、《雾都孤儿》人物服饰体现的"理想的正义"思想

在《雾都孤儿》中，除了主人公奥利弗的服饰，狄更斯对特权阶层，如济贫院董事会成员的服饰、盗贼阶层以及中产阶级的服饰进行了独具特色的描绘。故事结尾体现了狄更斯作品一贯具有的大团圆结局：好人奥利弗被好心人收留，过上了幸福生活。罗斯小姐终于克服了心魔，最终与梅利太太的儿子结合。两个中产阶级家庭一如既往地过着安宁无忧的幸福生活。服饰叙事也体现了一种因果报应思想，好人得到好报，恶人受到惩治。其中，主人公奥利弗、董事会成员邦布尔、中产阶级代表布朗洛先生和梅利太太以及盗贼群体赛克斯和南希小姐的服饰最为鲜明地体现了作者的善恶有报思想。

奥利弗在济贫院出生，成长过程中经历了数次波折，着装随着命运起伏不

---

① 郝澎：《带你游览英国文学》，海口：南海出版公司,2015 年，第 297 页。
② 朱琳：《西方文学名家名作欣》，北京：中国人民公安大学出版社,2009 年，第 283 页。
③ 赵炎秋、刘白、蔡熙：《狄更斯学术史研究》，南京：译林出版社,2014 年，第 221 页。
④ 李维屏、张定铨：《英国文学思想史》，上海：上海外语教育出版社,2012 年，第 378 页。

断变换，时而考究，时而褴褛。最终被好人收留的奥利弗命运发生了翻天覆地的变化，过上了幸福的生活，服饰也变得体面。奥利弗是人性本善的典型，在任何环境下都能独善其身。在济贫院出生长大，受到董事会成员邦贝尔以及"穿白背心的先生"等人的辱骂诘难，在棺材铺受到同行的欺辱挑衅，在法庭上受到法官的肆意呵斥，在布朗洛先生家被格里姆威格先生嘲弄误解，甚至在贼窝受到费金等人精心算计教唆引诱。但是在任何情况下，奥利弗的本性始终未变，始终保持着一如既往的高贵善良。归结起来，奥利弗的服饰变化经历了"崭新—破旧—体面—破旧—体面"的过程。

奥利弗出生时，包裹的毛毯崭新洁白。此后，毛毯一直是仅有的服饰，长久使用，变得发黄破旧。长大后的奥利弗在济贫院生活，穿着济贫院统一的粗布服。"犯了错误"的奥利弗被遣送到棺材铺，服饰仍然破旧。逃往伦敦，误入贼窝的奥利弗，服饰如其他盗贼一样，脏乱不合体。第一次参与盗窃，被中产阶级布朗洛先生好心收留，布朗洛先生为他准备了一套崭新的衣服。电影更直观地体现了奥利弗命运改变后体面的着装扮相：金色的头发偏分，梳理得一丝不乱。衣裤质地优良，裁剪极为合身。内里搭配洁白的纯棉衬衣，外套是浅土褐色质地上乘的羊绒布料，具有雅致的暗格纹，是当时非常时髦的燕尾服款式。脖子上漂亮的丝绸领带更增添了奥利弗儒雅的绅士气质。但是命运给生活刚有好转的奥利弗开了个玩笑，在去书店为布朗洛先生还书的路上，又被盗贼南希小姐和贼窝头目赛克斯劫持回贼窝。服饰叙事生动体现了这种命运的戏剧性转变：再次进入贼窝，受到费金的呵斥威胁和盗贼们的嘲笑奚落后，奥利弗的全套服装迅速被大家野蛮扒光并一抢而空，可怜的奥利弗又换回了他极不情愿穿的盗贼服饰。事件的整个过程，他除了据理力争，做无畏的反抗之外，始终保持理智，高贵本性显露无遗。

应该说，奥利弗是费金最难驯服的对手。用尽了洗脑、引诱、威逼、拷打等各种手段，奥利弗依旧没有受到任何影响，始终不愿参与做任何违背良心的事情。在又一次的威逼和武力的胁迫下，奥利弗第二次参与盗窃。这次盗窃的对象是另一中产阶级家庭——梅利太太家。这一次奥利弗的命运最终有了彻底转机，以后也不再有变化。

参与盗窃的奥利弗因为坚持不做违背良心的事，差一点命丧盗贼的枪下。善良的品性再一次帮了他。他被梅利太太的仆人发现倒在水沟里，伤势严重，奄奄一息。同样善良的梅利太太一家好心收留了他。为了帮助奥利弗彻底摆脱危险，梅利太太一家联合布朗洛先生，加之良心未泯、弃恶从善的南希暗中救助，奥利弗最终脱离苦海，过上了幸福的生活。服饰也如他的命运一样，几经变换，最终变得体面考究。曾有批评家认为，狄更斯这样的人物命运安排如孩童式的天真，在现实生活中根本不可能实现。但是却体现了狄更斯希望好人有好报，恶人有恶报的善良愿望。

教区执事邦布尔先生作恶多端，服饰也每况愈下。作者对邦布尔的服饰变化着墨甚多。可以说，邦布尔的命运骤变主要是通过服饰的变换来体现。

担任教区执事时，邦布尔的服饰装备甚为引人注目：官服是上等的天鹅绒质地，镶着精致的金边，配有闪闪发光的黄铜纽扣。硬挺的三角帽和光亮的手杖更增添了服装主人的威严。欺软怕硬，恃强凌弱的邦布尔最后沦为济贫院贫民，服饰也变得和贫民无异。代表权威的手杖没有了，一顶破旧的圆帽代替了以前的三角帽。

值得一提的是，除了对邦布尔先生服饰的精心描绘，本书中董事会最恶毒的成员"穿白背心的先生"也格外令人难忘。这与作者巧妙的服饰叙事技巧有关。称呼"穿白背心的先生"代替了人物名字，重复25次之多，贯穿故事始终，以及其动辄断言奥利弗要被绞死的简单言论，不断强化了该人物在读者心中的阅读位置。代表纯洁善良的白色与着衣人的恶劣本性相互映衬，人物形象更为鲜明。故事末尾，这位"穿白背心的先生"进了天国。两位特权阶层的坏人都受到了应有的惩罚。

贼窝首领费金和赛克斯首次登场时服饰虽然脏乱不合体，但布料质量尚可，搭配也齐全。随着故事向前推进，两人的罪行越来越多，两人的服饰也每况愈下，逐渐变得脏乱破旧，直至最后走向生命的终结。费金在法庭上被处死，赛克斯在慌乱的逃亡中戏剧性自取灭亡。

文中塑造了两位理想的中产阶级代表：布朗洛先生和梅利太太。他们有诸多共同点：家境优渥、举止儒雅、心地善良、慷慨大方。他们都为奥利弗伸出了援手，用自己的资金和能力帮助奥利弗改变了命运。两人的服饰始终体面考究：这似乎暗示了善良而又好命的人生活应该风平浪静，不会有厄运。服饰是他们道德品性的外化表现，也体现了狄更斯希望好人一生平安的善良愿望。

三、《雾都孤儿》服饰叙事 "理想的正义" 的象征性表达

通过以上分析，作者的服饰叙事体现了好人有好报，恶人有恶报的"理想的正义"。然而，故事中有一个人物例外，那就是南希小姐。受奥利弗善良本性的影响，原本玩世不恭、积习难改的南希良心发现，由坏人转变为好人。可是，故事的结局，南希的命运没有因为她弃恶从善而有所好转，而是芳华之年被赛克斯所害。文中人物命运的变化体现了明显的因果报应观。令人不可理喻的是，变成好人的南希为什么命运没有如故事中的其他人物一样出现转机？相反，她却失去了生命，令读者伤痛不已。

如果从服饰叙事的角度进行分析，南希的命运能得到较为合理的解释。

文中对南希外貌的描绘只出现了两次。为了寻找第一次参与盗窃并失踪的奥利弗，在费金和赛克斯的命令下，南希打扮成家庭主妇的模样：佩戴围裙，挽着竹篮，手拿一串钥匙。这副装扮让南希轻松出入监狱，成功打探到奥利弗的下落，并将其劫回贼窝。目睹被带回贼窝的奥利弗受到百般诘难和侮辱，南希开始良心发现，随后开始了一系列冒险救助奥利弗的行动。

在又一次冒死救助奥利弗的行动中，与她见面的罗斯小姐执意为其提供帮助以表示感谢：或是设法让南希脱身贼窝，远离危险；或是给她一大笔钱财，改变窘困的生活。毫无疑问，若接受了罗斯小姐的救助，南希一定也会如奥利弗一般，脱离险境，命运从此发生改变。但是，南希礼貌并果断地拒绝了罗斯小姐的一切援助，只要求赠予一条白手帕。白手帕显然无法给南希提供任何实质性的帮助。为了救助奥利弗，她与费金和赛克斯有过几次正面冲突，也知道身处随时可能丧命的危险境地之中，她的选择可以说是一种自杀式的行为。杀

死南希的是她的恋人，贼窝头目赛克斯。南希为何放弃生，放弃改变命运的机会，而选择一条死亡之路？如果回到维多利亚时代的社会语境，读者就不难理解她为何作如此选择。受二元对立思维模式的影响，维多利亚时代常常将女性划分为两大对立的阵营：家庭天使或堕落女人。堕落女人是社会的边缘群体，受到社会习俗和当时主流话语的压迫。这种"群体仇恨和群体压迫常常建立在不能具体化地对待个人之上。"① 在这样的社会语境下，自小在贼窝长大，混迹于社会，未受过教育的南希难以摆脱习俗观念的影响，意识不到是社会造成了她自身的悲剧命运。显然，她骨子里默认并内化了当时社会的女性话语体系，认同了自己的卑微身份。所以，面对要热情救助自己的家庭天使罗斯，南希自惭形秽，丝毫未加以考虑便选择了放弃改变命运的大好机会。

如果进一步思考，她的选择还有一个更深刻的原因：爱的缺失。如果说南希的选择有一个重要原因是自己认同男权为中心的维多利亚时代对堕落女性的看法的话，那么另一个更深刻的原因则是整个社会对穷人的冷漠。爱对穷人来说竟然也是一种稀有的奢侈品。当然，这也是不健全的社会制度的产物。为了活命，南希从小便在贼窝沉沦，尝尽了人与人之间的欺诈和社会对穷人的漠视。她的恋人赛克斯残暴无情，没有人性，毫无正义感可言，是彻头彻尾的坏蛋。"没有正义感的人缺乏人性概念所囊括的基本态度和能力。"② 然而，南希对他却自始至终死心塌地地爱恋。许多读者和研究者曾对南希这种盲目"爱恋"一名一无是处的歹徒的行为表示不解。但是若换一个角度思考，这种"狂热"的感情我们不妨看作是她在冷漠的社会中努力培植自己爱的能力，用无望的爱来试图体验人间真情，并间接对抗社会的一种方式。那么南希对赛克斯不可理喻的爱恋似乎有了合理之处。

南希死亡时高举的白手帕具有宗教性的仪式感，意味着南希通过死亡获得了救赎。白手帕象征南希高贵纯洁的本性，双手高举白手帕的动作象征着她获得了上帝的宽恕，以生命为代价获得了新生。作者似乎在昭告世人：这是以南

---

① （美）玛莎·努斯鲍姆：《诗性正义：文学想象与公共生活》，丁晓东译，北京：北京大学出版社，2010年，第133页。

② John Rawls, *The Sense of Justice. The Philosophical Review*, Vol.72,1963(3):281–305.p299.

希为代表的女性群体的悲剧，也是社会的悲剧。

文学家总是在作品中对社会不良风气进行揭露，反映社会的整体诉求。英国文学批评家和文学家们对"理想的正义"思想的积极回应与发展体现了人们希望好人有好报，恶人受到惩罚的善良愿望，并构筑了一幅和谐公平的美好社会图景。狄更斯的"作品往往以暴露黑暗开始，以大团圆结束，在温和的讽刺中，洋溢着轻松乐观的情调，表明了狄更斯的善与爱终将战胜恶与恨的理想。"[①]服饰，是狄更斯惩恶扬善的工具。由上分析可见，《雾都孤儿》一书的服饰叙事，揭示了狄更斯如何通过服饰叙事传达善恶有报的思想，象征性地表达了实现好人有好报，恶人有恶报的"理想的正义"的愿望。狄更斯的小说，故事几乎都是以大团圆收尾，这一写作模式符合维多利亚时代普遍遵循的写作原则，而服饰叙事对因果报应原则的有意遵循一定意义上也体现了狄更斯受特定时代局限，难以摆脱时代藩篱的现实。

第三节　服饰叙事的修辞叙事观

狄更斯的作品拥有一种魔力，吸引了各阶级和年龄层的读者，"从维多利亚女王到伦敦贫民区的住户，人人都是他的读者。"[②]茨威格曾高度赞誉狄更斯："他的声誉犹如一支火箭射向太空，但是并不熄灭，恰似一个太阳毫无变化地高悬天空照耀世界。"[③]狄更斯作品能轻松驾驭读者，唤起读者对小说人物的爱与憎，传达既定的伦理道德观，与他高超的叙事技巧密不可分。"小说可以为了某种道德目的给我们定位，驾驭我们的同情，拨动我们的心弦。"[④]后经典叙事学中的修辞性叙事学是探索狄更斯作品这一独特魅力的有效途径，本节将以此为解读方法，具体分析《远大前程》和《雾都孤儿》的服饰叙事伦理。

---

① 雷体沛：《西方文学的人文印象》，广州：广东人民出版社，2008年，第220页。

② 朱虹：《爱玛的想象》，南京：南京师范大学出版社，2012年，第154页。

③ （奥）斯蒂芬·茨威格：《三大师传》，张玉书译，北京：中央编译出版社，2015年，第32页。

④ （英）马克·柯里著：《后现代叙事理论》，宁一中译，北京：北京大学出版社，2003年，第22页。

关于修辞，人们往往追溯至古希腊时期，亚里士多德的《修辞学》重点关注如何劝服人的艺术。"而研究话语劝服力的修辞学与叙事学相结合，就产生了'修辞性叙事学'。"① 该叙事学流派关注叙事的运作方法，关注作者、叙述者和读者三者之间的交流关系，由韦恩 C. 布思开创，詹姆斯·费伦是集大成者。布思感兴趣于作者通过什么样的叙事技巧影响和控制读者，作品如何成功对读者进行劝服。他提出的"隐含作者"和"不可靠叙述"等概念影响深远。费伦关注叙事中的人物、事件、叙事的动态进程和读者反应之间的互动关系，他将叙事界定为："某人在某种场合出于某种目的告诉某人一个故事。"② 他提出了"三维度"人物观和"四维度"读者观。他们都特别注重伦理方面的作用，关注作者如何对读者施加影响，如何有效劝服读者的艺术。《远大前程》里以很多笔墨描写绅士，人物众多，但是文中没有明确告知谁是绅士，以布思的"隐含作者"和"不可靠叙述"为关注点，从服饰叙事视角探究隐含作者的服饰叙事伦理是探究谁是绅士的有效方法；聚焦《雾都孤儿》的服饰叙事，以费伦的相关观点探究小说中作者、叙述者和读者之间的交流关系，也是相关理论运用于实践的积极尝试。

一、隐含作者的服饰叙事伦理：谁是《远大前程》中的绅士？

狄更斯在《远大前程》里通过绅士形象的探讨，对维多利亚时代社会的伦理道德观进行批判。自幼在乡村长大，未受过正规教育的孤儿皮普坦然接受不明巨额遗产的赐赠，着力通过装束的变换打造自己的绅士形象。暗中资助皮普的囚犯米格韦契与另一囚犯康佩生外形迥异。一位衣冠楚楚实则内心险恶，诡计多端；一位衣衫褴褛却不乏慷慨正义，但却在意气用事地与恶势力的斗争中不断沉沦。究竟谁是绅士？文中没有明确答案。探究隐含作者的服饰叙事伦理，发现绅士是众多人物形象的合成。文中着墨甚多的绅士描写实则反映了作者对当时英国物质主义至上，社会道德滑坡的不良风气的深刻忧思，并呼吁一种真

---

① 申丹，王丽亚：《西方叙事学：经典与后经典》，北京：北京大学出版社，2010 年，第 171 页。

② James Phelan, *Narrative as Rhetoric: Technique, Audiences, Ethics, Ideology.* Columbus:Ohio State University Press,1996,p8.

正绅士美德的回归。

（一）19世纪绅士概念的演化

"绅士"一词常常让人想到英国绅士，足见这已然成为概括英国国民性的最具代表性词汇。从1066年的法国诺曼征服，到1837年维多利亚女王登基进入维多利亚时代，英国的绅士概念在逐渐演变。

英国培养绅士文化的传统由来已久，亨利六世于1440年创办的伊顿公学（Eton College）以"精英摇篮""绅士文化"闻名世界，有"绅士摇篮"之声誉。英国在17世纪后期就开始实施绅士教育，由英国哲学家、政治家、教育家洛克（John Locke）提出。 在《教育漫话》（*Some Thoughts Concerning Education*）① 一书中，他具体提出了绅士教育的主张，认为绅士应受体育、德育和智育等方面的教育。洛克认为，在绅士的各种品行中，德行应占第一位。第二种美德是良好的礼仪，他要求绅士的言语、动作都要符合其等级与地位，对人谦恭有礼，举止得体。克里斯汀·博贝里希（Christine Berberich）注意到《大不列颠百科全书》（*Encyclopedia Britannica*）试图解释该词数个世纪以来的变化情况。"在16世纪，拥有纹章（a coat of arms）是成为绅士的必要条件，18世纪发生了变化，强调态度和举止。"② 到了19世纪，绅士概念发生了更大变化，范围进一步扩大。他指出，19世纪以来，绅士由拥有纹章或祖辈是自由民的阶层扩大到了自耕农以上阶层，后来范围进一步扩大，普通商人以上人群，只要具备 ·定的优雅和才智均可称为绅士。他也关注到了《牛津平装词典》（*The Oxford Paperback Dictionary*）对"绅士"一词的四种不同定义，而其中，绅士的行为举止最为重要。③

19世纪评判"绅士"的标准为何有了如此巨大的变化？维多利亚时代为何对成为"绅士"趋之若鹜？对"绅士"着墨甚多的《远大前程》对这种社会现

---

① John Locke, *Some Thoughts Concerning Education*.Cambridge: Cambridge University Press, 1902.

② Christine Berberich,*The Image of the English Gentleman in Twentieth-Century Literature: Englishness and Nostalgia.* Aldershot and Burlington: Ashgate Publishing, 2007, p.9.

③ Charles Dickens, *The Shorter Novels of Charles Dickens*. Hertfordshire: Wordsworth Editions Limited,2005,p.983.

象作了文学上的回应与思考。评判绅士的标准是什么？狄更斯通过巧妙的人物安排和叙事手法，戏剧性的情节设计，反映了他对当时英国物质主义至上，社会道德滑坡的不良风气的深刻忧思，并呼吁一种真正绅士美德的回归。

（二）皮普的心灵之旅与外在形象打造

文中有关绅士形象的话题，主要集中于皮普的绅士形象打造以及两位囚犯之间的较量上。皮普的着装意识与绅士形象打造贯穿故事发展的始终；囚犯康佩生与米格韦契的不对等待遇归因于外在着装的巨大差别，两人的殊死较量也是通过外在着装加以表现。

皮普的父母早逝，出身卑微，由住在乡下的姐姐抚养长大。与暴戾乖张的姐姐迥异，姐夫是位勤劳本分的铁匠，待人仁慈宽厚，对皮普尤其呵护关爱。这样的成长背景显然与成为绅士风马牛不相及。偏偏，皮普被选中到镇上为贵妇人郝维香小姐服务。与皮普年纪相仿的郝维香的养女艾丝黛拉从小被当作淑女培养，美丽非凡，对皮普傲慢无礼。郝维香小姐家的所见所闻大大开阔了皮普眼界，艾丝黛拉的傲慢让皮普意识到自己地位卑微，干的是低三下四的粗活。"我的靴子笨重；我染上了无耻的恶习，把'克纳弗'（knaves）叫做'杰克'（jacks）；我比自己昨晚认为的还要愚昧无知得多；概括地说，我过的是一种下层社会的糟糕生活。"[①] 情窦初开，喜欢上艾丝黛拉的皮普自惭形秽，在着装时尚优雅但强势无礼的艾丝黛拉面前感到痛苦不堪，渐渐不能忍受自己的身份处境，时常盼望着改变命运。

此后，除了偶尔去镇上见郝薇香小姐，皮普的生活一如从前，波澜不惊，淡而无味。用皮普的话来说："我现在过的是刻板的学徒生活，这种生活超出这个村子和沼泽地的变化是，我生日那天再一次去拜访了郝薇香小姐，此外，就再也没有什么值得注意的事。"若没有什么变故的话，长大后他将和姐夫乔一样在农村做一名铁匠，娶妻生子，平淡度过此生。

郝维香小姐家的生活经历让他思想上产生了巨大震动。但是，以他现在的

---

① Charles Dickens, *The Shorter Novels of Charles Dickens*. Hertfordshire: Wordsworth Editions Limited,2005,p.1029.

条件，思想上的震荡当然改变不了什么。没有世袭的纹章，血统上与贵族无缘；相依为命的姐夫姐姐只是乡下的普通老百姓，自然也与当时拥有一定经济财力和社会地位的中产阶级相去甚远，中产阶级通过经济地位的提升和接受教育，外兼内敛，有机会跻身绅士行列。对皮普来说，改变命运的唯一契机似乎只有幻想天上掉馅饼之类的美事，而他偏偏遇到了这样的美事。和往常一样到三船仙酒家听神职人员伍甫赛先生读报的皮普撞了大运，一位陌生绅士前来相告："他具有远大的前程。"被兴奋冲昏头脑的皮普根本没有考虑消息的真假和财产的合法与否，只知道"我的梦想实现了；已经是清醒的现实，而不再是狂热的幻想。"财产还未到手，皮普心理上已迅速与乡亲们拉开了距离，尤其对朝夕相处，与自己感情深厚的乔刻意拉开了距离。他对乔的评论让毕蒂大为惊讶："他在某些事情上很落后。毕蒂，比如他在读书学问和礼貌规矩方面就很欠缺。"[①] 获得不明财富的皮普以学识和礼仪评判姐夫乔，立刻对他产生了鄙视与不满，读者会对好人品的乔与通过金钱即将晋身"绅士"之阶的皮普进行道德评判，童年皮普这种经验自我的"不可靠叙述"也让两人的人品高低在读者心中自见分晓。

受当时社会风气的影响，人们注重打造自己的外在形象，追求具有绅士的派头和着装品味。委托人让皮普立刻离开乡村，到城里接受上等人的教育。当务之急就是贾格斯律师所说的"你应该先做几件新衣服，当然不是做工作服"[②]。皮普在裁缝店做了衣服，穿上最讲究的服装去镇上还不够，去伦敦见监护人"我想做一套时尚的套装穿了去"[③]。布料的选择也颇有讲究，选了"……一种轻巧的适合夏季穿的布料，这种布料在贵族和上流社会人士中非常流行……"[④]，这

---

① Charles Dickens, *The Shorter Novels of Charles Dickens*. Hertfordshire: Wordsworth Editions Limited,2005,p.1048.

② Charles Dickens, *The Shorter Novels of Charles Dickens*. Hertfordshire: Wordsworth Editions Limited,2005,p.1042.

③ Charles Dickens, *The Shorter Novels of Charles Dickens*. Hertfordshire: Wordsworth Editions Limited,2005,p.1049.

④ Charles Dickens, *The Shorter Novels of Charles Dickens*. Hertfordshire: Wordsworth Editions Limited,2005,p.1050.

些描述明确了这样的社会现实：当时的社会各界人士没有考虑人品与道德，关注服装的款式与布料质地，关注绅士的外在装扮。到了伦敦之后的皮普虚荣心不断膨胀，铺张浪费，越发变得虚伪势利。住处的装饰必须得豪华气派，实不实用等方面根本不予考虑。为了配得上自己的"绅士"身份，还得有气派的马车，并雇了一个奴仆。体现绅士地位的奴仆着装当然也不能马虎：蓝外套、鲜黄色背心、白色领结、奶油色马裤和高筒靴。从乡下来看望他的乔被他当作另类，处处看不顺眼。

坦然接受不明人士的巨额赐赠并心安理得地大肆挥霍，那个淳朴善良的皮普不见了，他的人生观和价值观在金钱的诱惑面前严重扭曲。周围人对皮普身份变换后的趋炎附势之态也反映了整个社会对金钱的迷恋。粮商种子商潘波趣先生、裁缝店店主、小酒馆的客人等对待皮普由以前的怠慢无礼转眼间变为钦佩仰慕，甚至奴颜媚骨。在监护人贾格斯律师的安排下，皮普在赫尔伯特先生处接受教育。皮普终究没有接受多少绅士文化的训练，在伦敦的花花世界里变得游手好闲，不切实际。精心打造的是自己的外表，"饱受着装的折磨"[1]，绞尽脑汁思考的也是如何看起来像个绅士。他只注重"绅士外在仪态的高雅做派，并没有真正躬行绅士的内在品格"[2]。皮普在很大程度上也代表了维多利亚时人对绅士观念的理解。狄更斯揭露的是整个社会轻视人品道德、崇拜金钱的丑恶嘴脸。

（三）康佩生与米格韦契：囚犯间的较量

文中还贯穿着两名囚犯康佩生与米格韦契之间的较量，服饰是他们较量的工具。故事的第三部分，即皮普奔赴远大前程的最后阶段，谜底揭晓，倾其所有要打造皮普为绅士的神秘恩主不是郝薇香小姐，而是囚犯米格韦契。狄更斯通过两囚犯间的较量，对当时社会盛行的将外表着装与人的道德品行等同的肤浅识人法进行了强有力的嘲讽。

---

[1] Harold Bloom, *Charles Dickens's Great Expectations*. New York: Chelsea House Publishers, 2005, p.90.
[2] 陈礼珍、李思兰：《文化、资产与社会流动：〈远大前程〉的财富观再批判》，载《外国文学研究》2015年。

补锅匠的儿子米格韦契自小被父亲抛弃，在"进了班房出班房，进了班房出班房，进了班房出班房"①中艰难长大。监狱里的人这样描述他："这男孩呀，简直就是住在监狱里。"②用他自己的话说，就是"我必须得塞些什么东西来填填我的肚子，不是吗？"③一次赛马场上与康佩生的相遇让他彻底沦为康佩生的工具，任其指使利用，在其指使下诈骗，伪造字据，无恶不作。若不幸被警局逮捕，康佩生总能将罪行推脱得干干净净，或让自己从轻发落。米格韦契成了替罪羊，而他则在意气用事地与康佩生的较量中不断沉沦，越发不可救药。当然，每次较量都以米格韦契的失败而告终。他的境况就如同他后来告诉皮普的一样："他给我编织了一张巨网，罩着我，我就像这张网下面的一个黑奴，任他指手画脚，终生放债，任他耍横，我只有卖命为他干活，随时可能丧命。"④针对米格韦契的罪恶和堕落，阿利斯泰尔·罗宾逊（Alistair Robinson）通过探究其流浪汉背景和社会的边缘地位，认为米格韦契的暴力行为更加突显了文明社会的残酷一面。⑤罗宾逊的看法不无道理，米格韦契的意气用事与极端行为是由表面温和、俨然一副绅士派头的康佩生激发所致，这里的绅士着装更像虚伪的文明"外衣"。

两人境遇的极大反差与着装外形有紧密的联系。初次见面的康佩生一身标准的绅士装扮，"他身上揣着个表，挂着根表链，别着块胸针，手上戴着颗戒指，还穿着一身漂亮刺眼的衣服。"⑥最后，两人都犯了"盗窃货币投入市场"的重罪，各自找律师辩护。法庭上受审时，两人的服饰对比明显。如米格韦契所说，"当

---

① Charles Dickens, *The Shorter Novels of Charles Dickens*. Hertfordshire: Wordsworth Editions Limited,2005,p.1200.

② Charles Dickens, *The Shorter Novels of Charles Dickens*. Hertfordshire: Wordsworth Editions Limited,2005,p.1201.

③ Charles Dickens, *The Shorter Novels of Charles Dickens*. Hertfordshire: Wordsworth Editions Limited,2005,p.1201.

④ Charles Dickens, *The Shorter Novels of Charles Dickens*. Hertfordshire: Wordsworth Editions Limited,2005,p.1203.

⑤ Alistair Robinson.2017.Vagrant, Convict, Cannibal Chief: Abel Magwitch and the Culture of Cannibalism in Great Expectations,*Journal of Victorian Culture* 22:450–464.

⑥ Charles Dickens, *The Shorter Novels of Charles Dickens*. Hertfordshire: Wordsworth Editions Limited,2005,p.1201.

我们被押往码头时，我首先就注意到康佩生看起来多么像个上等人啊，卷卷的头发，黑色的衣服，雪白的手帕，而我呢？看起来就是一个毫不起眼的卑鄙小人。"[1] 康佩生的律师也说："法官大人，诸位先生，现在并排站在各位面前的这两个人，你们一眼就能分辨出来是完全不同的两种人。"[2] 两人的谈吐也大相径庭，米格韦契直言直语，实话实说。而"康佩生讲起话来，动不动就低下脑袋，用白手帕蒙着脸——哎呀！话里头还夹杂一些诗句……"[3]。最后的审判结果，康佩生判了七年，米格韦契判了十四年。显然，绅士扮相与流浪汉装束是法院判定两人罪行的主要依据。

康佩生还是新婚之日抛弃郝薇香小姐的伪绅士，伙同郝薇香的弟弟将其财产一卷而空。郝薇香的弟弟名为亚瑟（Arthur），与英国中世纪传奇故事中的亚瑟王同名。著名的亚瑟王俊美的容貌、优雅的举止、高尚的品行已深入人心。亚瑟王和他的圆桌骑士的故事广为人知，他们崇尚骑士精神，强调忠诚、勇敢、责任、慷慨，对女性忠心。绅士精神就由此转化而来。风度翩翩、口才俱佳的康佩生金玉其外，败絮其中，和郝薇香的弟弟亚瑟正好形成绅士的反衬，他们绅士装束的外表下是丑陋的灵魂。有意味的是，米格韦契的教名是亚伯（Abel），《圣经》中的亚伯虔诚善良，宽厚大方，是信徒们的榜样，却被伪善阴险的哥哥该隐所杀害。名字的所含意义也间接体现了米格韦契的良好本性和诸多优点。

最后，发配至海外的米格韦契通过自己的诚实劳动富甲一方，终于摆脱了康佩生的魔爪，苦尽甘来。本可以后半生享受荣华富贵，但他却选择全情打造皮普为绅士，并冒着被绞死的危险回国，想看看在他的培育下，皮普是否成了一名真正的绅士。米格韦契花重金打造皮普，缘于皮普小时候帮助过他。这也体现了米格韦契懂感恩、念旧情、重情义的性格特点。更重要的是，着装上的巨大反差让他在法庭上遭受了极不公正的判决，也吃尽了康佩生的苦头，"……

---

① Charles Dickens, *The Shorter Novels of Charles Dickens*. Hertfordshire: Wordsworth Editions Limited,2005,p.1204.

② Charles Dickens, *The Shorter Novels of Charles Dickens*. Hertfordshire: Wordsworth Editions Limited,2005,p.1204.

③ Charles Dickens, *The Shorter Novels of Charles Dickens*. Hertfordshire: Wordsworth Editions Limited,2005,p.1204.

因而促使米格韦契进行报复并意欲亲自打造一个绅士。"① 更准确地说，是与邪恶势力和不公正的社会现象抗衡。凭着囚犯的一己之力欲打造真正的绅士，作者对社会的讽刺更是深层次的。

（四）维多利亚时代为何对成为"绅士"趋之若鹜？

文中着墨甚多的绅士描写却没有明确指出判断绅士的标准是什么。谁能称得上绅士？回答此问题前，先回到最初提出的问题：维多利亚时代为何对成为"绅士"趋之若鹜？著者认为，资本主义制度引起的社会结构嬗变、英国人固有的贵族情结、没落贵族实行的文化霸权策略以及文化精英为改造国民性所做的努力是几个主要的原因。

资本主义制度的出现和发展让评判绅士的标准发生了前所未有的变化。资本主义萌芽于 14、15 世纪的欧洲，经数世纪的发展而日渐成熟。15、16 世纪随着资本主义制度的发展，掌握社会资本的非贵族或者说社会底层人士，地位上升，自然引起了社会结构的深刻变革。1640 年到 1688 年的资产阶级革命为资本主义经济的发展扫清了道路。18 世纪 60 年代在英国兴起、于 19 世纪有长足发展的工业革命更是让资产阶级的地位不断上升。政治经济地位的改变势必会追求文化品味的提升，成为一名像贵族般那样的绅士就成了资产阶级追求自身形象改善的目标。由血统门第决定的绅士标准发生了改变。

英国人固有的贵族情结也是一个原因。英国是一个崇尚贵族文化的国度，"对贵族及其生活方式的崇拜是根深蒂固的。"② 英国贵族文化起源于盎格鲁·撒克逊时代，历史悠久。贵族一部分来自世袭，另一部分则来自统治阶级的赏赐，或者在战争中立过功的武士。贵族阶层注重血统和门第，等级森严。尽管社会结构嬗变，贵族阶级日趋没落，但其文化风尚在英国社会中一直占据主流。"文化方面贵族的影响也十分大，英国社会有一种向上看的风气，下层模仿中层，中层追随上层，贵族的价值起表率作用，而维多利亚女王就是这种表率的典

---

① Paul Davis, *Charles Dickens: A Literary Reference to His Life and Work*. New York: Facts On File, Inc. An imprint of Infobase Publishing, 2007, p.139.

② 钱乘旦、许洁明：《英国通史》，上海：上海社会科学出版社，2012 年，第 270 页。

范。"① 获得经济地位的中产阶级往往发现自己精神上处于劣势。用法国社会学家布尔迪厄的术语来说，这或许是一种对文化资本的向往，向贵族阶层靠拢，与下层人士进行区隔。

没落贵族的文化霸权策略。世袭的贵族在乡村拥有地产庄园，不事生产劳作，往往接受古典主义教育，外在做派上，着装考究，举止高雅。工业革命使贵族阶级的式微已成必然之势，但他们在文化上仍具有很大的影响力，还处于文化上的霸权地位。他们也有意突出自身在文化方面的优势地位，占领精神高地，对中产阶级形成一种精神压迫。中产阶级通过努力，拥有了贵族的物质条件，有了一定的政治和经济地位后，在贵族文化的感召下，也往往急于通过做绅士来洗掉身上的铜臭味和粗俗之气。

文化精英的努力功不可没。随着贵族阶层的没落和中产阶级的兴起，英国的社会结构相应有了很大变化，传统农业社会的"贵族—农民"的封闭式结构被打破，变成了"土地贵族—中产阶级—广大劳工阶层"的开放性结构。阶层之间不再壁垒森严，各阶层的流动性增加，阶层之间的相互转换成为可能。马克思·韦伯（Max Weber）提出的"合理谋利"精神，清教徒信奉的勤勉奋斗信条，以及边沁（Jeremy Bentham）所倡导的"功利主义"原则，无形中加剧了人们追求财富的热情，维多利亚时代许多知识分子就表示了对人们追求金钱，社会道德滑坡现象的担忧。并通过词语的正本清源来进行道德重构。②

《远大前程》1860—1861 年在报上连载，彼时正是维多利亚时代的正午，国内一派欣欣向荣之景象，多数人都沉溺于国家的繁荣和富强之中。1865 年，英国经济学家杰文斯（William Stanley Jevons）就曾无不得意地炫耀："北美和俄国的平原是我们的玉米地；加拿大和波罗的海是我们的林区；澳大利亚有我们的牧羊场；秘鲁送来白银，南非和澳大利亚的黄金流向伦敦；印度人和中国人为我们种植茶叶，我们的咖啡、甘蔗和香料种植园遍布东印度群岛。我们的

① 钱乘旦、许洁明：《英国通史》，上海：上海社会科学出版社，2012 年，第 271 页。
② 乔修峰：《巴别塔下——维多利亚时代文人的词语焦虑与道德重构》，北京：中国社会科学出版社，2017 年。

棉花长期以来栽培在美国南部，现已扩展到地球每个温暖地区。"[1] 敏锐的狄更斯却对缺乏坚实道德根基的社会充满忧虑，担心这样的繁华不能持久。

当然，他不是一个人在战斗，同时代的许多作家、文化批评家也表示了类似的担忧。萨克雷的《名利场》《势力人脸谱》、特罗洛普的《巴塞特郡纪事》(*The Chronicles of Barsetshire*)、艾略特的《亚当·比德》《罗慕拉》、盖斯凯尔夫人的《南方与北方》、卡莱尔 (Thomas Carlyle) 的《旧衣新裁》(*Sartor Resartus*)《过去与现在》(*Past and Present*)、罗斯金 (John Ruskin) 的《芝麻与百合》(*Seasame and Lilies*)《时与潮》(*Time and Tide*) 就对当时道德滑坡和阶级冲突等社会问题有所揭露和批判。

由于上述诸多因素的合力作用，维多利亚时代人们对成为绅士趋之若鹜。在当时所有的批评话语中，"绅士"自然成了一个核心词汇。狄更斯通过小说，积极参与绅士的形塑和文化构建，《远大前程》就是他集中探讨绅士形象的代表性作品。文中着墨甚多的绅士描写却没有明确指出判断绅士的标准是什么。谁能称得上绅士？探究"隐含作者"的绅士观，或许是推断谁是真正绅士的一条有效途径。

（五）隐含作者的服饰叙事伦理：谁是绅士？

1.《远大前程》中隐含作者的"绅士观"

"隐含作者" (Implied author) 是布思 (Wayne C. Booth) 于 1961 年在《小说修辞学》(The Rhetoric of Fiction) 里提出来的重要概念。布思强调，"当他写作时，他并不只是创造一个理想的、非个人化的'普通人'，而是作者'他自己'的一个隐含的变体，这个隐含的作者变体有别于我们在其他人的作品中遇到的隐含作者。……作者会根据具体作品的需要呈现不同的面貌。"[2] 这一概念引起了学界的极大兴趣，后继的研究者们不断进行解释和阐发，诸多理解也引发了

---

① 中央电视台《大国崛起》节目组：《大国崛起》（原创精编本 A 卷－十二集大型电视纪录片），北京：中国民主法制出版社，2007 年，第 225 页。

② Wayne C. Booth, *The Rhetoric of Fiction.Second edition*. Chicago & London: The University of Chicago Press, 1983, p. 70–71.

一些混乱，相关争议持续不断。针对学界对该词莫衷一是的解读状况，申丹通过细读布思文本，并结合相关理论和社会背景，做出了相对而言最为清晰明了的阐释。她认为，"这一概念既涉及作者的编码又涉及读者的解码。"[①] "就编码而言，'隐含作者'就是处于某种创作状态、以某种立场和方式来'写作的正式作者'；就解码而言，'隐含作者'则是文本'隐含'的供读者推导的这一写作者的形象。"[②] 为了让读者更好地理解"隐含作者"的实质，她用了一个简化清晰的叙事交流图让这一概念更为直观形象：

作者（编码）—文本（产品）—读者（解码）

并对查特曼的叙事交流图进行了修正，改成如下的图式：

叙事文本
真实作者→隐含作者→（叙述者）→（受述者）→隐含读者→真实读者

修改过后的图式去掉了方框，明确表示了隐含作者不仅仅在文本之内，而是具有编码与解码的双重性质。"从编码来说，隐含作者是文本的创造者，因此处于文本之外；但从解码来说，隐含作者是作品隐含的作者形象，因此又处于文本之内。"[③] 这就意味着，既要关注文本之外的一些相关因素，如作者经历、社会历史语境等对作者观点的影响，也要细读文本，注重从文本中推导出隐含作者的立场和态度。如何判断隐含作者所持的价值立场呢？"他是'自己选择的总和'：隐含作者自己做出了所有的文本选择"，[④] 读者以文本为依托，从文本中推导出隐含作者的形象。

---

① 申丹、王丽亚：《西方叙事学：经典与后经典》，北京：北京大学出版社，2010年，第70页。
② 申丹：《叙事、文体与潜文本——重读英美经典短篇小说》，北京：北京大学出版社，2009年，第37页。
③ 申丹、王丽亚：《西方叙事学：经典与后经典》，北京：北京大学出版社，2010年，第75页。
④ 申丹："隐含作者"：中国的研究及对西方的影响.国外文学 2019(3):18-29.

《远大前程》以皮普的成长经历为主线，故事采用第一人称回顾性叙述。故事的主人公皮普充当叙述者，经验自我与叙述自我交替叙述故事。代表过去的经验自我的眼光与代表现在的叙述自我的眼光互相交错，"它们之间的对比常常是成熟与幼稚、了解事情的真相与被蒙在鼓里之间的对比"。① 两种视角的交互作用体现了皮普在成年和少年时代对事件的不同看法和体验，让读者与皮普一道"看"事态发展，感受经验自我的皮普的幼稚想法，最终不断认同作为叙述自我的成年皮普的观点，形成相应的价值判断。

谁"说"在引起读者的情感共鸣和与人物保持距离远近方面有重要作用。文本中有关绅士的形象和看法主要是通过叙述者的讲述、人物皮普的心理活动、铁匠乔和囚犯米格韦契等人的谈话构建的。他们与读者的交流频繁，距离较近，易于赢得读者的同情。而囚犯康佩生自始至终没有说一句话，是文本中距离读者最远的人物。读者对康佩生的形象是通过各色人物的谈话勾勒的。

故事中许多人物可看作是皮普心灵成长，进行正误判断的镜像式人物，如姐夫乔、好友毕蒂和赫伯尔特、赫伯尔特的父亲。在这些镜式人物美德的影响下，皮普得以相互对照，不断反思自己的思想和行为，心智变得逐渐成熟起来。文中很多文字记载了皮普将自己与这些拥有良好品行的人对照后对自己的批评、懊恼和反思。

"若要了解这一作品的'隐含作者'为何会做出那样的文本选择，就需要了解作者的生活经历和社会语境"② 探究狄更斯的家庭背景和人生经历，也是探究"隐含作者"所持观点的一种方法。狄更斯的祖父是贵族家庭的一名听差，与某位贵族夫人的女仆结婚后，成了贵族家庭的一名总管。在这位贵族主人的帮助下，狄更斯的父亲成了海军军需处的一名职员。"由于耳濡目染贵族家的绅士生活，他一心想把自己的言谈举止、生活习惯向绅士看齐，平时讲究服饰，尚慕虚荣，爱好交际，经常在家里举办家庭酒会"③ 他的父亲因花费无度常常让家庭陷入困境，甚至因为负债而全家入狱。年幼的狄更斯受生活所迫曾一度做

---

① 申丹：《叙述学与小说文体学研究》（第三版），2004 年，北京：北京大学出版社，第 238 页。
② 申丹："隐含作者"：中国的研究及对西方的影响．国外文学 2019(3):22.
③ 牟雷：《雾都明灯：狄更斯传（上册）》，石家庄：河北人民出版社，2012 年，第 3 页。

童工补贴家用。有学者认为狄更斯的父亲就是《远大前程》中米考伯先生的原型。狄更斯的父亲显然只模仿到了绅士的外在做派，注重着装，举办舞会，耽于享乐，没有具备绅士崇尚的"理性""节制""勤勉""坚毅"等理念与内在品质。

父亲这种华而不实的作风给狄更斯和家人带来了伤害，并影响了他对何为一名绅士的理解。成年后的狄更斯继承了父亲乐观爽朗、喜欢结交朋友的性格，也继承了父亲注重外表装扮的做派。1851年3月1日，《在款待W.C.麦克里迪的宴会上的演讲》中，科尔曼注意到狄更斯"神采奕奕……他的讲演与他的服饰一样绚丽……他那天穿了一件蓝色燕尾服，是丝绸面料的，铜质纽扣熠熠生辉，内套黑色缎子背心，并且配了白色缎子衣领和一件漂亮的精致衬衫。他站起来讲话时，他那长长的鬓发、炯炯的目光以及温文尔雅的气度构成了一幅赏心悦目的画面。……萨克雷不动声色地附议道：'是啊，这家伙就像蝴蝶一样俊俏，尤其是衬衣前面'"。[①] 这段描述生动展现了狄更斯对外表的重视，服装的款式、颜色、布料、饰品、搭配，甚至头式与动作，他都做到了尽善尽美，堪称一位颇具魅力的绅士。

与亮眼的外表相匹配，狄更斯的内在品性同样完美，值得人称道。他意志坚定，极度自律，靠自己坚韧不拔的毅力自学成才，成了当时英国乃至欧美首屈一指的大作家。这是他与父亲最大的不同之处。狄更斯脚踏实地、严于律己的性格特征与绅士崇尚的美德一脉相承。前面的分析得知，狄更斯对着装有自己的审美理念，对自己的外表修饰热情有加，然而，相对赏心悦目的服装，他更看重着衣人的内在品质。除了在作品中对此数度进行强调，在演讲中他也多次提到服饰与德行的关系。在1841年爱丁堡欢迎宴会上的演讲中，他谈到，

"德行往往可以在遭世人冷落的地方找到；它与清贫的生活并行不悖，甚至常常与衣衫褴褛的人为伍"。[②] 1863年，《在皇家普通戏剧基金会周年庆祝会上的演讲》中他曾强调："哪怕是在最穷困的乡村剧院，我也从未见过比在下议院

---

① （英）查尔斯·狄更斯：《狄更斯演讲集》，殷企平、丁建民、徐伟彬译，南昌：江西教育出版社，2016年，第110页。

② （英）查尔斯·狄更斯：《狄更斯演讲集》，殷企平、丁建民、徐伟彬译，南昌：江西教育出版社，2016年，第4页。

发布来自上议院的消息时更糟糕的化装了……我认识一位每周只挣二十五先令的大臣，它尽管衣衫褴褛，可是他的模样要比那位年薪一万五千镑的真大臣不知好出多少倍。"① 如果说狄更斯崇尚表里如一的着装理念的话，在两者不能兼顾的情况下，内在品性明显是他重视得多的一面。外表粗陋，着装褴褛但正直善良的穷苦百姓深得他的肯定。这种处于社会底层、受困于果腹的阶层对美德的坚守极为不易，更令他肃然起敬。

维多利亚时代，评判绅士的标准尽管发生了很大变化，也时常有不要被伪装的外表所迷惑的呼吁之声，但在服饰制作方式的改变、服饰价格的大幅下调、城市化进程加剧、功利主义盛行等诸多因素的影响下，当时人们还是普遍通过一个人的穿着判断其道德品质。狄更斯显然更为冷静和清醒，对这种缺乏理性的服饰识人方法进行了批判。

2."不可靠叙述"与隐含作者的绅士观

"不可靠叙述"也是判断隐含作者价值立场的一个有效方法。除了前面提到的"隐含作者"概念，同样，布思在《小说修辞学》里也提出了"不可靠叙述"的概念。布思认为，叙述者的叙述可不可靠，关键在于叙述者的叙述与隐含作者的规范是不是保持一致。从"距离"入手，布思对叙述者与隐含作者、叙述者与故事中的人物、叙述者与读者的标准、隐含作者与读者、隐含作者与其他人物的距离进行了探讨，由于没有更合适的术语，他表示，"我将依照作品的标准（就是说，隐含作者的标准）说话和行动的叙述者称为可靠的叙述者，反之则是不可靠的叙述者。……不可靠叙述者与作者标准的距离远近和方向的不同而有显著差异"。② 具体而言，布思关注两种类型的不可靠叙述，一种与故事事实有关，主要指叙述者在叙述事件时前后矛盾或与事实不符。另一种涉及价值判断，指叙述者或人物在作价值判断时出现偏误的情况。

叙事学界一直对"不可靠叙述"的概念热情有加。费伦对此有所创新，增

① （英）查尔斯·狄更斯：《狄更斯演讲集》，殷企平、丁建民、徐伟彬译，南昌：江西教育出版社，2016 年，第 297 页。
② W. C.Booth,*The Rhetoric of Fiction.Second edition*.Chicago & London: The University of Chicago Press,1983,p.158–59.

加了"知识／感知轴",将布思的"事实／事件轴"和"价值／判断轴"两大轴发展成了三大轴,还区分了六种不可靠叙述的亚类型:"事实／事件轴"上的错误报道和不充分报道,"价值／判断轴"上的错误判断和不充分判断,"知识／感知轴"上的错误解读和不充分解读。[1] 与布思和费伦为代表的修辞性研究方法不同,认知(建构)方法的代表人物塔玛·雅克比(Tamar Yacobi)和安斯加·纽宁(Ansgar Nünning)聚焦于读者的阐释,从读者阅读的角度来考虑不可靠性。[2]西方叙事学界对"不可靠叙述"的修辞性研究方法和认知(建构)方法孰优孰劣产生了许多争论。申丹对此进行了厘清并认为"两种方法各有其独立存在的合理性和必要性",[3] 两者对"不可靠叙述"的界定互相冲突,各有长处,不能互相取代。

若以费伦的三大轴进行判断,"事实／事件轴"和"知识／感知轴"上,幼年皮普或进行了错误报道和不充分报道,或进行了错误解读和不充分解读。摇身变为富豪的皮普对姐夫乔的态度转变和负面评价,显然是"事实／事件轴"上的一种错误报道。在"知识／感知轴"上,他一直认为郝薇香小姐是改变自己命运的神秘资助人,认为伦敦尽善尽美等,是一种错误或不充分的解读。例如皮普心里想着"仿佛她就是那位美丽的教母,把我变成了另外一个人"[4],"我认为他完全清楚郝薇香小姐是我的恩主,正如我自己了解的事实一样"[5]。凭直觉认定自己继承的大宗财产来自郝薇香小姐,认为大都市伦敦繁华富足,完美无瑕,皮普显然进行了错误的解读,后来的事态发展也证实了这一点。他的神秘资助人不是郝薇香,而是囚犯米格韦契;初到伦敦,随处可见的穷人、污秽的街道和乌烟瘴气的律师事务所彻底打破了皮普对伦敦尽善尽美的印象。但是随着叙事的进程,经验自我和叙述自我的观点不时交叉,成年皮普的叙述不断对幼年皮普的报道和看法进行纠偏,报道和解读越来越趋向于正确和充分。在

---

① James Phelan. *Living to Tell about It*. Ithaca: Cornell UP,2005,p.49–53.

② 申丹,王丽亚:《西方叙事学:经典与后经典》,北京:北京大学出版社, .2010年, 第82–86页.

③ 申丹:《叙事、文体与潜文本——重读英美经典短篇小说》,北京:北京大学出版社, 2009年,第58页。

④ Charles Dickens, *Charles Dickens: Five Novels*. New York: Barnes &Noble, 2010.p.1054.

⑤ Charles Dickens, *Charles Dickens: Five Novels*. New York: Barnes &Noble, 2010.p.1029.

"价值/判断轴"上，幼年皮普第一次遇到傲慢无礼、以貌取人的艾斯黛拉时，就做出了错误的伦理判断，认同艾斯黛拉以貌取人的观点，对自己和乔的着装深感自卑和不安。当皮普以外貌和着装作为评判人是否有教养的标准时，长久以来乔对他的关爱和照顾，乔善良慷慨等优秀品质都被他一一否定了，不禁埋怨起来，"真希望乔当年受到的教养高雅一些，那么我也会有这样的教养了"①。这种以外在着装等同于内在教养的伦理误判导致了皮普对乔的埋怨和鄙视。

文中关于绅士的看法有两种相反的判断。幼年皮普和大部分乡村居民以经济地位和外在形象作为判定绅士的基本依据，是错误判断和不充分判断。摇身一变成为富豪的皮普潜意识中认为首要任务是进行外表包装，需要尽快配备绅士的装束。他的监护人、来自伦敦的贾格斯律师和小镇上的裁缝等人亦如此建议。平步青云的皮普受到了与以往截然不同的对待，整个小镇的人对他喜笑颜开，奉承巴结。他不禁感叹"我这才第一次明显地体会到了金钱的巨大威力"②，这些善于逢迎的人当中，潘波趣最为突出。他刻薄寡情，常以各种方法折磨幼年皮普为乐事。但面对一夜暴富的皮普，他立刻转变了态度，竭力讨好，奴性十足。"潘波趣先生把他自己的房间让出来专门给我换装，还刻意为这件大事准备了好些毛巾"③。皮普前往伦敦的路上，"在行程中潘波趣老是卑躬屈膝地献殷勤，让我不胜其烦。他跟在我后面，注意力高度集中，自始至终替我整理飘扬的帽带，替我把斗篷弄平整"④。不同人等对皮普飞黄腾达后的谄媚表现和皮普的内心感受显然是以金钱作为评判个人价值的标准，是费伦所说的"价值/判断轴"上的错误判断和不充分判断。人们通过皮普外在衣着的改变来判断是否是绅士的理解是"知识/感知轴"上的错误解读。

另一方则以乔、成年皮普、米格韦契、赫尔伯特的父亲为代表，他们看重绅士的内在品质，突出绅士的美德和良好的行为操守，对绅士的判断与隐含作者的观点趋于一致，是可靠叙述。乔是书中最完美的人物，他对何为绅士进行

---

①　Charles Dickens, *Charles Dickens: Five Novels*. New York: Barnes &Noble, 2010.p.1054.

②　Charles Dickens, *Charles Dickens: Five Novels*. New York: Barnes &Noble, 2010.p.1054.

③　Charles Dickens, *Charles Dickens: Five Novels*. New York: Barnes &Noble, 2010.p.1054.

④　Charles Dickens, *Charles Dickens: Five Novels*. New York: Barnes &Noble, 2010.p.1054.

了正确的判断和合理的诠释。对于皮普的执迷不悟，好脾气的乔曾奉劝道："要是你不能通过走直路正路变得不平凡，你绝对不要为了不平凡而去走歪道斜道。……活要活得规规矩矩，死要死得快快乐乐"①。文中多次出现乔对皮普类似的劝告。此外，与少年皮普的不可靠叙述形成对照，不断经受各种磨炼和挫折的皮普渐渐成年，通过观察和感受，在成长中不断反省，成了一名"可靠的叙述者"，即"依据隐含作者的准则行事的叙述者"。②成年皮普的可靠叙述不断对幼年皮普的不可靠叙述进行批评、嘲讽和纠正，与乔的观点互相呼应。例如："我当时违背自己的意愿，还算热情地干活，并不是因为我对勤劳的美德有一种强烈的感觉，而是因为乔对勤劳的美德有一种强烈的感觉"③。"哦，亲爱的好乔，当初我执意离开你，对你如此忘恩负义……哦，我亲爱的、好心的、忠诚的、和善的乔呀"④……"我对待乔的行为长期使我心神不安"⑤。这些可靠叙述在情感和伦理判断上易于引起读者的共鸣，对读者的影响和伦理教诲比简单的说教要高明得多，巧妙地传达了隐含作者的观点。

隐含作者涉及作者的编码和读者的解码，既在文本内部又在文本之外。无论从作者的编码还是从读者的解码而言，隐含作者重内在品性、轻外在装扮的观念都贯穿故事始终。自此，通过书中人物的对比，对于谁是绅士，隐含作者的观点很明确，那就是，真正的绅士是内在的光芒造就的。文中众多人物如皮普、乔、米格韦契、赫尔伯特父子等人的良好品行构建了一个完美的绅士形象。经过精心包装，具有绅士外表，内心虚荣势利的皮普称不上绅士。经历人生的大起大落，面对世事有不断成熟的价值判断，本性善良，乐于助人，宽容大气，善于反省，知错能改，洗净铅华，在沉浮中不断成长，在大彻大悟中回归平淡，最后抛掉幻想，靠诚实劳动自食其力的皮普才成了一名真正的绅士。

皮普的本性善良还通过郝薇香小姐的行为凸显出来。对社会心怀怨恨，发

① Charles Dickens, *Charles Dickens: Five Novels*. New York: Barnes &Noble, 2010.
② （美）杰拉德·普林斯：《叙述学词典》（修订版），乔国强、李孝弟译，上海：上海译文出版社，2011年，第192页。
③ Charles Dickens, *Charles Dickens: Five Novels*. New York: Barnes &Noble, 2010.p.1015.
④ Charles Dickens, *Charles Dickens: Five Novels*. New York: Barnes &Noble, 2010.p.1042.
⑤ Charles Dickens, *Charles Dickens: Five Novels*. New York: Barnes &Noble, 2010.p.1144.

誓报复男性的郝薇香小姐，面对皮普始终如一的善良和包容，最后良心发现，对自己的行为懊悔不已。她不再铁石心肠，而是诚恳地对皮普忏悔"我觉得你简直就是一面镜子，向我展示了我当年的感觉，我不知道我干的是什么！我怎么做出这种事来！我怎么做出这种事来"[①]！故事末尾多次出现郝薇香小姐的感叹"我怎么做出这种事来！"这句饱含感情的忏悔式感叹一再从冷血古怪的郝薇香小姐的嘴里说出来，更显示了皮普骨子里的善良本性具有强大的力量，能感化任何铁石心肠的人，当然也包括读者。

真正的绅士应像铁匠乔一样具有宽广的胸怀，仁慈厚道，对家人和朋友深情厚谊，不受环境和外人所左右，不贪慕虚荣，脚踏实地，靠诚实劳动，本本分分赚钱。事实上，乔是书中刻画的众多男性中最完美的人物，他具有始终如一的好品德。皮普第一次去郝薇香小姐家做事，回家后，反感姐姐和潘波趣舅舅的盘问，对他们撒了谎。面对真诚善良的乔，皮普良心难安，将撒谎的事实告诉了他。乔好心劝导并叮嘱皮普"要想做绅士，唯一的办法就是要诚实做人"。[②] 乔的观点代表了作者强调绅士应具备的行为操守。

像米格韦契一样，即使身处社会底层和遭遇不公正对待，却始终不失道德底线，慷慨正直、正义勇敢、乐观坚强，懂得感恩，知恩图报。米格韦契倾力打造皮普成为一名真正的绅士的行为意义深远。深受金玉其外、败絮其中的康佩生的折磨和迫害，并对整个社会通过服饰判断人的标准深感失望，米格韦契寄希望于皮普，通过自己辛苦赚取的财富尽全力打造皮普成为一位内外兼修的真正绅士，甚至冒被绞死的危险回国，目的是验证自己的努力有没有奏效。"皮普最终明白，成为一名绅士的决定因素是内涵而不是财富的外在表现"。[③] 米格韦契没有失望，在不断磨练中皮普成长为一名真正的绅士：衣着考究，谈吐文雅，尤其重要的是，他善良大方，在危机面前勇于担当，对米格韦契有情有义。

---

① Charles Dickens, *Charles Dickens: Five Novels*. New York: Barnes &Noble, 2010.p.1243.

② Harold Bloom, *Bloom's Guides: Charles Dickens's Great Expectations*.Philadelphia:Chelsea House Publishers,2005,p.22.

③ Christine Berberich, *The Image of the English Gentleman in Twentieth-Century Literature: English-ness andNostalgia*.Hampshire and Burlington: Ashgate Publishing,2007,p.35.

如赫尔伯特一样对未来充满梦想并积极行动，对朋友和家人充满关爱，对人生有明确规划，历尽艰辛却不失乐观，最终靠诚实工作实现梦想的人。绅士还应像赫伯尔特的父亲一样，秉承一贯的美德观念，不受周围环境影响，不见利忘义，不虚荣浮华，对家人宽容慈爱，对工作兢兢业业，遭遇多大的困难也能保持气节和内心安宁，通过诚实劳动养家糊口的人。皮普曾对郝薇香小姐说："马修·朴凯特先生和他的儿子赫伯尔特慷慨大方、正直诚实、胸怀坦荡，他们不能忍受任何诡计多端或卑鄙下流之事，如果你不这样认为，就大大地冤枉他们了"①。赫伯尔特也对皮普这样谈论他的父亲："因为他秉持的一个原则就是，自从开天辟地以来，一个人如果在本质上不是真正的绅士，那么在行为举止上也决不可能是一名真正的绅士"②。

与《大卫·科波菲尔》一样，《远大前程》也属于个人成长小说。若被狄更斯称为他"最喜爱的孩子"的《大卫·科波菲尔》几乎是其自传的话，写于其创作后期的《远大前程》更凝聚了作者对人生、人性和社会的严肃思考，这样的成长经历也能给读者更多的启发和思考。小说的标题为"Great Expectations"，"expectation"一词除了"前程"之外，还有"预料、预期、期待、指望、盼望、期望值"等含义。小说译名为《远大前程》，其实还有另外的含义，"很大的预期""高期望值""很高的指望"等，"强调了第一人称主人公皮普的主观欲望。"③小说标题就对皮普建立在来路不明财富上的幸福进行了双重讥讽：没有脚踏实地获得的幸福只是昙花一现，终究不牢靠，这样的前程谈不上远大，甚至是远大的反面，期望越高，失望越大。

通过以上分析，狄更斯花费甚多笔墨进行的绅士描写其实是他对当时狂热追求成为绅士的社会现象的一种积极回应。对社会拜金严重、道德滑坡、人们追求华而不实外表的深刻忧思，并通过高超的叙事手法呼吁一种真正绅士美德的回归。狄更斯的担忧与当时许多文人对绅士的看法不谋而合。萨克雷在《名利场》中塑造的都宾上尉身材肥胖，举止笨拙，着装滑稽，"他穿的灯芯绒裤

---

① Charles Dickens, *Charles Dickens: Five Novels*. New York: Barnes &Noble, 2010.p.1211.

② Charles Dickens, *Charles Dickens: Five Novels*. New York: Barnes &Noble, 2010.p.1072.

③ 李赋宁：《欧洲文学史》（第2卷），北京：商务印书馆，2002年，第272页。

子和短外衣都太紧，一身大骨头在绷破的线缝里撑出来"。①但是却善良热情，为人厚道，心胸宽广，乐于助人，具有绅士的诸多美德。他的另一本著作，《势利者脸谱》对讲究着装排场、华而不实的各色人等进行了无情的鞭笞和嘲讽。盖斯凯尔夫人在《北方与南方》中，借大工厂主桑顿先生的口吻对当时的绅士现象进行批判，"我对'像个绅士'这个词已经感到厌烦，因为人们通常用得不恰当，它的意思也经常被夸大到失真的地步"。②柯林斯《白衣女人》的主角、绘画教师沃尔特·哈特莱特经济拮据，着装普通，可他对爱执着，勇敢正义，慷慨大方，是一位有谋略、有智慧，有担当的绅士。乔治·艾略特诸多文章和书评强调小说应培养世人的道德情感，激发人们的同情心。塞缪尔·斯迈尔斯（Samuel Smiles）的《自助》（Self-Help）一书曾辟专章讨论真正绅士具有的良好品格。他强调，"他的品德不是取决于时尚和举止，而是取决于道德价值——不是取决于个人财产，而是取决于个人素质"。③不妨这么说，狄更斯的绅士观也是维多利亚时代英国文人普遍持有的绅士观。

二、《雾都孤儿》的服饰叙事伦理

　　狄更斯在《雾都孤儿》中巧妙地通过服饰叙事反映特定的阶层关系、传达特定的伦理道德观念。小说主要通过中产阶级、盗贼群体以及特权阶层的服饰进行伦理表达：中产阶级体面时髦的服饰表明他们教养良好、符合当时的伦理道德规范；无产者残破粗陋的着装寄予了作者对下层阶级的同情；盗贼群体变化多样的服饰体现了他们伦理身份和伦理观念混乱的特点，而特权阶层的服饰则成了他们违背伦理道德、颐指气使的象征。狄更斯敏锐地感受到了时代的动向，在作品中巧妙地通过服饰叙事策略反映了当时的阶层关系，传达了特定的伦理道德观念，并在叙事进程中引发读者对服饰伦理进行多角度的阐释和全方位的思考。

---

① （英）威廉·萨克雷：《名利场》，杨必译，北京：人民文学出版社，2015年，第40页。
② （英）伊丽莎白·盖斯凯尔：《北方与南方》，陈锦慧译，海口：海南出版社，2018年，第170–71页。
③ Samuel Smiles.*Self-Help*.London: John Murray,1908,p467.

（一）伦理选择、阶级关系以及隐含作者的服饰叙事伦理观

文学伦理学批评"强调文学及其批评的社会责任,强调文学的教诲功能"①。《雾都孤儿》的服饰叙事也体现了文学对人的教化作用,突出文学的社会责任。该小说善与恶的伦理主线贯穿始终,善的一方以中产阶级布朗洛先生、梅丽太太、罗斯小姐和奥利弗为代表;而恶的一方代表性人物为济贫院管理阶层"穿白背心的先生"和教区执事邦布尔、贼窝首领费金和赛克斯等人。服饰叙事也体现了善恶对抗的特点:善的一方服饰体面考究、和谐完美或服饰随着人物命运的改善日趋体面;恶的一方服饰残破脏乱、极不协调或恶人终有恶报,服饰逐渐由华丽转为破旧。

序言里作者提到许多作家美化窃贼的事实,对此颇为不安,并明确了要如实描写盗贼的生活状况的态度,引发读者对社会问题的思考,告诫读者以此为戒,不要误入歧途。

"服饰是社会的表象"②,社会巨变在着装上有所反映,城市化发展让人们"'解读'他人的所凭借的外表"③变得非常重要。社会习俗和价值体系赋予着装以规范,衣着便总是和道德联系起来,外在的装束和内在的素质有了千丝万缕的联系。光鲜考究的服饰似乎透露了着衣人的信息:此人极有教养,来历不凡。同样,粗陋的装束似乎在明确暗示着衣人道德有缺陷的事实。"所谓服饰,不仅指衣服,更多地是指穿戴的方式"。④ 于是我们看到小说中塑造的道德完善的理想代表布朗洛先生如此着装:"那位老先生看起来非常体面,脸上搽了粉,戴着金丝边框的眼镜。他身穿衣领是黑色天鹅绒的深绿色外套和白色裤子,腋下夹着一根漂亮的竹手杖。"⑤ 布朗洛先生为人处世的方式,好心收留并冒险营救奥利弗的系列行动,都与他的着装一样,体面完美。

---

① 聂珍钊:《文学伦理学批评及其他——聂珍钊自选集》,武汉:华中师范大学出版社,2012年,第58页。

② 李克臣、周音:《历史书记:巴尔扎克》,西安:太白文艺出版社,1998年,第161页。

③ （英）乔安妮·恩特维斯特尔:《时髦的身体:时尚、衣着和现代社会理论》,郜元宝等译,桂林:广西师范大学出版社,2004年,第146页。

④ 李克臣、周音:《历史书记:巴尔扎克》,西安:太白文艺出版社,1998年,第162页。

⑤ （英）查尔斯·狄更斯:《雾都孤儿》,黄水乞译。北京:中央编译出版社,2015年,第71页。

　　道德有缺陷的代表性人物贼窝首领费金则有着乱蓬蓬的红头发，永远佝偻着身子，穿着油腻腻的法兰绒长袍。凶残的盗贼赛克斯身材矮胖，举止极为粗俗，身穿"黑色粗天鹅绒上衣和一条很脏的马裤，脚着一双系带的半筒靴和一双灰色的棉长袜。……脖子上绕着一条色彩斑斓的脏围巾"[①]。着装上的极不协调与脏乱残破与着衣人的伦理意识缺乏和道德缺陷彼此呼应，相互强化。

　　作者通过服饰的符号作用凸显特权阶层的腐败冷漠。董事会成员"穿白背心的先生"心狠手辣，内心的阴暗与代表纯洁善良的白色形成鲜明对比。邦布尔先生由教区执事沦为一介平民，漂亮的镶边外套、威风凛凛的手杖和三角帽最终被破旧的服装和朴素的圆帽取而代之。很多情况下，作者给小说人物"表里如一"的着装风格表明了其鲜明的善恶观念。

　　除了善恶，服饰也生动反映了维多利亚时代的阶层关系：特权阶层的官服精致华美，有精美的镶边，还配以代表权力和身份的假发、手杖和帽子。中产阶级的服饰体面考究、赏心悦目，仆人们的着装也毫不马虎，干净整洁，一丝不苟，与主人的身份和地位相得益彰。各种职业装束体现了当时众多行业的职业特点，如从事扫烟囱行业的甘菲尔德先生，他的脸庞和衣服都布满了黑魆魆的烟灰；棺材铺的老板索尔贝里先生高大瘦削，穿破旧的黑衣服、黑皮鞋以及织补过的黑长袜，这种一身黑色的装束与丧服相似，形象地体现了他的职业特点。济贫院的贫民们则穿着统一的粗布衣服，这种隶属某个群体的统一着装易于识别，便于统治者管理。济贫院的老妇们身材干瘪瘦弱，穿着破衣烂衫，与济贫院管理人员曼太太的华丽衣裙与璀璨珠宝形成了鲜明对比。

　　服饰质地和颜色也反映了人物的社会地位和尊卑关系。地位较高的布朗洛先生的衣服质地上乘，是上流社会青睐的天鹅绒质地。黑色领子、深绿外套和白色裤子搭配和谐，黑、绿、白三种颜色的组合明快而不艳，与着衣人的整体气质、身份、地位相符。耐脏的白色裤子暗示了布朗洛先生不用亲自劳作，有一定经济地位的事实。在济贫院工作的邦布尔先生属特权阶层，身着有精致镶边的天鹅绒制服，红黑两色为主。而盗贼赛克斯的服饰则质地大不相同，是粗

---

① Charles Dickens, *Charles Dickens: Five Novels*. New York: Barnes &Noble, 2010,p.68.

天鹅绒和粗棉布，服饰主打颜色为黑、灰、褐色。服饰质地粗劣，这三种颜色组合显得暗淡压抑，不甚协调。

以奥利弗的成长和生活经历为主线，服饰叙事也体现了人物不同的伦理选择。奥利弗有两套对比鲜明的服饰：身处贼窝的盗贼服装和被收留后布朗洛先生为其配备的小绅士装束。不管在何种情况下，在不同的伦理环境和伦理观念中，他始终做出了正确的伦理选择。他对服装的态度明显透露了他的伦理观念和伦理选择。被布朗洛先生收留时，奥利弗身患疾病，身体稍有康复主人便给他做了一套体面的绅士服装。换上绅士服装的奥利弗感觉心情舒畅，轻松了很多，迅速将让他感到危险、焦虑不安的盗贼装束变卖了。电影与小说稍有出入，对这个细节进行了改编。由波兰斯基（Roman Planski）执导、2005 年在加拿大上映、金斯利（Ben Kingsley）和克拉克（Barney Clark）主演的电影版本中，他与管家贝德温太太在布朗洛先生家的后院将盗贼服饰一把火烧掉了。不管是变卖还是烧掉，对服饰的感受、态度和处理方式都体现了奥利弗急于与盗贼群体脱离干系的急迫心情。穿上绅士装束的奥利弗显得自然洒脱，心情愉快。两种代表不同阶级的装束可理解为两种不同的伦理价值观，奥利弗对服装的态度意味着他做出了正确的价值判断，进行了正确的伦理选择。

聂珍钊认为，人作为个体，同时存在两种因子，即人性因子和兽性因子，完整的人格是由这两种因子结合而成的。若人性因子占主导地位，那么人就是理性的，能够辨别善恶，弃恶从善。若兽性因子战胜了人性因子或人失去了人性因子，则人的自由意志将会不受引导和约束，造成灵与肉的分离，人会变得"没有伦理，不辨善恶……"[①] 在故事开始的阶段，身处贼窝的南希兽性因子占了主导地位，她分辨不清善恶，听从贼窝首领的教唆，利用服饰伪装成家庭主妇的模样，骗取人们的信任，将好不容易逃离贼窝的奥利弗重又带回了贼窝。重回贼窝的奥利弗，绅士装束迅速被贪婪的盗贼们扒掉，这是被自由意志主导的盗贼们非理性的行为所致。此后，在与奥利弗的相处中，南希逐渐被奥利弗的善

---

① 聂珍钊：《文学伦理学批评及其他——聂珍钊自选集》，武汉：华中师范大学出版社，2012 年，第 26 页。

良本性和高贵气质所感化，人性因子逐渐战胜了兽性因子，她时常后悔自己骗奥利弗重回贼窝的所作所为，最终改邪归正，弃恶从善，甚至经历重重危险，以生命为代价换取了奥利弗的生命安全。她的改变是错误的伦理判断和伦理选择转变为正确的伦理选择的结果。还有一件事值得一提。南希数次拒绝罗斯小姐帮助她逃离危险的贼窝的救助，也拒绝了她的财物援助，但却要求罗斯小姐将自己用过的白色手帕赠送给她。手帕在这里别具意义，可理解为在内心深处，她其实希望成为一位像罗斯小姐那样高贵纯洁的人。白色象征她的本性，代表纯洁和高雅。在生命的最后关头，她虔诚地双手高举白手帕，这种宗教仪式上的动作意味着她通过手帕完成了宗教意义上的救赎，洗涤了灵魂上的污垢和罪恶，以生命为代价获得了新生。

亚里士多德认为，人类理性的生活由两部分组成，一部分服从于理性，另一部分则拥有并运用理性，"即进行理性活动。"[①]聂珍钊指出，达尔文在19世纪中叶提出的物种起源学说完成了人生物意义上的选择。之后，人类需要经历第二次选择，即伦理选择。伦理选择要求人能分辨善恶，通过理性指导自己的行动。自由意志和理性意志在能否做出正确的伦理选择中发挥着重要作用，但是"自由意志和理性意志是相互对立的两种力量"[②]。在南希身上，两种因子互相作用，最终人性因子战胜了兽性因子，理性战胜了感性，做出了正确的伦理选择。故事中最坏的人物，南希的恋人赛克斯则一直被兽性因子主导，自由意志居于理性意志之上，善恶不分，是非不辨，与野兽无异。他自始至终都坚持错误的伦理选择，直至最终走向灭亡。相应地他的服饰也越加残破、肢体动作越发反常。

通过以上对服饰叙事体现的善恶对立、阶层关系和伦理选择的分析，隐含作者的服饰叙事伦理观可做一个大致的概括：表里如一、善恶有报。即内在的道德完善和着装上的体面考究相互映衬、互为表里；反之，品性恶劣之徒则着

---

① （古希腊）亚里士多德：《尼各马可伦理学》，王旭凤、陈晓旭译，北京：中国社会科学出版社，2007年，第23页。

② 聂珍钊：《文学伦理学批评及其他——聂珍钊自选集》，武汉：华中师范大学出版社，2012年，第23页。

装粗陋残破、极不协调，与缺陷的品性相匹配。狄更斯的服饰叙事反映了19世纪英国文学作品中常常出现的"理想的正义"（Poetic Justice）思想，那就是，善恶有报，恶人终会受到惩罚，好人终将有好报。

当然，《雾都孤儿》的服饰叙事更深层的意义在于作者对社会的深刻批判和深度思考。这主要表现在如下两个方面：第一，批判基督教的伪善。盗贼群体尤其是犹太人费金的刻画突显了以济贫院官员邦布尔为首的基督徒虚伪的一面。作者本意在于，相比西方普遍的反犹太主义传统，作为基督教信徒的特权阶层的可耻行径比贼窝首领、贪婪的教唆犯犹太人费金更为可恶。开篇章节中，奥利弗被所谓的基督徒人物如邦布尔、济贫院董事会成员"穿白背心的先生"、棺材铺白人老板夫妇等人残酷对待，被迫逃往伦敦谋求一条生路。在走投无路之际，他侥幸被贼窝收留，并得到犹太人费金的仁慈对待。尽管费金收留奥利弗的居心不良，目的是将他培养为小偷，为自己获利。但是不可否认，正是因为费金的收留，奥利弗才逃脱了衣食无着，饿死伦敦街头的命运。倘若没有费金的收留，奥利弗极有可能饿死在繁华的城市街头。"在某些方面，奥利弗在费金手下受到的对待远远好于在小说开篇章节中从所谓的基督徒那里受到的对待，这种对比传达了狄更斯对同胞的隐晦批判：《雾都孤儿》暗示的是，尽管他们是基督徒，但他们比犹太人更糟。"[①]这样的评论不无道理。第二，揭露社会的弊病。盗贼群体的服饰描写深刻揭露了这样一个事实：社会弊病才是盗窃现象猖獗的真正原因。如奥利弗般本性善良的人也在冷酷的社会伦理环境中被动沦为盗贼，如南希般热爱生活、渴望爱，可以获得拯救的人群不得不在混乱复杂的社会大环境中自暴自弃、混沌度日。无依无靠的南希抓住赛克斯这样一根无望的救命稻草，付出爱，渴望被爱，却葬送了如花的生命。南希对一无是处的恶棍死心塌地的爱恋从另一角度来说，更深刻体现了社会的冷酷无情和病态发展，急需进行改造。机灵鬼道金斯和乐天派贝茨都是贼窝里众多少年惯偷之一，社会上贫富严重不均的现象让众多穷人的孩子为了生存，无奈走上了犯

[①] Susan Meyer, "Antisemitism and Social Critique in Dickens's Oliver Twist." *Victorian Literature and Culture* 33.1(2005):244.

罪道路。贼窝里热爱生活、有着一双闪亮眼睛的奇特林关于服饰的谈论也生动体现了即便沦为盗贼，动辄出入监狱，却一直保留一颗热爱生活的心，从另一侧面反映了社会"逼良为娼"的现象。他"头戴皮帽，身穿深色的灯芯绒夹克衫、油腻腻的麻纱粗布裤子，还系着一块围裙。"① 叙述者以戏谑并毋庸置疑的口吻断言奇特林的衣橱疏于修补，"不过，他向同伴辩解，声称一小时前他的'刑期'才满，由于过去六个星期以来一直穿着制服，他未能对私人的服装给予任何关注。"② 对特权阶层的服饰，如"白背心""手杖""三角帽"等的重复强调也反映了作者对管理部门如济贫院的董事会、法律机构等部门滥用职权、恶劣对待公民等行径的深刻揭露和批判。

（二）叙事进程与读者对服饰叙事多样化的伦理阐释

20世纪80年代以后，叙事进程引起了越来越多研究者的关注。彼得·布鲁克斯（Peter Brooks）、詹姆斯·费伦（James Phelan）、梅尔·斯滕伯格（Meir Sternberg）、布莱恩·理查森（Brain Richardson）、迈克尔·图伦（Michael Toolan）等叙事学家是其中的代表性人物。费伦从故事和话语层面对叙事进程作了定义和区分：在故事层面上引入和解决人物之间的不稳定关系；在话语层面上关注读者和叙事者在价值和信仰等方面的张力关系。③《雾都孤儿》的服饰叙事对此有所体现。故事层面人物的不稳定关系通过包裹奥利弗的毛毯、济贫院和贼窝的手帕、奥利弗同父异母的哥哥蒙克斯两次神秘出场披着的大氅表现出来。故事开头叙述奥利弗在济贫院出生，读者通过文中透露的包裹奥利弗的毛毯由洁白转为破旧的信息可推断出奥利弗悲惨可怜，但对其父母和身世等信息却一无所知，留下了相关的不稳定因素。

在第三章，作者简单提到手帕是"明显的奢侈品……""贫民的鼻子永远与手帕无缘"④，貌似随意提及，与故事发展无关，细究起来，其实是作者有意

---

① Charles Dickens, *Charles Dickens: Five Novels*. New York: Barnes &Noble, 2010,p.99.

② Charles Dickens, *Charles Dickens: Five Novels*. New York: Barnes &Noble, 2010,p.99.

③ James Phelan, *Narrative as Rhetoric: Technique, Audiences, Ethics*. Ideology. Columbus : Ohio State University Press, 1996, p.90.

④ Charles Dickens, *Charles Dickens: Five Novels*. New York: Barnes &Noble, 2010,p.19.

为之，这里对手帕的简单提及为后来奥利弗进入贼窝发生的系列手帕事件以及他与中产阶级布朗洛先生的渊源关系埋下了伏线。随着叙事进程的展开，通过手帕体现的不稳定因素最终在奥利弗参与偷盗布朗洛先生的手帕中逐渐变得明朗起来。为救助突然生病的罗斯小姐，奥利弗受梅利太太委托前往小镇客栈寄信给医生，在客栈大门意外撞到"一个裹着斗篷的高个子男人身上"①。故事发展到这里，又一个不稳定因素引入。这个男人是谁？与奥利弗有关系吗？若有关系，是什么关系？故事将如何发展？故事因奥利弗撞到裹着斗篷的男人变得更加扑朔迷离。邦布尔先生与太太吵架后，心情郁闷外出散心随意进入一家酒店时与酒店里唯一的顾客相遇。该客人"披一件大氅。"②两位男士都披着大氅，是否是奥利弗遇到的同一位男士？至此，前面的人物关系还没有厘清，又增加了新的不稳定因素，故事变得更加复杂。狄更斯通过服饰叙事巧妙地引入人物间的不稳定关系，牢牢控制住读者的注意力，推动叙事进程一步步向前发展。

话语层面上，故事主要采用了第三人称全知视角，偶尔通过固定式人物视角，即通过奥利弗的眼光来观察服饰。第三人称全知视角往往拥有"上帝"般的能力，将一切尽收眼底，叙述的权威性也毋庸置疑。读者受这种权威叙述的影响，极易产生认同，与叙述者的观点趋于一致，对人物及其服饰形成了固定的思维模式。但是，贼窝首领费金整理手帕、偷偷欣赏珠宝、贼窝机灵鬼道金斯的装束等等则通过初到伦敦的儿童奥利弗的眼光进行观察、叙述者的声音进行描绘。不再是第三人称权威的"上帝之眼"，人物视角拉近了读者与人物的距离，读者通过儿童奥利弗的眼光来观察和理解世界。权威叙述者的外视角与故事中的人物、儿童奥利弗的有限视角无疑形成了一种很大的张力关系，读者在与可靠叙述者权威叙述的认同中迫使自己改变视角与思维模式，对故事人物和事件有了新的认识，对当时社会现象的思考会更深入。

为了更深入地理解服饰叙事的修辞作用，有必要对所运用的修辞性叙事学相关概念进行简要介绍。修辞性叙事学关注作者、叙述者和读者之间的交流关

① Charles Dickens, *Charles Dickens: Five Novels*. New York: Barnes &Noble, 2010,p.172.

② Charles Dickens, *Charles Dickens: Five Novels*. New York: Barnes &Noble, 2010,p.191.

系。韦恩·布思（Wayne C. Booth）的《小说修辞学》是经典修辞理论的代表作，关注作者的技巧和手段怎样影响和控制读者，关注作者和读者"基于道德水准之上的交流"。[①] 作为最有影响的后经典修辞学叙事理论家,詹姆斯·费伦(James Phelan）提出了"三维度"人物观和"四维度"读者观。关注作者的修辞目的和作品对读者的影响，关注动态叙事进程中读者如何积极进行多角度的伦理判断和阐释。在《叙事判断与修辞性叙事理论》一文中，费伦提出了六个命题。例如叙事文本清晰或暗暗地建立伦理标准，引导读者做出特定的伦理判断。伦理判断指的是读者对人物和人物行为的判断，还包括对叙述伦理的判断，特别是隐含作者、叙述者、人物和读者的关系涉及的伦理。认为不同读者对作品伦理标准的阐释不尽相同，伦理判断和审美判断紧密相连，不可分割等。[②]《雾都孤儿》中，叙述者的可靠叙述，相当于隐含作者在文本中树立的伦理标准主导着读者的伦理取位，相应地，服饰叙事传递的价值观也自然影响到读者的伦理取位，读者的伦理阐释和判断与隐含作者的伦理观趋同，达到了理想的修辞效果。

　　小说作者在序言里就以明确的口吻告诉读者如实描写窃贼服饰的初衷，在读者阅读心理中占据了显著位置，为文中盗贼群体服饰反映的生存状态和社会现象做好了铺垫，读者注意到不和谐或脏乱服饰包裹之下盗贼有缺陷的灵魂，并对此现象寻找社会方面的原因进行解释。中产阶级体面的装束与完美的道德和谐统一，获得读者几乎一致的伦理判断。特权阶层精致的官服和落魄时的普通服饰让读者对服饰传递的表里不一或善恶有报的伦理观念印象深刻。叙述者不时对服饰的干预性评论也加强了服饰叙事传递的伦理道德观，作者、读者和文本的互动交流关系达成了大致相同的伦理阐释。但是也有例外,在微观处,"读者的伦理取位可能赋予叙事完全不同的阐释方向。"[③] 不同阶层和不同经历的读

① （美）韦恩·布思：《小说修辞学》，华明等译，北京：北京大学出版，1987 年，第 339 页。
② James Phelan, "Narrative Judgments and the Rhetorical Theory of Narrative." A Companion to Narrative Theory.Eds. James Phelan and Peter J. Rabinowitz: Oxford: Blackwell, 2005,p.322–36.
③ 唐伟胜：《从〈远大前程〉看可靠叙事中的修辞交流关系》，载《四川外国语学院学报》2004 年第 2 期，第 30–34 页。

者或许会对隐含作者的服饰叙事伦理持保留态度甚或作出大相径庭的阐释。例如，家庭条件优越、没有经历苦难的读者会对盗贼群体持批判态度，认为无论如何不能走上偷窃这样的犯罪道路。他们不会对盗贼群体产生同情，而是蔑视，盗贼们的着装也就成了邪恶的象征，令人厌恶。而对于那些曾经经历过贫穷、在生活中历经磨难的读者会对盗贼群体产生同情，他们很可能不是从人性的邪恶，而是从猖獗的偷盗现象去思考更深层次的社会动因。管理阶层的读者或许会对文中精致华丽的官服代表的负面形象不置可否。不论如何，狄更斯在作品中歌颂良好德行是事实，因为他坚信"美德获胜是肯定的，不仅对个人如此，对整个人类也是如此"①。狄更斯巧妙地运用了服饰叙事策略，传达了特定的伦理观念和价值取向，让观众心悦诚服。

值得一提的是，与小说刻画的道德完善的理想代表，中产阶级质地上乘、简洁考究、色彩明快的服饰相比，现实生活中的狄更斯的服饰略显夸张，更多带有贵族阶层的痕迹。"他变得有点纨绔子弟的味道，总是穿着讲究，而且还有洁癖。他炫耀地穿着一件天鹅绒镶边披风。他因身着色泽鲜艳的花哨背心儿出名。"②在简·卡莱尔看来，"狄更斯喜爱珠宝，同时还觉得他花哨的马甲和仔细梳理过的长发略显粗俗。"③萨克雷在1843年的一次舞会上注意到狄更斯夫妇耀眼的着装，狄更斯着鲜红色服装，披着长鬈发，夫人着悦目的粉色绸缎衣服。④这种"表里不一"的着装风格或许也体现了狄更斯的矛盾心态：批判食利慵懒的贵族阶级，然而着装上的不自觉模仿却透露了其羡慕向往的姿态。从某种意义上也体现了他对社会改革的不彻底性：妄想通过天真的社会改良方案，主要是人性的回归和仁爱思想来医治社会弊病的保守态度。

不论在现实生活中，还是在文学作品中，研究服饰，避开伦理道德是不可

---

① 赵炎秋：《狄更斯研究文集》，南京：译林出版社，2014年，第68页。
② （美）彼得斯：《查尔斯·狄更斯》，蒋显文译，北京：外语教学与研究出版社，2006年，第39页。
③ （美）彼得斯：《查尔斯·狄更斯》，蒋显文译，北京：外语教学与研究出版社，2006年，第61页。
④ （美）彼得斯：《查尔斯·狄更斯》，蒋显文译，北京：外语教学与研究出版社，2006年，第61页。

想象的。因为"衣着的习俗试图将肉体转换成易于识别之物，并且对于某种文化来说别具意义；身体不遵从、身体冒犯了这样的文化密码很可能会引起众怒，从而遭受鄙视和怀疑。这就是为什么衣着总是关乎道德的理由之一"[1]。狄更斯通过理想人物的完美服饰暗示人物品德高尚、人如其衣。服饰也是他惩恶扬善、批判社会的有力武器。在他笔下，好人往往一直好命或随着故事进展命运发生逆转。相应地，他们的服饰总是干净整洁或由差变好。而坏人一般最终都会受到惩罚，服饰也相应地由好变差或一直脏乱，极不和谐。他通过服饰叙事实现"理想的正义"，表达了希望好人有好报，恶人有恶报的善良愿望。以修辞性叙事学相关观点进行解读发现，狄更斯服饰叙事技巧极为高超，注重叙事进程中作者、叙述者、读者之间的修辞交流关系，引发了读者对服饰叙事多样化的伦理阐释，引导读者关注服饰背后隐含作者意欲传达的伦理道德思想。

---

[1] Joanne Entwistle, *The Fashioned Body: Fashion, Dress and Modern Social Theory*. Second edition. Cambridge: Polity Press, 2015,p.8.

第四章　狄更斯服饰叙事的权力表征

注重意识形态的批评家们似乎不太留意文学作品中的服饰描写，认为与政治无甚牵连。然而，"文学作为意识形态的一种形式，总是以这种或那种方式与政治相关联。"[①] 服饰叙事也不例外。

服饰常常打上性别的烙印，男权社会的主流意识形态规定了女性的着装习俗。女性若冒犯这种习俗，就会处于被谴责、被孤立的危险之中。女性在遵守着装规范的同时，不乏部分人积极利用服饰谋求"幸福"，发挥如福柯所说的权力的生产性作用。如塑造合适的职业形象，参与公共空间事务；打造迷人外形吸引上流社会男士，试图通过婚姻跻身上流社会。女性任意挥霍财富购买奢侈服饰，一方面迎合了男性利用女性炫富的心理，另一方面，女性对服饰随心所欲的处置方式某种程度上也是对男权社会反抗的一种方式，比如《董贝父子》中的伊迪丝女士。"没有反抗点就不可能存在权力关系。"[②] 人们对服装习俗的不尊崇，女性对男性服饰规范的冒犯，体现了某种程度的反抗，其实也是权力关系的体现。

对于统治阶层而言，如何着装更是一种政治方略。大权在握的统治者们通过服饰突出威严形象，也通过服饰彰显权力。服饰还反映社会变迁、阶层间的权力博弈。换言之，服饰体现了阶层间的对抗关系。人们在醉心于精美服饰的同时，往往忽略了其背后掩藏的权力关系。

本章在细读文本的基础上，以福柯的权力理论为基本指导，探讨狄更斯小说中服饰所表征的权力关系。

---

① 宁一中：《文学与文化论文集》，北京：北京语言大学出版社，2013 年，第 34 页。
② （法）米歇尔·福柯：《自我技术：福柯文选 III》，汪民安译，北京：北京大学出版社，2015 年，第 137 页。

第一节　服饰叙事与权力规训

福柯的权力规训理论关注权力的两面性：权力既压制又生产。《董贝父子》中的伊迪丝女士和《远大前程》中的艾斯黛拉小姐的服饰叙事体现了权力的悖论性特点：在英国维多利亚时代背景下，两位女士处于男权社会的权力规训之下，她们的着装扮相迎合了当时社会对女性的想象和服饰标准。但同时，服饰打造的靓丽外形又为她们的"合理谋利"创造了条件，伊迪丝两度轻松嫁入豪门，跻身上流社会，艾斯黛拉则成功伤害了众多男士的心。这从一个侧面反映了男权社会树立的压制性的服饰规范具有了生产性，她们都通过服饰的反面权力获得了一定的权力和利益。尽管如此，故事结局却颇为意外，两人的命运并未达到理想的状态，都经历了不幸和挫败。狄更斯一方面通过服饰表现权力的两面性，另一方面又通过服饰展现社会的复杂样貌，表现了他对女性命运的多重思考。

一、权力的两面性与服饰的悖论性特点

福柯曾经以谱系学的方式考察了历史上对待犯人的惩治制度，考察了权力形式的变更。他认为，18 世纪以前，对犯人的惩治常常是在公开场合对犯人的肉体施行残忍的酷刑，达到彰显君王至高无上的权力、威震大众的目的。随着历史的进程，惩罚不再具有表演性，"作为一种公共景观的酷刑消失了。"[1] 取而代之的是一种较为温和的惩罚方式，即针对肉体的酷刑转为对人类言行规范的管理或对人类灵魂的改造。这种惩罚方式不算残忍，相比以前的惩罚方式，痛苦大为减少，显示了更多的人道和仁爱。但是，福柯却关注到了"伴随着这些变化的正是惩罚行为对象的置换。"[2] 认为"既然对象不再是肉体，那就必然是

---

[1]　Michel Foucault, *Discipline and Punish: the Birth of the Prison*. London: Penguin Books, 1977,p7.

[2]　Michel Foucault, *Discipline and Punish: the Birth of the Prison*. London: Penguin Books, 1977,p16.

灵魂。"① 对惩治对象可见肉体的严刑拷打换成了脉脉温情般的灵魂洗礼，权力作用于对象的效果未变，只是方式发生了变化。

以此观点进行对照，服饰管理也经历了类似的发展过程。资产阶级革命兴起以前，权力牢牢掌握在皇室和王公贵族手中。为了彰显自己的特权和显赫地位，为了与下层阶级相区隔，统治阶级明确制定了严格的服饰制度，下层阶级有违反者会受到严厉的惩罚，层出不穷的禁奢令就是最好的明证。随着资产阶级革命的兴起，传统的农业生产方式让位于工业技术为主的生产方式，拥有地产的贵族地位式微，资产阶级作为新生的政治力量登上了历史舞台。工业生产催生了大量新兴行业，也产生了大量工种，广大劳工阶层成了最庞大的社会阶层。以血缘关系为纽带的严格等级制社会遭遇了前所未有的冲击。贵族阶层制定的严格的服饰等级制也已失去昔日的地位。拥有大量金钱和财富，就有跻身上流社会的可能性。阶层之间的晋升和跨越变得相对容易。此外，纺织业技术革新、服饰的大批量制作、服饰价格的大幅度下调、百货商店的兴起、消费文化的出现等诸多因素也让阶层之间的服饰僭越变得容易。

服饰是身份的外化表现，通过服饰判断一个人的身份地位是最为直观的手段。但是服饰不可自身言说，通过服饰准确判断一个人究竟属于哪个阶层具有一定的难度。严格的服饰等级制度让位于更为宽松的服饰制度后，服饰的管理手段也发生了变化。由于权力不再集中于少数贵族手中，统治阶级为了彰显权力、为了进行阶级区隔或为了便于管理，制定相应的规章制度对员工进行管理，这种分散到各级管理部门的权力管理模式较之以前更为隐蔽，也更为宽松。其中，各行业部门的制服就是管理阶层对员工进行规训和管理的一种模式。部门领导与员工之间的权力关系通过服饰外显出来，统一的制服也是员工接受所属部门的管理与规训的一种有效手段。强制性区隔的服饰制度有所变化，转化为要求下属遵守部门规章制度、认同部门文化的新型方式，权力通过一种相对柔性的方式表现出来。

除了各部门微分的权力对服饰进行柔性管制，社会还以审美和道德的名义

---

① Michel Foucault, *Discipline and Punish: the Birth of the Prison*. London: Penguin Books, 1977,p16.

对服装加以规范，不按规矩着衣或对衣着报以无所谓的态度，很可能被认为道德有问题而让自己处于被动地位。衣着不符合大众审美趣味，或许会被批评难看丑陋、缺乏审美品味，穿戴者甚至会被贴上"古怪""变态""神经病"等标签。服装规范不再具有以往明显的压制性和权威性，而是打着审美的、道德的旗号对人们进行劝诱，以相关的服饰话语制造舆论，给着衣人带来压力。人们往往也认同并自愿遵循社会普遍认可的着装规范，具有压制性质的服装规范无形中被合理化和柔性化了。

维多利亚时代以前，发生在18世纪末叶的法国大革命给欧洲带来了大震荡，给全世界吹来了民主自由之风。然而，革命所倡导的"自由、平等、博爱"的进步理念一开始就没有考虑女性，无论在私人或公共领域，女性都被排斥在权力之外。大革命之前，法国贵族女性拥有相对较高的地位，部分女性活跃于社会等公共空间，贵族女性在家中举办文化沙龙，在文化名流中具有广泛的领导力和影响力。也不乏少数优秀女性活跃于公共管理部门，在外交、管理问题上做出成绩。大革命期间，女性在公共领域的活跃程度同样引人注目。她们成立妇女俱乐部，穿上革命服装参加战斗，甚至参与领导游行示威活动。大革命推翻了贵族阶级的统治，解放了普通大众，社会一派民主自由的风气，遗憾的是，在女性问题上，大革命没有解放女性，相反却体现了某种程度的落后甚至倒退。拿破仑民法典就明确规定了女性的从属地位。

维多利亚时代的英国，贵族阶级的地位大不如前，代表社会进步力量的中产阶级占据主流，但是中产阶级在争取自身解放的权力斗争中同样没有考虑女性。中产阶级与当时的精英分子等将男女的活动空间进行了划分，男性属于公共社会空间，女性则属于家庭领域，被限制在狭小的私人空间中。奥菲克（Galia Ofek）就曾一针见血地指出："在维多利亚社会，身体政治是通过控制女性身体和行为来保持的。"[①] 女性受到身体和心灵的双重禁锢。这种男女有别的思想体现在服饰上，就是男女两性服饰的极度反差：男性服装庄重简洁，利于行动。透露的服饰话语就是："理性、严肃、庄重、果敢、有力、主宰。"女性服装繁

---

① Galia Ofek, *Representations of Hair in Victorian Literature and Culture*. London: Routledge, 2009, p.7.

复华丽，层层叠叠，限制身体自由，形容女性的服饰话语往往是"漂亮、柔美、精致、高雅、纤弱、奢华"。女性身着华丽服饰、精心修饰外形，某种意义上迎合了男权社会对女性形象的预设和想象，这样的女性往往被设想为满足男性欲望和炫耀身份财富的工具。这种如花蝴蝶般美丽、如植物般生存、毫无威胁性的女性是男权社会的理想女性，始终处于被凝视、被摆布的状态。维多利亚时代所推崇的"家庭天使"就是这一类形象的代表。作为外在表征的服饰，就成了塑造性别形象的最佳载体。凡勃伦等人就关注了女性服饰的这一消极面，揭示了男权社会体制下女性的生存困境。

马克思的唯物辩证法指出，一切存在的事物都由既相互对立、又相互统一的一对矛盾组合而成，事物总是辩证地存在着。服饰同样具有辩证统一的矛盾性特点。如果以上所述代表了传统的权力观，该观点仅仅关注了男性以服饰作为工具对女性进行规训的压迫性权力，关注了权力的消极面，那么以福柯为代表的哲学家们则注意到了权力的两面性，尤其关注到了权力的正面作用。福柯认为，权力具有压制性，但权力同时也是生产性的。通过对维多利亚时代的"性"文化进行研究，他发现了维多利亚时代"性"的悖论性现象。维多利亚时代信奉保守的性道德，性只限于繁衍后代之需。一切以享受、快感为要素的性爱都令人不齿，并加以明令禁止。人们对性讳莫如深，避免谈论性。然而，大量的史实证明，维多利亚时代人们对性的谈论比以往任何时代都多。偷情、通奸等行为极为盛行。越禁止，人们越好奇。权力的本意是压制性、阻止性话语谈论，目的是维护维多利亚时代严谨的道德观。结果却是让人们更多地谈论性，体验性。"禁忌与必须被表述的强烈煽动性之间的关联，是我们文化的一大特征。"[①]压制性权力成了生产性权力，权力起到了相反的效果。或许一个重要原因是："维多利亚时代的道德太过苛刻。其结果便是，下层社会的人对道德视而不见、漠不关心，上层社会的人则假冒伪善。许多伦敦人都不遵从维多利亚时代的道

---

① （法）米歇尔·福柯：《自我技术：福柯文选Ⅲ》，汪民安编，北京：北京大学出版社，2015年，第52页。

德标准。"① 压制性权力产生了相反的效果，具有了生产性，向着预期相反的方向发展。

二、伊迪丝与艾丝黛拉的服饰与权力规训

若以福柯的权力理论观之，维多利亚时代的服饰也体现了权力的两面性特点，遵从压制性的着装规范并不全然产生消极负面的结果，很多时候，着装者通过服装塑造某种既定形象，达到某种目的。

"作为一种符号，世界与服装之间的关系须严格遵照社会规范。"② 在西方文化中，女性的身体常常被看作是性的身体，处于男性目光的追逐和注视之下，女性的着装规范要符合社会主流意识形态的要求。维多利亚时代，女性服饰最大的特点是：层层叠叠、繁复厚重，从头到脚严严实实地包裹女性身体。本意是让女性作为"性"的身体隐藏起来，处于男性和社会注视的视线之外。但是，服饰紧紧包裹身体，突出了女性身体的曲线美。该时期流行的紧身胸衣和裙撑突出了女性的胸和臀部等性感部位。"服装表达了两种相反的欲望：即衣服遮盖身体的同时也强化和展示了它。"③ 有些研究者认为，女性适当着衣比赤身裸体更具有性的吸引力和诱惑性，服饰就具有了排拒和诱惑的双重特征。恩特维斯特尔就认为，裸身不性感，没有吸引力，"而衣服却给身体增添了神秘色彩，使它显得更具有挑逗性。"④ 服装心理学家弗吕格尔也认为，服装刺激男性欲望，艺术性着衣让身体遮蔽，又适度裸露，增加了男性的想象力。维多利亚时代的服饰无疑就具备这样"欲拒还迎"的诱惑性效果，在外观和心理上更加刺激了男性欲望。

---

① （美）克莱顿·罗伯茨、（美）戴维·罗伯茨、（美）道格拉斯 R. 比松：《英国史》(1688 年 –现在)(下册)，潘兴明等译，北京：商务印书馆，2013 年，第 294 页。

② Roland Barthes,*The Fashion System. Trans, Matthew Ward and Richard Howard. New York:*Hill and Wang,1983,p.268.

③ Joanne Entwistle, *The Fashioned Body: Fashion, Dress and Modern Social Theory*. Second edition. Cambridge: Polity Press, 2015,p.195.

④ Joanne Entwistle, *The Fashioned Body: Fashion, Dress and Modern Social Theory*. Second edition. Cambridge: Polity Press, 2015,p.181.

　　这种激起男性欲望的"服装可以是一种征服的武器"[①]，有的女性也乐意遵循当时男权社会制定的这种服饰审美规范，刻意通过着装打造自己的性魅力，迎合男性的凝视和占有欲望，为自己谋求利益。恰如福柯的权力多向论观点，"即人的权力无所不在，一个人在某处失去了权力，会在另一处重建权力的优势。"[②]女性违抗大众服饰审美，往往会付出巨大的代价，首先受到社会舆论的压迫，其次成为通往婚姻道路上的绊脚石。这相当于宣告了女性的社会性死亡。除非女性有足够的财力自食其力。这等于是一句空话，处于依附性地位的女性婚前婚后没有任何经济地位，根本谈不上能自食其力。她们婚前依附于父亲和兄弟，婚后依附夫家。迎合男性审美标准，在外形上打造男性心仪的形象，积极学习男性为她们设定的温柔贤惠、擅长针线女红和管理家政的形象，是她们得以谋生、维持社会地位甚至晋升上层阶级的最佳，往往也是唯一选择。

　　如果稍作延伸，服饰规训的积极性和生产性还表现在这些方面：女性在与服饰的亲密互动中感知自己的身体，获得独特的生命体验。女性通过服饰增强审美能力，发现自身的价值和存在的意义。女性还因服饰之缘故与其他女性沟通，建立同性间的姐妹情谊，加强女性之间团结的力量。

　　当然，就当时的社会语境而言，"在维多利亚时代，最为残酷的命运落到了未婚女子的身上。年龄在 20—40 岁之间的女性，有 42% 是未婚女子。那些来自中产阶级的未婚女子被称作'累赘'（redundant）。如果运气好，她们会成为家庭教师。这是一种斯文的职业，但也是一种孤独、薪水不高、地位低下的工作。"[③]服饰是女性通往婚姻的秘密武器，若她们在通往婚姻的道路上不那么顺畅，在适婚年龄未有将自己"推销"出去，那么她们在娘家的日子也并不好过，中产阶级家庭的未婚女子尤其会受到嫌弃。在中产阶级的文化观念中，男性占据绝对的主宰地位，女性是男性的附庸，是满足欲望的工具，地位极其低下。

---

① Simone De Beauvoir, *The Second Sex*. Trans, H.M. Parshley.Ed.H.M. Parshley. London: Lowe and Brydone Ltd., 1953,p.513–14.
② 宁一中：《文学与文化论文集》，北京：北京语言大学出版社，2013 年，第 376 页。
③ （美）克莱顿·罗伯茨、（美）戴维·罗伯茨、（美）道格拉斯 R. 比松：《英国史》（1688 年—现在）（下册），潘兴明等译，北京：商务印书馆，2013 年，第 293 页。

社会几乎没有给女性发展的空间，她们生存的空间也很小。婚姻几乎是女性的唯一归属。为了有个好归宿，女性在学习家政、针线等事务时，就不得不更努力地在外在形象上多花心思。

服饰于女性而言，就有了非同寻常的意义。最重要的作用是：女性通过服饰塑造性感身材及迷人形象，吸引上流社会男性，成就好婚姻，找到好归宿。简·奥斯汀《傲慢与偏见》里那句众所周知的卷首语，"凡是有钱的单身汉，总想娶位太太，这已经成了一条举世公认的真理。"不乏诙谐幽默，却反映了社会的真实状况。书中温柔漂亮、善解人意的大姐简，清丽脱俗、举止优雅的二姐伊丽莎白，都各自找到了自己的如意郎君："有产业的单身汉"彬格莱和达西先生。两姐妹尽管性格迥异，但有一个共同之处：着装优雅、举止得体、长相漂亮。服饰与外形无疑是她们成就美好姻缘的一个重要原因。拉韦尔（J.Laver）的观点或许可以对男女选择伴侣所持的不同标准进行合理解释。他认为，"男性选择伴侣总是受身体的吸引，这就是女性的着装为什么遵循吸引原则（Attraction Principle）的原因。"[1]"女性却竭尽所能根据男性的社会地位来选择伴侣，因此男性的着装遵循等级原则（Hierarchical Principle）"[2]维多利亚时代男女着装的巨大差异与拉韦尔的观点非常契合，女性通过着装打造性感迷人的外在形象，男性则突出自身的财力和经济地位。

同样，《董贝父子》的伊迪丝、《远大前程》的艾丝黛拉也是利用服饰达到预定目的、权力规训起反作用的例子。

伊迪丝是董贝的第二任妻子，自小生活在母亲的规划和管制之下。伊迪丝的母亲深谙当时社会的游戏规则，按照男权社会设定的理想女性标准打造伊迪丝。她的目标很明确：让女儿吸引有大宗产业的上流社会男子，嫁入豪门，享受生活。有意的培养效果显著：伊迪丝着装考究、外形出色、举止端庄、擅长弹奏竖琴、钢琴等乐器，符合当时上流社会内外兼修的淑女标准。事实也是如

[1] J. Laver, Dress: *How and Why Fashions in Men's and Women's Clothes Have Changed during the Past Two Hundred Years*.London: John Murray, 1950, p.15.

[2] J. Laver, Dress: *How and Why Fashions in Men's and Women's Clothes Have Changed During the Past Two Hundred Years*. London: John Murray, 1950, p.16.

此，外形打造着实在她的两段婚姻中起到了重要作用。第一段婚姻，她嫁给了一位上校。上校去世后，寡居的伊迪丝再次嫁入豪门。出众的着装是其成功的最主要因素。

伊迪丝的境遇体现了服饰权力的两面性。伊迪丝的几次抱怨就生动体现了服饰对女性身体和思想的禁锢。这是权力发挥作用的结果，是当时流行的服饰话语对女性的管制和压迫，是权力通过服饰对女性身体和思想进行规训的表现。然而，"权力不仅仅是否定性的，不仅仅是压制、统治、禁止、阻碍，它也有其积极的一面。"[①] 服饰权力的反规训同样不容忽视。反规训主要表现在这些方面：伊迪丝通过服饰打造靓丽外形，赢得了董贝的好感与关注，轻松嫁入豪门，此后过上了奢华的生活。母亲和母亲的情人贝格斯托克少校也因这桩婚姻受益，过着花天酒地的生活。叙述者曾以戏谑的口吻调侃伊迪丝的母亲："的的确确，为了这份财产，克娄巴特拉费尽了心力，这差不多已成囊中之物；的的确确，这是对她努力的丰厚报酬。"[②] 书中塑造的另一人物形象更加突出了服饰权力的反规训作用。伊迪丝同父异母的妹妹艾莉丝与她有着同样的美貌，两人最大的不同是：伊迪丝自小接受严格训练，按照淑女的标准培养，举止端庄，着装品味极佳。而艾莉丝在贫民窟长大，破衣烂衫，举止粗俗，与当时社会接受的女性形象背道而驰。被社会排斥的艾莉丝最终沦为妓女，并因一件极小的偷窃事件被发配至海外，始终挣扎在生死边缘。

《远大前程》中的艾丝黛拉是郝薇香小姐的养女。郝薇香出身殷实之家，涉世未深，性格单纯，被未婚夫骗走大量财产并于婚礼当日被抛弃，心灵受到严重伤害。她选择疗伤的方式是报复社会，特别是报复男人。艾丝黛拉则是她实行报复手段的工具。

郝薇香小姐采取的主要措施是：通过服饰精心打造艾丝黛拉，让其符合当时男权社会设立的理想女性形象：着装漂亮、举止优雅。文中还多次提到，每当皮普在场的时候，郝薇香小姐故意将漂亮的珠宝装点在艾丝黛拉头上。毫无

---

① 陈永国：《理论的逃逸》，北京：北京大学出版社，2008年，第19页。

② Charles Dickens,*Dombey and Son*.Ware:Wordsworth Editions Limited,2002,p.396.

疑问，珠宝等饰品突出了艾丝黛拉的女性特质，"在维多利亚时代，这就意味着在男性与女性之间创造了明显的性别差异。"① 特别是突出了作为女性身体的魅力，因为"西方文化赋予女性身体很多性的意义，事实上，女性也通常强烈地意识到服装、珠宝和化妆品作为性的比喻的潜在力量，它们能增强一个人在性方面的吸引力。"② 刻意的努力没有白费，漂亮迷人的艾丝黛拉很快俘获了皮普的心，并且，自始至终，皮普痴心未变。此外，艾丝黛拉还赢得了大批男士的爱慕与崇拜，以自己的魅力让大批男子拜倒在其石榴裙下，然后毫不犹豫狠心将他们抛弃，让他们心灵饱受摧残。服饰扮演了最重要的角色，文中对此多有涉及。男性为什么对服饰考究、外形漂亮的艾丝黛拉趋之若鹜？一个重要原因是：服饰突出了艾丝黛拉的女性魅力，特别是性魅力。"佩格利亚（Camille Paglia）在《性形象》（Sexual Personae，1990）一书中写道，女人的'性'其实是一种强大的权力——在'性'及情感的范畴里写道，女人永远是操纵者，在男人为她们神魂颠倒之际，也正是女'性'权力最高涨的时刻。"③ 郝薇香小姐利用服饰有意突出艾丝黛拉的女性魅力，艾丝黛拉成功吸引了大批男性，轻松实现了报复他们的目的。

伟大的作家自有其伟大的原因，经典的作品自有其经典的理由。上述讨论都是服饰权力两面性的例子。略作思忖，便会发现狄更斯对女性问题的思考绝不止于此，而是更富洞见、更具批判性。

伊迪丝通过服饰获得了经济上的独立和自由，但却始终处于精神荒芜的真空地带，仍是社会的"他者"。她的身份地位紧紧依附于男性。与第一任丈夫的婚姻让她晋升为上校夫人，地位高贵。丈夫过世后地位立刻反转，不得已回归自己的家庭，与母亲相依为命。在母亲的授意下精心修饰自己，以同样的方式寻觅下一位"金龟婿"。即便在服饰的作用下再次通过婚姻成功跻身上流社会，但她只是大资本家董贝家里的一件亮眼的摆设和一份能装点门面的财产。

---

① Ariel Beaujot, *Victorian Fashion Accessories*. London: Berg, 2012, p.9.
② Joanne Entwistle, *The Fashioned Body: Fashion, Dress and Modern Social Theory*. Second edition. Cambridge: Polity Press, 2015,p.186.
③ 宁一中：《文学与文化论文集》，北京：北京语言大学出版社，2013 年，第 377 页。

没有爱情，没有知音，精神空虚，内心痛苦。

艾丝黛拉通过服饰精心打造的迷人形象吸引并伤害了众多男士，但是结局颇为意外：其实，她真正伤害到的男士只有一个人，那就是真心爱她，聪明善良的皮普。她嫁给了最不受皮普待见的蛛穆尔：一位身形肥胖、邋遢拖沓、毫无追求的具有贵族背景的不良青年。婚姻生活中的艾丝黛拉饱受折磨，受到丈夫的轻视和虐待，最终因蛛穆尔骑马意外坠亡才有机会从困境中出逃。

狄更斯通过独特的服饰叙事，似乎在提醒时人：女性群体依然是失语的群体，遭受肉体和精神的双重压迫。不止最为弱势的女性群体，各个阶层的女性群体都受到了狄更斯不同程度的关注。他不但关注到女性的基本生存权利，还触及了女性的精神层面。从这个意义上说，狄更斯眼光的独到和思想的深刻超越了很多其他作家，对女性问题的关注也更具超前性、更为发人深省。

第二节　服饰叙事与权力彰显

服装由于具有可视化特点，成了当权者用来塑造权威形象以及巩固地位的首选工具。对统治阶级而言，服饰的政治含义远远大于其审美意蕴。换言之，服饰常常纳入统治阶级的政治方略之中。

一、服饰与王权形象

服饰向来是塑造王权形象的绝佳工具。如法国国王、具有"太阳王"之称的路易十四、英国国王乔治八世和伊丽莎白一世女王等君王就非常善于利用服饰塑造王权形象。法国国王路易十四着装极度精美奢华。他最为引人注目的服饰是红色高跟鞋、大卷假发和权杖。据说他身高只有 1.54 米，为了树立强大的王权形象，"他还是经常穿着红色的高跟鞋来增加他的身高。"由于王室的巨大影响力，在凡尔赛宫廷兴起的这股时尚潮流迅速在欧洲各国流行起来，高跟鞋成了上流社会和时髦人士的宠爱之物，路易十四的王权形象也因服饰外观的打造而得到强化。强悍的乔治八世为了巩固王权，有意穿着让身材更显魁梧健壮的衣服。外套膨胀宽大，肩部装饰凸起的布卷，布卷里面有大量填充物。他巧妙地通过服饰树立王权形象，并标榜自己的强硬立场和姿态。有学者如此解读"童贞女王"伊丽莎白一世的一幅油画："油画上这位用巨型裙箍、僵硬皱领、宽大衣袖、绣金披纱来装饰的女性，就是当时英国的统治者——伊丽莎白一世。在重叠繁复的服装下，妇女的形体不见了，人们记住的是一个庄严高傲的王权偶像。"① 女王刻意通过服饰淡化女性特征，意在突出至高无上的权力和大英帝国富庶强大的形象。英国首相撒切尔夫人具有较高的着装意识，善于利用服饰打造"铁娘子"形象。"她确信自己颇为引人注目，她的服装如同盔甲般使她感到强大"。② 服饰，就这样与权力表征有着密不可分的关系。

　　除了代表国家最高权力机构的王室，各统治阶层为了加强管理，也积极利用服饰打造外在形象，彰显权力。狄更斯通过独特的服饰描写，彰显各行业统治阶级或当权者的权力。他所塑造的这些人物当中，有《雾都孤儿》里残忍对待奥利弗的教区执事邦布尔、《远大前程》中的大律师贾格斯、《董贝父子》里的大资本家董贝。

二、特权阶层的服饰与权力彰显

（一）什么是特权阶级？

　　较之以往，19 世纪的英国社会结构变化更为复杂。经济学家、历史学家、文化学者等根据不同的标准，试图将这种复杂的状况明晰化，划分不同的阶级。"阶级是 19 世纪英国历史的根本问题。"③ 马克思和恩格斯的阶级论或许最为知名：他们认为，资本主义社会导致了两大阶级的对立，即无产阶级和资产阶级

---

① 中央电视台《大国崛起》节目组：《大国崛起》（原创精编本 A 卷 – 十二集大型电视纪录片），北京：中国民主法制出版社，2007 年，第 202 页。

② （英）查尔斯·穆尔：《撒切尔夫人传记—第四部分：穿着得体》，魏新俊译，载《英语世界》2016 年第 8 期，第 80–84 页。

③ Chris Williams ed., *A Companion to Nineteenth-Century Britain*. Oxford: Blackwell Publishing Ltd. 2004, p.305.

之间的对立。他们从经济的角度出发，将社会划分为无产者和有产者两大对立的阵营。两大阵营截然不同的生活条件，贵族宫殿式的庄园与下层贫民破败的茅屋草舍，工厂主舒适的生活娱乐与失业工人痛苦的生存挣扎等现象引起了很多关注，阶级的贫富二分法并不鲜见，这一时期英国著名的保守党首相迪斯雷利曾把英国说成是一个"两个民族"的国家，"当茅屋不舒服时，宫殿是不会安全的。"① 三分法更为常见。这个世纪初，大卫·李嘉图（David Ricardo）从经济的角度，主要根据人们的收入方式，将英国划分为三大阶级：上层阶级、中产阶级和工人阶级。这三大阶级的收入来源分别是：上层阶级或地主依靠收租；中产阶级依靠利润；工人阶级依靠工资薪水。马克思在《资本论》中就明确指出，"雇佣工人、资本家和土地所有者，形成建立在资本主义生产方式基础上的现代社会的三大阶级。"②

随着时间的推移，阶级划分的标准也越发复杂多样，社会地位、生活方式等逐渐纳入考虑范围。马修·阿诺德（Matthew Arnold）的三分法在文化和文学研究领域影响甚大。他对当时划分阶级的标准颇有微词，认为"一天到晚老是说贵族阶级、中产阶级、劳工阶级显得十分拗口，也令人生厌"③。出于"为的是将事情搞得更清楚些。现在出于同样的愿望，我将对三大阶级的命名稍加改进，以便称呼起来更加顺当"④ 的目的，阿诺德将眼光投向文化领域，根据精神气质的不同，对英国社会的三大阶级进行了重新命名，他将贵族阶层称为"野蛮人"，中产阶级称为"非利士人"，广大劳工阶层则被称为"群氓"。他认为贵族阶级突出的特点是具有优雅的气质，这种气质的完美，有德适中的体现见于高尚的骑士风度，过度则成了桀骜不驯，缺乏则不够勇武，显得过分怯懦和逆来顺受。中产阶级气质的完美表现在成就伟大业绩的力量，具有令人钦羡的独立精神。过度则狂热，不够则能力低下，缺乏自我满足感。劳工阶层的大部

---

① 钱乘旦、许洁明：《英国通史》，上海：上海社会科学出版社，2012 年，第 267 页。

② （德）卡尔·马克思：《资本论》（节选本），北京：中共中央党校出版社，1983 年，第 649 页。

③ （英）马修·阿诺德：《文化与无政府状态：政治与社会批评》（修订译本），韩敏中译，北京：生活·读书·新知三联书店，2012 年，第 67 页。

④ （英）马修·阿诺德：《文化与无政府状态：政治与社会批评》（修订译本），韩敏中译，北京：生活·读书·新知三联书店，2012 年，第 67 页。

分人粗野，羽毛未丰，做事鲁莽，无组织无纪律。当然，他也肯定这些社会阶层的划分之下具有人性的共同基础。① 从阿诺德的观点可以看出，阶级划分的标准不再局限于经济与政治地位，文化、教养、礼仪等方面纳入考量尺度，精神气质是阿诺德判断阶级属性的主要依据，他认为三大阶级都有值得批判的地方。评判阶级的标准越加多元化，是社会发展到一定阶段的产物。

事实上，人们对"阶级"一词有不同的理解，阶级的划分标准一直处于未完成状态，处于一种动态的进程中。威廉斯（Raymond Williams）对"阶级"的理解和评定标准进行了详细梳理。他认为，"特权阶级（a Privileged class）包括牧师、侍臣、会计师、军队指挥。简而言之，特权阶级指民事、军事或宗教等政府机构的代理人。"② 本研究涉及的特权阶级的职业以此为基本参照，并扩大到中产阶级和贵族阶级。换言之，本研究的特权阶层范围更广，界定更为粗略，与广大贫民相对，有权有钱的阶层都纳入特权阶层的范围。

（二）文本细读：特权阶级的服饰叙事与权力彰显

1.《雾都孤儿》中的服饰叙事与阶层间的权力关系

服饰也体现了权力的运作与渗透，各阶层的权力可通过服饰作最为直观的判断解读。托马斯·卡莱尔（Thomas Carlyle）在《拼凑的裁缝》（*Sartor Resartus: The Life and Opinions of Herr Teufelsdrockh in Three Books*）一书中曾指出"社会是建立在布料之上的，对此我越想越感到惊讶。"③ 服饰体现了身体负载的各种社会力量，代表了一种权力关系和权力话语，有权阶层的话语权往往透过着装表现出来，如贵族阶层和中产阶级的服饰、各行业部门的制服，而弱势群体的着装则明显透露了他们处于失语没有话语权的状况。身体很多时候臣服于各种社会势力，权力充盈其间。福柯曾强调："但是肉体也直接卷入某种政治领域；权利关系直接控制它，干预它，给它打上标记，训练它，折磨它，

① Matthew Arnold, *Culture and Anarchy*. Oxford: Oxford University Press, 2006, p.73–94.
② Raymond Williams, *Key Words: A Vocabulary of Culture and Society*. New York: Oxford University Press, 1983, p.62.
③ Thomas Carlyle, *Sartor Resartus: The Life and Opinions of Herr Teufelsdrockh in Three Books*. Trans, Qiuwu Ma et al. Guangxi Normal University Press, 2004, p.41.

迫使它执行任务、举行仪式，发出信号。"① 狄更斯注重服饰的权力表现，以此对社会黑暗现象进行讽刺批判。

前面部分提到，作者通过重复或强调部分服饰来表现特权阶层的飞扬跋扈。"穿白背心的先生""三角帽""手杖"就有了颐指气使、不可一世的权力含义。文本没有透露"穿白背心的先生"长什么样，姓甚名谁，但读者却清楚他的人品。"白背心"成了以权压人、冷漠残暴的象征；通过邦布尔的视角和举动，我们看到拥有许多珠宝首饰与华美服装的济贫院女总管对破衣烂衫、瘦骨嶙峋的济贫院老妪粗暴无礼、随意呵斥；济贫院孤儿统一的破旧粗布服、济贫院贫民的褴褛着装是统治阶级对他们实行权力规训的一种手段。根据当时的管理条例，进了济贫院，"他们的衣服和个人财产要被没收，然后分发常规的制服给他们。"②"权力需要创造出驯服的肉体，因为，这些驯服的肉体能被极为容易地、尽快地、毫无异议地控制住，并被塑造成权力运作的对象。"③ 就算混乱的盗贼群体也能通过服饰质地和对服饰的把控看出彼此的权力大小、地位尊卑：首领费金衣服虽油腻肮脏，但却是质地上乘的法兰绒布料。通过平时对手帕的操控以及偷手帕游戏，他在贼窝里的领导地位一目了然；权力稍逊的主力赛克斯衣服布料为粗天鹅绒；而普通盗贼如奇特林的服装布料就是灯芯绒和粗斜纹布。

中产阶级服饰的权力表现在与他人的交往中得以突显。比如，打扮不合体的南希为拯救奥利弗冒险前往求见罗斯小姐，"衣帽取人"的仆人见她如此着装便粗鲁无礼地将其拒之门外。"作为物质财产之一的服装，自然就成为阶级身份的一种外显形式了。"④ 可见，在社会交往中，服饰打造的外在身体形象占有何等重要的地位。"对于整个社会而言，身体的价值是由外在性决定的"⑤ 外在性对一个人如此重要以至于人们往往以服饰作为衡量个人身份地位的主要标准，不那么易于识别的内在品格相对而言就被大大忽略了。

① Michel Foucault, *Discipline and Punish: the Birth of the Prison.* London: Penguin Books, 1977,p25.
② Gail B. Stewart, *Victorian England.* San Diego: ReferencePoint Press, Inc., 2014,p.35.
③ （美）艾莉森·利·布朗：《福柯》，聂保平译，北京：中华书局，2014年，第72页。
④ 孙嘉禅、王璐：《服装文化与性心理》，北京：中国社会科学出版社，1992年，第22页。
⑤ 汪民安：《身体的双重技术：权力和景观》，载《花城》2006年第1期，第177-184页，第184页。

　　社会背景也为南希的被拒提供了合理的解释。19世纪的英国因工业技术进步推动了城市的迅速发展，狄更斯笔下肮脏的街道、拥挤的高楼、吵闹不堪的贫民区、林立的烟囱、繁忙的码头就是当时伦敦的写照。大量人群从各地涌入城市从事各行各业，城市得到空前发展。1801年，"伦敦在当时已是独立无二的大都市，人口有110万，占全部城镇人口的三人之一还多。"① 之后人口更是不断涌向英格兰地区特别是伦敦这样的大都市。社会结构的变化，纺织业引起的服装行业变化以及城市人口的大爆炸现象使得"城市生活的这种日益匿名化导致了人们越来越强调作为'解读'他人工具的外表"。② 大量人群涌入城市，陌生人见面的机会增多，城市繁忙、快节奏的生活方式也让人与人之间接触和交流的时间大为缩短，服饰成了了解和评判他人最直观的工具。《雾都孤儿》中的南希好不容易与罗斯小姐见面，一位养尊处优，衣饰考究；一位衣衫破旧，食不果腹，随时有生命危险。服饰让两位年龄相仿、美貌相当的妙龄少女的阶层和地位一目了然。两相对比，南希立刻感到了自己的卑微，服饰最直接地体现了这种权力的不平衡感。

　　两人最后一次会面，南希拒绝了罗斯提供的财物援助，只卑下地要求相赠一条洁白的手帕作为纪念。命运悲惨的南希在脏乱危险的贼窝中沉浮，手帕的洁白象征南希本性的纯洁善良，也象征幸福安宁的生活。在生命的最后时刻，南希双手高举这条白手帕的行为具有了宗教救赎意义，赢得大批读者的同情和赞赏，象征性获取了尊严和权力。奥利弗被有产者收留时着装变化很大，身份地位的变化明显地体现在服饰上。当患病的他稍稍康复，有足够的力气穿衣时，布朗洛先生就吩咐买一套崭新的衣服、一顶新帽子和一双新鞋，女管家仁慈的贝德温太太也着力对其进行打扮。让他一直感觉到危险不安的盗贼服装迅速更换变卖了，换上了中产阶级的服装。服装赋予了他一种权力，一种安全舒适的感觉，一种直面生活的勇气。"服装可以是我们是什么，我们希望是什么甚至

① （英）克里斯托弗·哈维、（英）科林·马修：《19世纪英国：危机与变革》，韩敏中译，北京：外语教学与研究出版社，2007年，第184页。
② Joanne Entwistle, *The Fashioned Body: Fashion, Dress and Modern Social Theory*. Second edition. Cambridge: Polity Press, 2015,p.116.

我们不是什么的符号。"①服装具有明显的符号作用，可以构建并改换身份。

奥利弗同父异母的兄长蒙克斯两次均戴着斗篷、形象模糊不清地出现在读者面前。斗篷似遮盖物，将其不甚明朗的身份和阴暗的内心遮蔽起来。在与布朗洛的交锋中，蒙克斯于理于着衣都处于劣势地位，而中产阶级的布朗洛则着装考究大方，在外形气势上就占了上风。在这里，体面的服饰成了一种正义的象征，是权力外化的一种具体表现。通过上面的分析，应该说，小说中各阶层的服饰体现了不同的权力差异，也体现了权力的无处不在。"权力存在于各处，存在于一切差异性关系中。"②中产阶级体面考究的着装、特权阶层标志性的服饰、盗贼群体脏乱不协调的装扮、贫苦农民的破衣烂衫，服饰都体现了各阶层权力的差异和权力的普遍存在。诚然，"这就使规训权力绝对是毫不审慎的，因为它无处不在，又总是警觉的，因为这些规则很清楚，并持续不断地监视着负有监督任务的个体。绝对地'不审慎'，是因为它始终主要在沉默中发挥作用。"③狄更斯已然洞悉了19世纪英国社会服饰具有的规训权力和权力表现，在《雾都孤儿》中，独具匠心对各阶层人物的服饰进行了巧妙安排和描绘，向读者展示了服饰无处不在又似乎沉默不语的权力。

狄更斯的服饰意识或许可以部分归因于他的成长经历。因家庭变故，狄更斯12岁时曾被迫在鞋油作坊工作补贴家用。饱尝人间冷暖，心灵受到创伤，渴望改变命运、过上体面的生活。通过刻苦努力，最终自学成才，靠勤奋踏实改变命运。随着工作性质的改变和社会地位的上升，狄更斯意识到服饰于社会地位的意义，变得非常讲究着装。"由于喜爱散步，他气色很好，举止优雅。他变得有点纨绔子弟的味道，总是穿着讲究，而且还有洁癖。他炫耀地穿着一件天鹅绒镶边披风。他因身着色泽鲜艳的花哨背心而出名。他的褐色头发时髦地卷着飘拂在他的脸上。"④狄更斯的服饰意识也不自觉地投射到了其小说创作

① Clair Hughes, *Henry James and the Art of Dress*. Houndmills: Palgrave, 2001, p.14.
② 汪民安：《权力》，载《外国文学》2002年第3期，第81–89页，第82页。
③ Michel Foucault, *Discipline and Punish: the Birth of the Prison*. London: Penguin Books, 1977, p177.
④ （美）彼得斯：《查尔斯·狄更斯》，蒋显文译，北京：外语教学与研究出版社，2002年，第39页。

中，通过服饰赋予人物别样的生命与意义。"他能从悬挂在估衣店里的各式衣服中，想象出曾经穿过这些衣服的人们的性情脾气，直至一生经历。看到店里一排旧靴子，他就能想象出穿靴子的姑娘们表演的一场芭蕾舞。"①想象力丰富的狄更斯把自己对服饰的理解巧妙地运用到了小说的人物中，且收效很好。

2.《远大前程》：贾格斯律师的服饰

布鲁姆认为，"贾格斯是狄更斯通过外在细节刻画得最成功的人物。"②《远大前程》中的律师贾格斯令人印象深刻，与狄更斯运用巧妙的服饰叙事手法密不可分。他通过人物皮普的眼光和人物叙述者叙述，特别是通过人物之间的对话显示贾格斯的性格特征，突出其权威形象。服饰叙事在塑造一位来自伦敦的、神通广大的大律师的形象上效果非常明显。

贾格斯首次登场是在郝薇香小姐的府邸。少年皮普在郝薇香小姐家昏暗的楼道上看到一位陌生绅士，通过少年皮普的眼光和叙述，读者只知道这位绅士身材高大、身上散发出一股浓浓的香皂味。随后，在小镇的酒店里，皮普又看到了这位陌生绅士，他冷眼旁观酒店里发生的一切，脸上露出鄙夷不屑的神情。在皮普眼里，这位绅士气派非凡，是一位无可争辩的权威人士。接着，作者巧妙地设置了在酒店读报的情节，与酒店里对伍甫赛先生的观点唯唯诺诺的所有人不同，这位陌生绅士即贾格斯律师对报上登载的案件进行反驳推理，让大家肃然起敬，彰显他的威严和不平凡。皮普注意到他佩戴的大号表链，还有手上散发的香皂味。这几次描写都为凸显伦敦的大律师形象以及贾格斯后来表现出来的呼风唤雨的能力做了铺垫。

初到伦敦，皮普看到贾格斯的律师事务所里门庭若市，请求他办案的人络绎不绝。所有客户在贾格斯面前都低三下四，奴颜媚骨。他的威望尤其通过一个客户的表现突显出来。那位客户在事务所逗留了很长时间，拿起贾格斯的衣服下摆不断放在嘴里亲吻。经过一段时间的接触，皮普发现"贾格斯先生从来不笑；然而，他穿着一双油光锃亮、嘎吱作响的靴子，当他沉稳地站在那里，

---

① 钱青：《英国19世纪文学史》，北京：外语教学与研究出版社，2006年，第289页。

② Harold Bloom, *Charles Dickens's Great Expectations*. New York: Chelsea House Publishers,2005, p.92.

搭拉着大脑袋，紧皱着双眉等待别人的回答时，他有时会将靴子踩得嘎吱作响，倒仿佛是靴子在干巴巴地、怀疑地冷笑。"①在这里，有关贾格斯从来不笑的描述向读者展示了一位不易亲近、冷漠孤傲的形象，靴子油光锃亮显得与众不同，高人一等，而他走路时靴子嘎吱作响更强化了作为大律师唯我独尊、呼风唤雨的能力。

文中还有大量的人物对话，贾格斯高深莫测、令人恐惧的形象主要通过他的下属文米克先生与皮普的对话表现出来。文米克告诉皮普，"对于我来说，我始终觉得他已经设置了一个诱捕人的陷阱，自己在密切观察着。突然——咔哒——你被逮住了。…… 像澳大利亚一样幽深叵测。…… 如果还有什么东西比澳大利亚更幽深叵测……那就是他。"②有一次去贾格斯家做客，通过文米克的叙述，皮普对贾格斯的性格有了更多了解。"他能拥有所有他能得到的一切。只要他存心去捞，就没有什么是捞不到手的。…… 看看他的表链。那才是真正名副其实的金表链呢。…… 他的表也是黄金打簧表……皮普先生，这个镇上的七百来个窃贼了解这只表的全部底细；他们中的任何人，无论男女老幼，都能够认出这条表链上的任何细节，如果有人受骗去碰一下这条表链，保准会立刻扔开，仿佛它被烧得炽热火红似的。"③"他始终是那样高高在上。他这种一贯的高不可攀与他的神通广大是紧密相连的。……"④纯金表链和纯金打簧表彰显了贾格斯的雄厚财力，所有窃贼对这只表的恐惧表现明显是夸张之辞，却生动突出了贾格斯无所不能、令所有人畏惧的强大能力。加之文米克的评论，贾格斯的形象显得丰满可信。不难看出，在刻画这位似乎对所有人拥有生杀大权的大律师形象方面，服饰确实发挥了重要作用。

---

① Charles Dickens, *The Shorter Novels of Charles Dickens*. Hertfordshire: Wordsworth Editions Limited, 2005, p.1086.

② Charles Dickens, *The Shorter Novels of Charles Dickens*. Hertfordshire: Wordsworth Editions Limited, 2005, p1087.

③ Charles Dickens, *The Shorter Novels of Charles Dickens*. Hertfordshire: Wordsworth Editions Limited, 2005, p1092.

④ Charles Dickens, *The Shorter Novels of Charles Dickens*. Hertfordshire: Wordsworth Editions Limited, 2005, p1137.

在维多利亚时代，"人们常携带一块很大的蕾丝花边手帕作为饰品。"[①] 贾格斯也一样，他经常携带一块华丽的丝绸手绢，和他的大毛巾一样，这块手绢大得很显眼，"这对于他行使自己的职业权力有莫大的功用。"[②] 手帕几乎是维多利亚时代每个人随身携带的服饰，但贾格斯的手帕和普通人有别。他的手帕看上去很华丽，质地是丝绸，通过手帕的质地和外观，很容易判断他的地位远非普通人可比。大号的手帕则突出了他的特别之处。文中还提到他使用手绢的动作具有威慑作用，当事人或见证人常常会吓得连忙供出实情。他的大手常常插在裤袋里，通过这种动作唬人。大律师贾格斯目空一切、大权独揽的形象通过手帕的外观、质地、型号、使用者的动作、周围人的反应等描写得以生动展现。

其中有个例子更突出了服饰在表现贾格斯权力方面的作用。皮普 21 岁生日的时候，贾格斯先生就皮普的花销进行清算。贾格斯通过服饰以及相应的动作突出了自己高人一等的形象。他甚少与皮普交流，如往常一样，将双手抄在上衣燕尾摆里面，低头望自己的皮鞋。这样的举动让皮普感觉很不自在。随后，贾格斯的系列动作让皮普紧张不已，也难以解读其中深意。皮普暗中为好朋友赫伯尔特资助九百镑投资生意时，贾格斯也有类似的动作：不时看着皮普，脚蹬雪亮的皮鞋，摆开两条腿，不住晃动身子。不难看出，贾格斯巧妙地通过燕尾服和皮鞋等服饰的穿戴，配以丰富的肢体动作，有意将自己神化，打造了一个威风凛凛、高深莫测的形象。他的做法颇为奏效，皮普果然心生怯意，如坐针毡，不敢靠近。他的服饰有一个最显著的特点：大尺码。大号的真金表链、很大的真金自鸣表、大号毛巾以及大号丝绸手绢。大号的服饰、高大魁梧的身材、神秘莫测的动作、在最大的城市伦敦工作，都突出了这位伦敦城首屈一指的大律师形象。

贾格斯还有一个众所周知的癖好，每件事情处理完毕，一定用香皂洗手，洗毕一定用一块大号毛巾反复擦拭双手。皮普在郝薇香小姐家与贾格斯的第一

---

① Alison Gernsheim, *Victorian & Edwardian Fashion: A Photographic Survey*. New York: Dover Publications, Inc., 1963,p.29.

② Charles Dickens, *The Shorter Novels of Charles Dickens*. Hertfordshire: Wordsworth Editions Limited,2005,p1119.

次偶遇，还未见人，就先闻到一股香皂味。文中数次提到贾格斯酷爱用香皂洗手的习惯。布鲁姆（Harold Bloom）认为，作为伦敦法庭的一名律师，贾格斯的工作与肮脏的事务有关，"因此他用香皂频繁地洗手。"① 不难解读布鲁姆的观点，他认为贾格斯洗手的举动体现了贾格斯急于与肮脏的事务摆脱干系的心态，反映了法律的黑暗和肮脏。这样的解读不无道理。但是从另一个层面上说，也反映了贾格斯刻意通过这种方式与周围的人和事保持距离，将自己置于更高的位置上，突出自己的权威形象与显赫身份。恩特维斯特尔的观点也为我们合理解释贾格斯的着装与做派提供了某种参照："身体承载社会身份，这并不仅仅表现在怎样给身体着衣，还表现在身体怎样被摆布，身体如何移动，以及身体行走和说话的方式。"② 作为常年混迹于各种场所，见惯世面的成功人士，贾格斯无疑深谙身体与服饰承载的社会意义，通过服饰的款式、质地、外观，特别是丰富的身体动作，来强化自己的权威形象与尊贵地位。通过以上分析，布鲁姆认为贾格斯是狄更斯通过外在细节刻画得最为成功的人物的观点十分恰当，令人信服。

《董贝父子》中，大资本家董贝与贾格斯类似，也善于利用服饰彰显权力。董贝经营皮革生意，恪守金钱至上的理念，傲慢固执，冷漠无情。他通过"沉重的金表链，嘎吱作响的皮鞋、笔挺僵硬的服装"突出自己的威严形象，彰显财富与权力。

在很多情况下，人们往往通过服饰判断一个人的阶级属性和在社会中的权力关系，因此，服饰是特权阶层强化权力和塑造威严形象的有效工具。以上分析显示，在狄更斯笔下，服饰的权力含义总是被抵制和贬抑，衣着华丽的特权阶层形象显得滑稽或令人生厌。服饰叙事也体现了狄更斯一贯的写作宗旨：同情弱势群体，揭露社会阴暗面，批判不合理的社会现象，希望善良的人锦衣玉食，道德败坏之徒遭受报应，象征性地通过服饰叙事主持社会公道，实现社会

---

① Harold Bloom, *Bloom's Guides: Charles Dickens's Great Expectations*. New York: Chelsea House Publishers, 2005, p.16.

② Joanne Entwistle, *The Fashioned Body: Fashion, Dress and Modern Social Theory*. Second edition. Cambridge: Polity Press, 2015, p.134.

的公平正义。

第三节 服饰叙事与社会反抗

服饰很多时候是一种政治关系的体现。某种意义上，阶层间和男女两性之间的权力角逐可通过外显的服饰进行解读。精美的服饰背后存在惊人的剥削实质，维多利亚时代英国服饰产业的发展对殖民地国家的纺织业造成了严重冲击，对本国服饰从业人员进行残酷剥削，并在一定程度上加剧了男女两性之间的不平等。

一、阶层间的权力博弈

福柯认为，"在一定社会内的一系列势力之间的关系构成了政治。政治是一种普遍的战略，用来调节和指引这些关系。……势力的每一种关系在某一阶段都隐含了一种权力关系……"[①] 很多时候，服饰是各阶级在政治、经济、文化、宗教等领域进行权力斗争的工具。阶级之间的权力更迭、新的价值体系和审美趣味的确立往往仰仗服饰来体现。服饰，从来都与政治有着千丝万缕的联系。

"西方服装系统被认为与权力的使用有着密切关系。然而这种看法同样也适用于其他时装系统，因为所有时装系统都表现了其环境中的文化政治"。[②] 因此，服饰的典型特色也往往用来指称各阶级。比如喜爱华丽丝绸的贵族与靠羊毛纺织业起家的新兴资产阶级。布料是阶级区隔的标志，也显示了阶级之间的利益争夺。巴尔扎克不否认服饰与政治和革命之间的关联，曾形象地用服饰的比喻指称对立的阶级，认为"革命同时也就与时尚有关，它是绸缎与粗布之间的一场搏斗。"[③] 简而言之，在很多情况下，服饰相当于"穿在身上的政治"，表

---

① （法）米歇尔·福柯：《权力的眼睛：福柯访谈录》，严锋译，上海：上海人民出版社，1997年，第177页。

② （美）珍妮弗·克雷克：《时装的面貌：时装的文化研究》，舒允中译，北京：中央编译出版社，2000年，前言第3页。

③ 金志平：《巴尔扎克精选集》，济南：山东文艺出版社，1998年，第812页。

达了一种政治立场和所属群体。

（一）下层阶级的服饰僭越

维多利亚时代，城市化发展让众多陌生人见面的机会增多，外表成了解读他人最直观便捷的工具。纺织行业技术进步、服饰等级制度的日渐消弭、消费文化的影响等各种因素的合力作用，通过服饰进行阶级僭越变得容易，这也加剧了通过服饰解读他人身份地位的困难。"时尚作为社会阶层区分的作用日趋被压缩、人与人之间社会地位的差别再也不会像从前那样从外表上就一目了然了。"[①] 服装逐渐消弭了阶级差别，从外表判断一个人的阶级属性和身份地位变得不那么容易，也为下一层阶级在着装上有意模仿上层阶级，在外观上混淆阶级差别或实现某种程度的阶级晋升打开了方便之门。

关于下层阶级为何热衷于仿效上流社会的着装风格，时尚界曾有影响较大的"滴入说"理论（trickle-down theory）。该理论由社会学家西美尔（George Simmel）提出。该时尚观点认为，某一服装款式的流行往往由社会的上层阶级所主导，由上向下逐渐在社会上蔓延流行起来。时尚总是这样，由高的社会阶层逐渐向较低的社会阶层渗透。"上层阶级的服饰对下层阶级有吸引力，因为这些服饰为那些拥有权力和威望的人所拥有。"[②] 这种模仿带来的象征性权力和威望一定程度上满足了下层阶级渴望向上的愿望，这种有意的僭越现象让上层阶级颇为不满，为了标示自己独特的身份地位，与下层阶级保持区隔，他们只得不断抛弃被下层阶级模仿的时尚，不断制造新的时尚。于是时尚就在阶级之间的博弈中不断变换。

这种时尚的滴漏理论也可以从一些哲学家的理论中找到思想渊源。康德的三大批判之一《判断力批判》就将趣味和时尚分开，对趣味加以褒扬，却对时尚加以贬抑。他认为审美判断是一种纯粹的趣味判断，是发挥人的主观能动性

---

① 汤晓燕：《革命与霓裳：大革命时代法国女性服饰中的文化与政治》，杭州：浙江大学出版社，2016年，184页。

② Michael Carter, *Dress, Body, Culture: Fashion Classics from Carlyle to Barthes*. Oxford · New York: Berg, 2003, p. 30.

的一种自由选择，但时尚则不然，人们对时尚的追求更多是一种盲从，是一种不经思考不加主观判断的幼稚行为。康德关于时尚审美的观点似乎为解读下层阶级模仿上层阶级的时尚风格提供了一种理论视角。凡勃伦的有闲阶级理论、布尔迪厄的趣味分析与阶级区分理论与此不乏共通之处。

《雾都孤儿》中贼窝里的南希姑娘、《董贝父子》中在董贝的公司担任经理的卡克尔就反映了这种服饰僭越现象。南希为谋求生计，自幼在贼窝混迹。作者对初次出场的南希的服饰采用了白描的写法，强调她有一头浓密但不齐整的头发，鞋袜颇不洁净。这里的服饰描写着墨很少，为数不多的几个词语却透露了非常重要的信息：不戴帽子、散乱的头发、肮脏的服饰明显透露了南希来自社会底层的身份信息。但是，作者却对乔装后的南希的服饰进行了详写。来到伦敦后的孤儿奥利弗受少年惯偷道金斯的诱惑误入贼窝。在贼窝里经过一段时间的偷盗培训后，被授意第一次正式参与偷盗。因天性使然，在整个偷盗过程中，奥利弗非常被动，始终不愿参与偷盗。事不凑巧，参与偷盗的道金斯与贝茨逃脱，奥利弗不幸被误认为小偷带到了法庭。唯恐身份暴露的贼窝首领费金忧心忡忡，决定派南希乔装打扮，前往监狱打探奥利弗的下落。

乔装后的南希与之前的形象判若两人："因此，在她的女裙外面系了一条干净洁白的围裙，卷发纸卷起，塞进宽边草帽底下——这两样服饰来自犹太人取之不尽的库存——南希小姐准备出来跑这趟差事。"[1] 南希的着装跨越了阶级，暂时实现了身份僭越，"她以女帽、围裙、篮子和临街大门的钥匙装饰自己——一应俱全。"[2] 换装后的南希不再是处于社会底层的堕落女子形象，而是中产阶级的女性装扮。钥匙喻示了她有家庭，不是无家可归之人。围裙和篮子意味着她是一名家庭主妇，善于管理家政事务。无边女帽、干净洁白的围裙、漂亮的裙子透露了她来自中产阶级家庭的信息。整体扮相具有当时中产阶级的家庭天使特征。城市化进程增加了陌生人见面的机会，服饰成了判断他人最为直观的工具。服饰行业的快速发展为各阶层服饰僭越提供了条件，服饰不能自

---

① Charles Dickens, *Charles Dickens: Five Novels*. New York: Barnes &Noble, 2010,p.70.

② Charles Dickens, *Charles Dickens: Five Novels*. New York: Barnes &Noble, 2010,p.81.

身言说，通过服饰判断他人难免造成误判。南希的乔装就体现了服饰的匿名性特征。乔装助她暂时跨越了阶级的藩篱，获得了更上一层阶级的权力。正因为这套装扮，她毫无阻碍地进入监狱，轻松赢得了警局工作人员的信任，并成功打探到了奥利弗的消息。

如果说南希的乔装是受人指使的一种被动行为，是无意识的阶级僭越行为。那么《董贝父子》中的卡克尔经理则通过刻意模仿其主人的着装风格，有意识地跨越阶级，公然与上一阶层的董贝进行权力博弈。

书中数次提到卡克尔模仿董贝的着装。卡克尔先生"喜欢学他上司的样子，系一条笔挺的白领带，衣服包得紧紧的，衣服上的纽扣也紧紧地扣着。"① "卡克尔先生的衣装僵硬笔挺、精致考究，或是出于天生的气质，或是对不远处榜样的刻意模仿，他的举止显得傲慢自大。这使他的谦逊增加了异样的效果"。② 笔挺的领带、紧扣着的纽扣、僵硬笔直的衣服，这些着装特征与董贝如出一辙，傲慢自大的性格也与董贝相仿。叙述者貌似不经意的评论"或是对不远处榜样的刻意模仿"更加深了卡克尔有意模仿董贝着装的嫌疑。

卡克尔除了着装上对董贝刻意模仿，在行动上也处心积虑，处处与董贝叫板。他精心策划与董贝夫人伊迪丝私奔，尽管伊迪丝早已知道卡克尔的恶劣本质，为了报复董贝，与他只是假意私奔。但是私奔事件让董贝名誉扫地却是不争的事实。两人目的各异，但都成功打击了董贝的傲气。叙述者对卡克尔如此评价："他那一尘不染的阔领带和连鬓胡须，甚至他柔滑的手悄悄地抚摸白色亚麻衬衫和光滑面孔时的神态，都清楚地表明他身上有一种像猫一样的东西。"③ 猫在中西方人的心目中具有截然不同的含义。西方国家普遍认为，猫是不祥之物，会让人产生恐惧。西方人也用猫来形容心地恶毒、爱说别人坏话的女人。英国人常常将黑色的猫与女巫联系起来，认为猫具有女巫一样让人害怕的特点。西方还有一种流行的说法，认为夜晚遇到黑猫预示着会遭遇厄运。文中数次提到卡克尔具有猫一样的特点也就明显暗示了卡克尔具有令人捉摸不

---

① Charles Dickens, *Dombey and Son*.Ware:Wordsworth Editions Limited,2002,p.163.

② Charles Dickens, *Dombey and Son*.Ware:Wordsworth Editions Limited,2002,p.164.

③ Charles Dickens, *Dombey and Son*.Ware:Wordsworth Editions Limited,2002,p.222.

透、让人恐惧的恶劣品性。

叙述者无不讥讽地对卡克尔的服饰进行评论，卡克尔的野心昭然若揭：

> 虽然他的着装总是模仿他服侍的那位大人物，显得有些正式，但他还是差一点董贝先生拘谨僵硬的姿态：也许是因为他觉得亦步亦趋是滑稽可笑的，也因为他认为可以用这种方式表示他与董贝先生的不同之处以及他们之间存在的距离。①

卡克尔模仿董贝着装的同时，也刻意通过细节与主人进行区别，更通过这种细节上的差异彰显自己与董贝的不同特性，体现了一种竞争意识。服装显然具有了其与主人争夺权力、实行地位僭越的象征意义。事实证明，卡克尔取得了成功。他不仅通过引诱伊迪丝私奔，让董贝名誉扫地。而且还在平时对董贝唯唯诺诺、忠心耿耿的假象中让董贝放松警惕，将其财产逐步吞并，并最终让董贝彻底破产，从此一蹶不振。

很明显，上述服饰僭越阶级的例子作者没有褒扬之态，相反，作者的反讽和贬抑的态度却不时有所体现。从某个方面来说，可以理解为作者对当时服饰僭越阶级的现象持否定态度，与前面讨论的他持有"表里如一、人如其衣"的服饰观念吻合，也表示了他对社会盲目追求服装等物质财富造成的社会道德失范与社会秩序混乱的担忧。

（二）中产阶级服饰的审美趣味与新的伦理规范

"资本主义和文化政治显示了不同的权力关系，而时装则用不同的而且有所变化的方式对这些权力关系作出反应"。②在工业革命的大潮中，资产阶级逐渐脱颖而出，通过自己的奋斗抢占商业先机。在占据优势的经济地位和逐渐获得更多权力的政治领域中，资产阶级强烈感受到了来自贵族阶级的文化方面的压迫和威胁，因为"英国的贵族社会阶层在经济上失势之后其知识智能的优势

---

① Charles Dickens, *Dombey and Son*.Ware:Wordsworth Editions Limited,2002,p.352–53.
② （美）珍妮弗·克雷克：《时装的面貌：时装的文化研究》，舒允中译，北京：中央编译出版社，2000 年，前言第 4 页。

并未随之下滑，而是得以延续。"① 这种来自贵族的"知识智能"方面的精神压迫成了意欲在各方面占据优势的中产阶级必须攻克的一道屏障，两大阶级之间的一场文化霸权争夺战不可避免。

1802 年，《爱丁堡评论》（*Edinburgh Review*）期刊的创办就是资产阶级积极争夺文化领导权的例子。该杂志通过对时事和文学的评论，潜移默化地向广大读者灌输资产阶级的一些观点。② 在文化领导权的争夺中，服饰也生动反映了这种阶层间的权力博弈。

贵族阶级的服饰质料上乘，色彩艳丽，精巧夺目，加之配以贵重珠宝，彰显身份的意味极为明显，具有鲜明的阶级特色。随着资产阶级地位的上升，这种一直让贵族引以为傲、彰显阶级优越感的服饰风格遭遇了冲击。资产阶级通过构建新的服饰话语，确立新的服饰审美趣味和伦理规范，对贵族阶级发起了进攻。资产阶级许多成员是清教徒，信奉吃苦耐劳、自力更生、节俭朴实的人生信条。在这样的话语体系下，贵族阶层奢华的服饰就成了剥削、浪费、骄奢淫逸的象征。资产阶级通过确立新的服饰审美趣味，传达新的伦理道德规范。

由于"物品 – 符号系统具有代码的性质，简明而有效地标识出个性类别和社会地位"③。于是，资产阶级的服饰风格与贵族刻意拉开了差距。他们果断摈弃了贵族阶层繁复层叠、华丽惹眼的服饰风格，选择了一种低调奢华、霸气侧漏的着装方式。除了着装风格，他们在布料、颜色的选择上也刻意与贵族阶层拉开差距，彰显自己的阶级特性。丝绸、天鹅绒是贵族青睐的服装布料，资产阶级钟爱羊毛与棉布。贵族阶级男女服饰有诸多相似之处。和女性一样，男性的服装也精致花俏，精美绚丽的刺绣并非女性的专利，也常常为男性贵族们所青睐。他们也偏爱红、黄、绿等鲜艳的颜色。男性也喜欢穿高跟鞋、喷香水、戴假发、佩戴华丽而贵重的珠宝。资产阶级的服饰性别分野明显，女性服饰华丽繁复，男性服饰庄重保守。黑、白、灰等暗沉色调成了资产阶级男性服饰的

---

① （美）苏珊·S.兰瑟：《虚构的权威：女性作家与叙述声音》，黄必康译，北京：北京大学出版社，2002 年。
② 陈礼珍：《盖斯凯尔小说中的维多利亚精神》，北京：商务印书馆，2015 年，第 15–22 页。
③ 马海良：《鲍德里亚：理论的暴力，仿真的游戏》，载《外国文学》2000 年第 2 期，第 48 页。

主打颜色。简单的三件套，衬衣、西服、马甲成了男性服饰的标配。如何彰显自己的优越地位和阶级特色？资产阶级往往在细节上下功夫。他们在布料的选择和对服饰的细节处理上别有用心，在貌似不经意中体现一种低调的霸气与奢华。他们常常通过马甲的精妙设计和细微处理来与别的阶级进行区隔。于细微处体现阶级属性与审美品味，这与贵族阶级铺张扬厉的着装风格大相径庭，是中产阶级在文化方面与贵族阶级一争高下的积极表现。

　　狄更斯作品中的服饰叙事体现了两大阶级间在文化与审美品味方面的这种权力博弈现象。在小说《董贝父子》中，在董贝的第二次婚礼上，高傲的董贝极其恭敬地单独迎接了一位在东印度公司任职的董事。这位董事"穿着一件马甲，很明显，马甲像是某个技术平平的木匠用耐用的冷杉木做成的，但实际上出自技艺高超的裁缝之手，用中国南京产的本色棉布精心缝制而成。"①

　　狄更斯敏锐地抓住了资产阶级着装的典型特色。这位董事的服装布料是本色布，本色布料更能看出布料的纹路是否均匀，质量是否上乘。他的服装风格貌似非常普通，毫不起眼，可是却是能工巧匠通过手工精心制作而成。维多利亚时代服装的大批量制作虽然得到普及，但是有雄厚财力的中产阶级往往钟爱高级定制，这种价格昂贵的高定服装只有少数人才能支付得起，阶级区隔的意味很浓。这位董事的衣服布料不是本国易于获取的普通布料，而是来自遥远的中国。狄更斯对这位董事的服装，只用简简单单的一句话进行描述，但透露的信息却很丰富，中产阶级彰显身份的马甲、布料的来源、质地、颜色、裁缝等信息均蕴含在里面。"对维多利亚人而言，衣服是一个人所处位置的能指，因为衣服表明了地位或阶级。"② 这种简洁而不简单、素朴而有深意的着装风格与资产阶级崇尚的理念一脉相承，低调朴实，理性节制，于细节处彰显身份。

　　《雾都孤儿》中的梅利太太也是典型的中产阶级代表，家境殷实，在城里经营生意，在乡下有田园别墅。"她的穿着极为考究、整饬，身穿旧式和对流

---

① Charles Dickens,*Dombey and Son*.Ware:Wordsworth Editions Limited,2002,p.471.
② Sean Purchase, *Key Concepts in Victorian Literature*. Shanghai: Shanghai Foreign Language Education Press, 2016, p.25–26.

行品味稍作让步的古怪的混合服装。"① "考究" "新旧风格的融合" 是梅利太太最显著的着装风格。在《风雅生活论》中,巴尔扎克认为现代风俗制造出三个阶级:"劳动者、思想者、有闲者。"这三个等级往往对应三种生活方式:"劳碌生活、艺术家生活、风雅生活。"与此观点相关照,梅利太太的着装具有有闲者的风格,这种"风雅生活是外在物质生活的完美化。"② 梅利太太服装考究,新旧融合的独特风格表明服装不是来自商场,而是来自提供高级定制的服装设计师之手,这种独特风格的设计既体现了设计师高超的手艺,也体现了定制者的雄厚财力与独特品味。关于风雅生活具有什么样的特色,巴尔扎克曾说:"它显得那样新鲜,那样光艳;既老迈,又年少;既高傲,又迷人。"③ 这种颇具矛盾性的服饰特色或许体现了资产阶级在与贵族的权力博弈中既斗争又认同的矛盾心态。

还有一个细节不容忽视,梅利太太虽然年事已高,"然而她的腰板比她坐着的高背橡木椅还要挺直。"④ 除了着装,根据巴尔扎克的观点,阶级间的区隔除了可通过服饰进行解读,人的行为习惯更体现了阶级特性。"一个人的灵魂,看他抓手杖的姿势,便可以知晓。"⑤ 梅利太太挺直的腰板透露了她所属阶级的信息,也是资产阶级自信自律、积极面对考验的姿态。

许多学者认为,狄更斯是中产阶级的代言人,马修·阿诺德的评论颇具代表性:"狄更斯深刻了解中产阶级,他本人就是中产阶级典型中的典型。"⑥ 除了前面提到的阿诺德,将狄更斯划归为中产阶级代言人的学者不在少数。譬如茨威格(Stephan Zweig)针对英国最伟大的两位作家如此评论,"莎士比亚是英雄的英国的化身,而狄更斯是中产阶级的象征。"⑦ 威尔逊(Edmund Wilson)认为,

---

① (英)查尔斯·狄更斯:《雾都孤儿》,黄水乞译,北京:中央编译出版社,2015年,第231页。
② 金志平:《巴尔扎克精选集》,济南:山东文艺出版社,1998年,第800页。
③ 金志平:《巴尔扎克精选集》,济南:山东文艺出版社,1998年,第804页。
④ Charles Dickens, *Charles Dickens: Five Novels*. New York: Barnes &Noble, 2010,p.150.
⑤ 金志平:《巴尔扎克精选集》,济南:山东文艺出版社,1998年,第812页。
⑥ 赵炎秋:《狄更斯研究文集》,南京:译林出版社,2014年。第13页。
⑦ 赵炎秋:《狄更斯研究文集》,南京:译林出版社,2014年,第27页。

"在其整个创作早期，狄更斯似乎是将自己看成体面的中产阶级人士。"[①]奥威尔（George Orwell）也说，"狄更斯小说的中心情节，几乎总是发生在中产阶级环境中。"[②]"他将世界看成是中产阶级的世界，超出这个范围之外的事物不是有点可笑，就是有点邪恶。"[③]将狄更斯划归为中产阶级阵营，似乎是许多评论家的共识。然而，狄更斯的着装风格却与中产阶级有明显区别。他喜欢天鹅绒和绸缎等象征贵族阶级的布料，服饰颜色绚丽，精致华美，具有贵族阶层的痕迹。他对贵族阶级既批判又不自觉认同的模糊态度具有普遍性，代表了中产阶级对贵族既抵抗又不自觉认同的矛盾心态。

中产阶级发现，除了在改革浪潮中获得能与贵族阶级抗衡的经济地位之外，政治地位他们不可与紧紧依赖王权的贵族阶层相提并论，文化领域他们则更处于绝对劣势的地位。为了扭转局势，除了在争取选举权、废除《谷物法》等方面提升自己的政治权利，他们也在文化上塑造自身形象，通过创办刊物宣传本阶级观念，通过服饰确立新的审美趣味和伦理规范，试图在文化领域与贵族阶级积极争夺领导权。

（三）贵族阶级的服饰：阶级式微的最后狂欢抑或文化霸权策略

维多利亚时代，土地贵族渐趋没落，中产阶级地位日渐上升。工业革命改变了社会结构和经济生产方式，依靠世袭爵位和继承地产的贵族阶层在社会变革面前无奈地渐渐退出了主导历史的舞台。式微的贵族们不甘心在与资产阶级的较量中败下阵来，于是通过在文化领域中所占据的主导地位，强化贵族文化，给资产阶级带来压力。中产阶级意识到，要获得更多权力，文化领域的斗争不可避免，他们也积极投身于文化领域的建设中。于是在文化领域，两大阶级开始了一场另类的没有硝烟的战争。

曾有学者认为，朝代的更迭或没落在服饰上会有所体现，主要表现为服饰变得异常夸张、奢华，有时令人不可理喻。如法国的服饰时尚主要由凡尔赛

---

① 赵炎秋：《狄更斯研究文集》，南京：译林出版社，2014年，第98页。
② 赵炎秋：《狄更斯研究文集》，南京：译林出版社，2014年，第103页。
③ 赵炎秋：《狄更斯研究文集》，南京：译林出版社，2014年，第115页。

宫主导，奢侈、繁复和精致为主要特色。国王路易十五的两个著名情妇彭巴杜夫人和杜白丽夫人是其中的代表性人物，服饰极尽奢华。她们的后继者、路易十六的王后玛丽·安托瓦内特在服饰的花销上更是有过之而无不及，热衷于不断开发新的服饰时尚。法国大革命前夕，服装造型变得越发夸张，夸张程度达到了顶峰，譬如王后发明的高耸发型就让人匪夷所思，头发中掺入大量假发，发髻上有花样繁多的装饰品，花草庭园、军舰轮船等模型都可安然插在头上。发型高度有时达到令人瞠目结舌的地步，与人的身高齐平，人脸处于中间的位置。英国维多利亚时代，女性的服饰款式多样，色彩艳丽，材质丰富，雍容繁复。大量运用蕾丝、缎带、荷叶边、蝴蝶结以及层叠的蛋糕裁剪、抽褶等丰富的时尚元素。该时期主要流行立领、高腰、公主袖、羊腿袖、灯笼袖、各式帽子等丰富的服饰款式。紧身胸衣和裙撑是贵族妇女等上流女士的服饰中不可缺少的服饰装备，配以华贵珠宝，尽显繁复奢华。女性们为了拥有当时推崇的纤纤细腰的沙漏型身材，随时穿戴紧身胸衣，承受呼吸困难、骨骼和内脏被严重挤压、不孕不育甚至死亡的风险。维多利亚时代后期，服饰造型更为奇特，裙子的重心不平衡地向后倾斜，裙子的前部变得平滑，臀部后部高高突起，裙摆布料堆积在臀部上，并用坚硬的裙撑维持这种形状，后摆可长达数米，拖曳在地，给着衣者的行动带来极大困难，行走时，街道上的污物常被裙摆如扫帚般扫入裙下。上述夸张奢华的造型似乎体现了统治阶级在退出历史舞台前通过服饰进行的最后抗争，是阶级式微的最后狂欢。

也有人持另外的观点，认为统治阶级在经济和政治权力旁落后，通过在文化和审美方面占据的优势地位，践行的一种文化霸权策略。维多利亚时代，工业革命改变了社会结构和经济生产方式，土地贵族与资产阶级的地位实现了逆转，中产阶级首先在经济上占据了主导地位，随后在政治上逐渐掌握了更多的权力。依靠世袭爵位和继承地产的贵族阶层在社会变革面前无奈地渐渐退出了主导历史的舞台。式微的贵族们不甘心在与资产阶级的较量中败下阵来，于是通过在文化领域上占据的主导地位，有意突显或强化贵族文化，给资产阶级带来压力，造成一种精神压迫。中产阶级意识到，要获得更多权力，一场文化霸权的争夺战争不可避免，他们也积极投身于文化领域的建设中。于是在文化领域，两大阶级开始了一场另类的没有硝烟的战争。

印刷业的发展使两大阶级通过创办报刊宣扬自身的阶级立场和文化变得容易。中产阶级看到了报纸杂志的影响力，积极创办刊物，为自己发声。早在 18 世纪初期，来自英国资产阶级的艾迪生（Joseph Addison）和斯蒂尔（Richard Steele）就先后创办《闲谈者》(The Tatler) 报和《旁观者》(The Spectator) 报。两人均是辉格党成员，办报的初衷是为辉格党服务，对日渐兴起的中产阶级进行教育，提升他们的文化修养、生活情趣与审美趣味，增强他们在文化领域内与贵族抗衡的竞争力。就报纸的风格而言，他们是温和的道德审查官，刊登的"大多数文章都是轻松的话题，比如时尚、头饰、恶作剧以及礼貌的对话等"①。这种采用文学形式记录人们日常生活的文章容易拉近与读者的距离，不经意间让读者产生认同，具有文学的清新和魅力，吸引了数量众多的读者。《旁观者》中的旁观者先生是一位假想中的老人，他目睹并描写各色人等的生活和内心世界，俱乐部里的生活、咖啡厅里人们的言论，街道上溜达的人、喝茶的人、玩牌的人、跳舞的人、做生意的人等都纳入他的观察与评论视野。两份报刊通过这种人们喜闻乐见的内容讨论理想的行为举止和社会道德风尚，提倡节制、合理、适度等行事原则，为中产阶级提升文化修养与气质品味提供了重要参考，为规范当时人们的行为举止起到了很大的推动作用。

18 世纪末叶至 19 世纪初期，托利党长期执政。与代表新兴资产阶级的利益和思想、主张限制王权的辉格党相反，托利党代表土地贵族，拥护国王权威，重视大贵族和教士的利益，竭力限制中产阶级的选举权和议会改革。托利党在政治上占据有利地位后，长久对辉格党进行排挤。处于劣势地位的辉格党得积极寻找对策，为自己争取话语权。几位年轻人创办杂志《爱丁堡评论》，探论时事和文学，以资产阶级的文化理念和审美趣味引导英国人的文化价值观，试图在意识形态层面发挥重要影响。亚当·斯密的经济学理念、托马斯·卡

---

① 罗经国、刘意青：《新编英国文学选读》（上册）（第四版），北京：北京大学出版社，2016 年，第 202 页。

莱尔的时事评论、大卫·休谟的哲学思考、拜伦等人的诗作纷纷进入普通大众的视野。刊登的文章简洁，观点新颖，分析富有深度和趣味，赢得了大批中产阶级读者。当时经济宽裕，有教养的家庭常以《爱丁堡评论》倡导的观点作为日常生活的指导。因为观点与中产阶级的意愿颇为一致，该杂志逐渐成为中产阶级表达阶级立场和价值观念的重要工具。几年后，约翰·穆雷于1809年创办《季刊评论》（*Quarterly Review*）。该刊观点保守，主张维持现状，反对社会改革，是托利党发表观点和社会理念的重要刊物。当时，持保守观点的小说家司格特和简·奥斯汀受到该刊的称赞，而支持社会改革的作家和社会批评家如利·亨特（Leigh Hunt）、威廉·哈兹里特（William Hazlitt）、麦考莱（Thomas Babington Macaulay）、查尔斯·狄更斯则遭到敌意和批评。《季刊评论》与提倡独立精神和社会改革的《爱丁堡评论》格格不入，两大刊物逐渐成了托利党和辉格党明争暗斗的重要工具。此外，摄政时代深受国王乔治四世赏识的纨绔子一族们积极创办时尚杂志和撰写时髦小说宣扬贵族的高雅品味。两大阶级通过报刊在政治、宗教、文学、时尚等领域互相对峙。

在这场文化领域的争夺战中，外显的服饰成了两大阶级宣扬阶级观念、标榜自我的有力工具。贵族们以服饰为依托，在审美、生活风尚、艺术鉴赏、礼仪举止等方面刻意突出自己的贵族品味和优雅做派，构建一套不利资产阶级的话语体系。在这套话语体系中，资产阶级成了只顾经济利益，品味低级，举止粗俗、唯利是图，应该受到诟病的群体。他们企图迫使资产阶级在贵族文化品味的压力下嫌弃自己的文化理念与生活方式，产生自我怀疑与身份焦虑，不自觉地寻求与贵族文化的妥协与认同。

19世纪初期，英国曾流行一股"花花公子"（Dandy）时尚风潮，博·布鲁梅尔（Beau Brummell）是其中的代表性人物。这位摄政时代闻名伦敦社交界的时尚先生一度引领着男装风潮。这些"纨绔子身上具有太多的高贵精神与非理性主义"，[①] 他们的行动做派具有典型的食利者特征，不事劳作，每天的主要任务就是专注于自己的着装扮相。他们特别在乎服饰的质地、款式、颜色，配饰

---

① 周小仪：《唯美主义与消费文化》，北京：北京大学出版社，2002年，第42页。

的选用，整体装束的搭配，优雅的举止与高雅的谈吐。凸显贵族的高雅品味，将自己打造成一件无可挑剔的艺术品就是他们的目标。卡莱尔曾嘲讽花花公子们"活着就是为了穿衣服"①。这与崇尚理性、节俭克制、务实勤劳的中产阶级刚好相反。纨绔子们"不仅鄙视中产阶级粗俗的外表，还讥讽中产阶级的道德。在他们看来，勤俭、朴素、秩序、契约、虔信，这些自 18 世纪笛福时代以来形成的清教伦理，只会培养出粗俗而又缺乏想象力的暴发户，而不是优雅的心灵"②。这样的批评性话语显然对资产阶级不利，着装连同他们尊崇的信条一并被否定了。他们的着装、行动准则与人生信条在贵族阶级的这套话语体系下，关乎品味，更关乎道德。当时的国王乔治四世个性浮夸，挥霍无度，喜欢玩乐，对时尚有浓厚的兴趣和独特品味。因为肥胖，为遮挡双下巴他故意将衣服的领结越绑越高，竟引得大家纷纷仿效，据称词语"趾高气昂"（Toffee-nosed）就由此而来。他的着装方式一度引领上流社会的着装风格。传闻当时最著名的纨绔子布鲁梅尔每天专注于一件事：着装打扮。他对外貌修饰、服饰搭配、行为举止方面的苛求与刻意赢得了几乎所有上流人士的赞赏与追捧。他与摄政王乔治四世私交甚好，他的时尚品味深受国王的赏识，对当时的社会产生了广泛而深远的影响。有学者认为，这股时尚风潮实则反映了贵族阶层没落前的回光返照，是他们与资产阶级在文化领域内展开的斗争。程巍在《伦敦蝴蝶与帝国鹰：从达西到罗切斯特》一文中对贵族阶级和资产阶级之间的较量进行了深刻的解读。他认为，两大阶级的文化品味之争，主要的原因是："社会革命和工业革命动摇了他们的政治和经济根基，他们痛感自己失去了往日的光荣，不过，仍有一份不可剥夺的、似乎与生俱来的财富即'贵族气质'可以弥补其他方面的亏损。中产阶级发现自己虽获得了政治和经济权力，在精神气质和文化修养上却自惭形秽。贵族正好利用了这种自卑感，把自己的文化标准推向极端，成为

---

① Thomas Carlyle, Sartor Resartus: *The Life and Opinions of Herr Teufelsdrockh in Three Books*. Translated by Qiuwu Ma et al. Guangxi Normal University Press, 2004, p.183.

② 程巍：《纨绔子的两重性——析艾伦·摩尔斯〈纨绔子〉，兼谈反资产阶级意识的起源》，载《世界文学》1999 第 1 期，第 286–305 页，第 290 页。

对中产阶级的心理压迫。"① 贵族阶级这场在时尚、修养与品味方面兴起的另类战争收效不错，许多中产阶级在获取一定的经济利益和社会地位后，发现缺乏一份与生俱来的修养与品味，无形中对他们的自尊心是一大打击，他们中许多人迫切地想在这方面进行改造。盖斯凯尔夫人的小说《北方与南方》② 中的大资本家桑顿就是一个例子。在有了雄厚的财力后，他对赚钱获利的热情有所减弱，积极拜师研读对资本家而言没有任何意义的古典文学名著，学习拉丁语，积极提升自己的审美趣味。小说中也提到中产阶级许多家庭注重男孩子文化品味方面的培养。资产阶级学习贵族文化品味的风尚多少造成了贵族文化的逆流与回归。这股逆流无疑迎合了中产阶级在这方面的诉求，他们有意模仿贵族的生活方式和着装风尚，一定程度上"导致了法国大革命余波未平之际贵族文化逆流在欧洲的突然泛滥"，③ 并多少影响到工业革命旺盛的发展势头。

确立新的服饰审美趣味，制造一套不利于贵族阶级的话语，是中产阶级在品味之争中变被动为主动的法宝。以服饰为依托，中产阶级在宗教、政治和经济层面上开始了反拨。

从宗教层面上说，人们对过分注重服饰等行为加以贬抑，可以追溯到《圣经》的原罪说。亚当与夏娃偷吃智慧树的果实而犯了罪，上帝用兽皮做衣服赠与他们，并将他们逐出了伊甸园。从源头上说，罪恶的肉身不应被过度关注，批判注重着装的行为就有了宗教意义上的理由。基督教的灵肉观念鄙弃肉身，颂扬灵魂也是原因之一。中产阶级大部分成员是清教徒，信奉加尔文教，提倡"勤俭清洁"的生活，反对一切纵欲、享乐和消费行为。他们秉承舒适、简朴的着装理念。因此，着装关乎身体，更关乎道德修养。注重外观与服饰的行为广受诟病，还有哲学上的原因。西方的二元对立思想鄙视肉体，颂扬灵魂，西方哲学历来对思想智慧加以赞颂，对可见肉身加以贬抑。例如柏拉图就鄙视感性世

---

① 程巍：《伦敦蝴蝶与帝国鹰：从达西到罗切斯特》，载《外国文学评论》2001 年第 2 期，第 14–23 页，第 17 页。

② （英）伊丽莎白·盖斯凯尔：《北方与南方》，陈锦慧译，海口：海南出版社，2018 年。

③ 程巍：《伦敦蝴蝶与帝国鹰：从达西到罗切斯特》，载《外国文学评论》2001 年第 2 期，第 14–23 页，第 18 页。

界，"鄙视与肉体有关的本能、情感和欲望"①，他将灵魂和肉体割裂开来，排斥肉体，认为如果灵魂依附了肉体，就是罪孽受罚的表现。灵魂如果依附了肉体，就蒙上了一层屏障，就失去了灵魂的真纯本色，识别真善美的能力就削弱了。②这种灵肉二分的哲学观对后世影响深远，与肉身紧密相连的衣服就成了与身体一样被贬抑和批判的对象。

政治层面上，贵族阶级沉溺于高雅的情调，注重外表，服饰华丽，具有阴柔气质。在中产阶级看来，贵族的这些特点不利于国家的建设和强大。相对而言，中产阶级富有激情，勇于开拓创新。他们秉承的理念大大有助于工业革命的繁荣，有助于航海与贸易事业的发展以及帝国的殖民扩张和对外称霸。为了配合新形象和新理念，他们确立了新的服饰审美标准。服饰讲究简洁舒适，实用便利。黑、灰等暗色系成了主流颜色，西装等三件套搭配几乎成了固定不变的服饰装备。

贵族青睐昂贵的丝绸和天鹅绒等面料，这些面料往往依赖进口，无形中造成了国家的财富流失。中产阶级偏爱硬挺的羊毛服饰和柔软的亚麻和棉布等面料，客观上保护了英国传统的毛纺织业和正在努力发展、积极与别国竞争的棉纺织业。所以，从经济层面考虑，中产阶级服饰面料的选择有利于国家财富的积累与增长，因而更具有"爱国"倾向。

这样一来，贵族阶级彰显高贵地位和雅致品味的服饰就成了腐朽、没落、剥削、残暴的象征。前面提到，在许多研究者眼中，狄更斯是中产阶级的代言人，这种看法不无道理。在他笔下，贵族的服饰鲜有贵族高雅品味的痕迹。对于贵族服饰的描写，他总是极尽夸张和讽刺，贵族阶级的服饰更多代表了他们的腐败、残暴和剥削本质。《董贝父子》中的斯库顿夫人是没落贵族，爱慕虚荣，好逸恶劳，通过女儿的婚姻坐享其成。前面的分析得知，她的服饰不合体，与年龄很不相称，看起来极其滑稽可笑。斯库顿夫人的朋友们"非常干瘪的脖子上挂着非常珍贵的项链"③。叙述者嘲讽夸口认识各类人物的"巴尼特·斯克特

① 朱光潜：《朱光潜典藏文集：西方美学史》，杭州：浙江文艺出版社，2017年，第56页。
② 朱光潜：《西方美学史》（上），北京：北京理工大学出版社，2018年，第66页。
③ Charles Dickens,*Dombey and Son*.Ware:Wordsworth Editions Limited,2002,p.472.

尔士爵士的气派主要是通过一个古董的黄金鼻烟壶和一块厚重的丝绸手帕显示出来"①。《双城记》中，侯爵家族成员的纹章和绶带成了镇压和残害下层贫民的工具和罪证，服饰是罪恶的象征。针对埃弗瑞蒙德侯爵兄弟对农家女的暴行，马奈特医生在控告信中写道："我注意到这些捆绑用的带子全是一位谦谦君子服饰上的东西。其中有一条是礼服上用的有流苏的绶带，我看到上面有个贵族的纹章和字母'E'。"② 本代表贵族血统和高贵出生的带子和贵族家族引以为傲的纹章在这里成了犯罪和残酷压榨下层贫民的工具，"谦谦君子"一词更加剧了这种批判与反讽意味。与衣不蔽体、食不果腹的老百姓形成鲜明对照的是这样一幅图景：宫廷里一位有权势的大人正在被四位壮汉伺候着喝巧克力饮料。

"这四条汉子浑身上下都装饰得金光灿灿，他们中的头儿，口袋里若是少于两只金表，就会活不下去……。"③ 举手之劳的区区小事如此兴师动众，四位壮汉浑身金灿灿的衣饰打扮衬托了宫廷的豪奢与腐败，暴露了贵族阶级对劳动人民残酷剥削的实质。

《荒凉山庄》塑造了众多人物，几乎涉及社会的各个阶层。在议会里担任议员的贵族阶层、和贵族同属统治阶层的法官和律师、新兴的中产阶级、热衷非洲事务的伪慈善家、专注于衣着风度的摄政时代怀旧者、食不果腹的广大贫民等。其中，在党派选举中自私自利、任人唯亲的库德尔勋爵和杜德尔爵士，竭力操纵议会的雷斯特爵士是书中刻画的贵族阶级代表性人物。书中对他们的服饰描写甚少，但在第二章"上流社会"中，叙述者寥寥数语道出了贵族阶级的本质："但它的邪恶之处就在于，这个阶层往往被珠宝商用的棉花和高级羊毛包裹得过于严实，听不见那个比他们的圈子更大的世界里熙熙攘攘的声音，也看不着他们围绕着太阳打转转时的场景。"④ 这句略显调侃式的评论以服饰为依托，批判了掌权阶级不顾老百姓死活，残酷压榨、剥削老百姓，只顾自己享

---

① Charles Dickens, *Dombey and Son*.Ware:Wordsworth Editions Limited,2002,p.317.

② Charles Dickens, *The Shorter Novels of Charles Dickens*. Hertfordshire: Wordsworth Editions Limited,2005,p.884.

③ Charles Dickens, *The Shorter Novels of Charles Dickens*. Hertfordshire: Wordsworth Editions Limited,2005,p.706.

④ （英）查尔斯·狄更斯：《荒凉山庄》，张生庭、张宝林译，广州：花城出版社，2015年，第8页。

乐的实质。特韦德洛普老先生怀念摄政时代的生活，是典型的食利者。他游手好闲，热衷于服饰装扮，唯一的事务是向外人展示自己的翩翩风度。从这些特点来看，可以将他划归为贵族阶层，文中对他的服饰和风度多有提及。全知叙述者和人物叙述者的交替叙述更为立体多面地展示了这位老先生的"风度"。伊迪斯·萨摩森小姐对他的着装配饰进行了详细描述，并评论他有"一副无与伦比的优雅姿态。……他只不过是风度的化身，除此之外，什么也不像。"[①] 小说中完美的正面人物、善良能干的萨摩森小姐数次以这种讽刺性口吻评价这位摄政时代的跟风者，人物的虚伪和剥削本性也就让人不容置疑。

为了突显效果，狄更斯还采用了惯用的对比手法。《双城记》里的贵族侯爵与下层贫民的服饰、《雾都孤儿》里统治阶级与济贫院贫民的服饰、《董贝父子》和《荒凉山庄》里上层阶级与下层平民的服饰，总是相互映衬着出现。

总体而言，狄更斯对贵族阶层的服饰着墨不多，在他的作品中，贵族或特权阶级的服饰几乎毫无美感可言，甚至令人产生厌恶。从这一点来说，他似乎天然就是资产阶级的代言人和下层百姓的同盟军，在他笔下，贵族如同小丑，贵族阶级的服饰或显得滑稽可笑，或搭配怪异，往往是腐朽没落的象征。在工业化发展的时代背景下，中产阶级渐渐登上了历史的舞台。面对日趋没落的贵族阶级通过文化上的优越地位，特别是通过可视化的服饰外观和优雅举止造成的压迫，他们以服饰为依托，构建新的服饰审美趣味和伦理价值规范，并构建新的话语体系，在审美、宗教、政治、经济等层面上积极应对挑战，两大阶级利用服饰发起了一场另类的没有硝烟的战争。居于社会下层的广大贫民在服饰的大批量生产、多样化设计、价格大幅下调成为可能的工业化浪潮下，有条件购买华丽服饰，装扮成上流社会人士，通过着装实现一种阶级僭越，表明跻身上流社会的积极姿态。狄更斯在作品中巧妙地利用服饰生动体现了当时英国社会各阶级的权力博弈现象。

---

① （英）查尔斯·狄更斯：《荒凉山庄》，张生庭、张宝林译，广州：花城出版社，2015年，第210页。

二、服饰叙事对社会黑暗的揭露

精美的商品迷乱了人们的视线，新型的生产和消费方式加剧了人们对商品的崇拜，这种商品"拜物教"掩盖了其背后的剥削实质。针对商品生产与商品消费之间的关系、商品的迷惑性特征以及商品背后的剥削实质，马克思可谓一语切中肯綮："商品形式的奥秘不过在于：商品形式在人们面前把人们本身劳动的社会性质反映成劳动产品本身的物的性质，反映成这些物的天然的社会属性，从而把生产者同总劳动的社会关系反映成存在于生产者之外的物与物之间的社会关系。由于这种转换，劳动产品成了商品，成了可感觉而又超感觉的物或社会的物。"①

英国纺织业技术的进步带动了服饰行业朝精细化和多样化方向发展，服饰行业的工种急剧增加，服饰行业的从业人员也越来越多。由于服饰生产和销售的地点分开，购买者直接面对精美的服饰，往往产生对服饰的喜欢和崇拜心理，却对服饰行业背后的剥削本质无从了解。这样，人与人之间的关系就被物化了，产生了对物的依赖。

为了谋求更多利润，英国也积极拓展海外市场。不列颠东印度公司的成立给殖民地国家的纺织业带来了冲击，英国的种族主义和民族中心主义意识增强。纺织行业技术进步并没有改变固有的文化观念，女性依然处在较低的地位，非但如此，男性群体或男权社会生产出一套与纺织业相关的话语体系，纺织业技术革新非但未有解放女性，某种意义上反而加剧了男女两性之间的不平等。再者，以利润和赚钱为主要目标的服装行业常常将经济剥削以文化或审美的名义进行，纺织行业的剥削实质就被诸如此类的多种因素掩盖。

（一）对殖民地等国家纺织业的冲击

维多利亚时代，英国有"世界工厂"之称，殖民地遍布全球各地。"近处，随处可见船只扬帆飞速驶向世界各地的景象，货栈在半个小时之内就可以将货

---

① （德）卡尔·马克思：《资本论》（节选本），北京：中共中央党校出版社，1983年，第26页。

物装备完毕，为任何去往世界各地的人做好准备。"①

关于英国的殖民贸易，狄更斯数部作品均有所涉及。以《董贝父子》为例，文中谈到子承父业的董贝经营皮革生意，公司遍布伦敦，拥有巨大的财富。董贝公司的办事处位于伦敦商业中心区，附近有伦敦市政厅、伦敦交易所、英格兰银行……其中，"拐角处巍然耸立着华丽的东印度公司巨厦，使人浮想联翩，推测里面塞满了珍贵的物品和宝石，有老虎、大象和象轿，有水烟筒、雨伞、棕榈树、轿子，还有棕色皮肤的、衣着华丽的王子们坐在地毯上，他们穿着趾尖部分向上翘起的便鞋。"②

文中提到董贝第二次婚礼的来宾时，寥寥数笔却生动刻画了一位富可敌国的来宾形象，"一位拥有巨额财富的东印度公司董事准时驾到，董贝先生特地单独接待。"③来宾皆是上流社会人物，地位显赫。董贝目中无人，冷酷无情，只信奉金钱至上，但是只有这位来自东印度公司的来宾让他放下身段，单独迎接。而"据认为能够全部买下所有东西"④的英格兰银行经理等人，董贝就以一贯傲慢的态度对待。与此对照，不难理解，这位在东印度公司任董事的来宾财富应该在董贝之上。

英国1600年成立东印度公司，从此对印度开始了长达数十年的贸易垄断。同时，东印度公司也是英国对亚洲国家实行殖民掠夺的重要部门。通过海外贸易快速致富成了英国人的共识和普遍的理想。譬如《董贝父子》中弗洛伦斯的小保姆苏珊·尼珀就幻想离开伦敦，到中国去。董贝公司的员工沃尔特在海外遇难时获得了中国商船的救助。沃尔特舅舅的好友，那位热心肠的卡特尔船长无限憧憬地断言沃尔特要携未婚妻乘风破浪去中国做生意等，都从一个侧面反映了当时英国在中国的贸易景象。英国通过东印度公司进行的殖民贸易范围之广、聚敛的财富之惊人，《远大前程》里的一些零星描述就有体现。以下是赫尔伯特与皮普的一段日常闲聊：

① Charles Dickens,*Dombey and Son*.Ware:Wordsworth Editions Limited,2002,p.35.
② Charles Dickens,*Dombey and Son*.Ware:Wordsworth Editions Limited,2002,p.35.
③ Charles Dickens,*Dombey and Son*.Ware:Wordsworth Editions Limited,2002,p.471.
④ Charles Dickens,*Dombey and Son*.Ware:Wordsworth Editions Limited,2002,p.471.

"仅仅将我的资本投资在船舶保险上我是不满意的。我要买一些可靠的人寿保险份额，要跻身管理层。我也要涉足采矿业。我要自己包租几千吨轮船去做生意，任何事情都不能阻挠。""我想我要从事贸易，"他说道。他往椅背上一靠，接着说："我要到东印度去做生意，经营丝绸、披肩、香料、染料、药物和珍贵木材。这种贸易很有意思。"

我问："利润厚吗？"

他说："厚得吓人！"

我又踌躇起来，开始认为他的前程比我的前程还要远大。

他把两个大拇指插进背心口袋里，说："我还打算到西印度群岛去做食糖、烟草和朗姆酒生意。我还要到锡兰去做生意，特别是做象牙生意。"

我说："你需要很多船哪。"

他说："搞一支完备的船队吧。"①

故事的结局是：皮普在英国的"远大前程"因神秘恩主的出现而毁于一旦。他的命运出现转机，是因为最后与好友赫尔伯特去了英国设立在东方的分公司工作，实现了各自的"远大前程"。尽管作者对皮普在东方工作 11 年的漫长经历进行了略写，匆匆数笔带过，可是，读者却了解到，皮普离开英国不到两个月，就成了分公司的办事员，不到四个月，就被独自委以重任。在国外的事业如此顺风顺水，也从一个侧面反映了英国殖民贸易的辉煌景象。

英国工业革命的发展首先从棉纺织行业开始，纺织行业机器的发明和改良大大增加了英国的纺织业产量，英国积极寻求海外贸易，拓展世界市场，其殖民地等国家的纺织业受到严重冲击。"在纺织业上，英国几乎垄断了对印度和整个东方的纺织贸易，同时也支撑了美国南方棉花种植园经济和澳大利亚羊毛原料供应经济。"② 不列颠东印度公司的成立让印度最先沦为英国的殖民地，印

---

① Charles Dickens, *The Shorter Novels of Charles Dickens*. Hertfordshire: Wordsworth Editions Limited,2005,p.1074.

② 刘宇庚：《世界枭雄大传》（帝王雄主）（图文珍藏版），北京：线装书局出版社，2012 年，第 363 页。

度一度引以为傲的传统纺织业受到了前所未有的冲击。在英国不平等的殖民贸易政策影响下，印度逐渐丧失了"最大的棉织品工场"①的地位。与此同时，亚洲其他国家的纺织业发展也遭遇了不同程度的危机。

毛纺织业是英国的传统产业，棉纺织业是其新兴产业。而棉纺织业一直是印度的传统产业，物美价廉的印度棉产品在世界许多国家都有市场。东印度公司建立后，"最大灾难就是毁灭了印度的传统手工业。在 18 世纪中叶前，手工棉纺织业是印度最具有'比较优势'的产业，然而到了 18 世纪末的工业革命发生前，曾经辉煌于世界上千年的印度手工业从此一蹶不振。……使千百万的手工业者失去了生活来源，大批人因饥饿而死亡。……'这种灾难在商业史上几乎是绝无仅有的。织布工人的尸骨把印度的平原漂白了。'一位东印度总督曾经这样说。……在西欧殖民者到来之前，印度一直是世界上最繁荣富庶的地区之一，而在变为英国的殖民地之后，印度就成了一个被西方人鄙视的'落后国家'。"②

为了加快棉纺织业的发展，也为了与印度竞争，扭转棉产品的贸易逆差，英国利用对印度的政治主导权，制定了极不平等、极具歧视性的关税制度，对印度传统手工业造成了毁灭性打击。英国"规定印货输英，英国征收高额的保护性关税；英货输印，殖民当局只收很低的象征性关税。"③再者，英国具有先进的大机器生产工艺，生产成本低，速度快，产量高。"结果是印度的棉花运到英国织成布匹后返销印度，价格比印度当地的手工业产品还便宜。千百年来传统的纺织业故乡竟成了外来纺织品的倾销地。"④

东印度公司成立的初衷是为了与亚洲各国进行商业贸易，印度成了其在亚洲最大的殖民贸易国。为了追求更大利润，以印度为中心，英国加强了对亚洲

---

① （苏）波梁斯基：《外国经济史》（资本主义时代），北京：生活·读书·新知三联书店，1963 年，第 398 页。

② 王贵水：《一本书读懂印度历史》，北京：北京工业大学出版社，2014 年，第 125 页。

③ 刘建、朱明忠、葛维钧：《印度文明》，福州：福建教育出版社，2008 年，第 365 页。

④ 刘建、朱明忠、葛维钧：《印度文明》，福州：福建教育出版社，2008 年，第 365 页。

各国的殖民贸易，"直到最后几乎将整个南亚次大陆都纳入它的控制。"① 在对亚洲诸国的盘剥中，中国也未能幸免。英国政府发动的两次鸦片战争更加剧了对中国的殖民和剥削。1840—1842 年，英国发动了对华的第一次鸦片战争。清政府昏庸无能，中国战败。1842 年 8 月 29 日，清政府被迫与英国政府签订了极不平等的《南京条约》，条约包括的主要内容有：清政府无条件割让香港岛给英国。开放广州、厦门、福州、宁波、上海为通商口岸。向英国政府赔款 2100 万银元。中国的进出口货物税率，必须由中国与英国共同商定。英商可以与中国进行自由贸易，不受"公行"的限制。1843 年，英国又强迫清政府签订《五口通商章程》和《五口通商附粘善后条款》《虎门条约》，作为《南京条约》的附件，增加了领事裁判权、最惠国待遇等条款。② 从此，中国的主权完整遭到破坏，被迫卷入资本主义的世界市场。中国的社会性质发生了变化，由封建社会开始沦为半殖民地半封建社会。

英法两国连同欧洲其他国家于 19 世纪 50 年代末 60 年代初发动了第二次鸦片战争，中国战败，清政府被迫签订更多丧权辱国的条约，《天津条约》《北京条约》《瑷珲条约》等系列不平等条约的签订，使中国丧失了更多的主权和领土完整，中国的半殖民地化程度进一步加深，老百姓生活在水深火热之中。

以纺织业为例，英国一方面抵制中国家庭作坊生产的土布，一方面向中国输入机纺棉纱。19 世纪 20 年代开始，英国出口到中国的机纺棉纱就对中国纺织业造成了很大冲击，比如广州附近农村许多以纺纱织布为生的家庭手工作坊就面临着生存危机。鸦片战争前，英国纺织利益集团就积极行动，着手开辟中国市场，是策划侵华战争的另外一支重要力量。"1840 年的鸦片战争，完全是英国鸦片利益集团和纺织利益集团，为了维护鸦片贸易和开辟中国市场，策动英国政府发动的。"③

---

① （美）弗兰克·萨克雷、（美）约翰·芬德林：《世界大历史：1571–1689》，闫传海译，北京：新世界出版社，2014 年，第 97 页。
② 翟文明：《中国历史常识世界历史常识全知道》，北京：北京联合出版公司，2016 年，第 200 页。
③ 中国史学会：《林则徐与民族复兴：纪念林则徐诞辰二百三十周年学术研讨会论文选编》，福州：海峡文艺出版社，2016 年，第 68 页。

第一次鸦片战争以后，英国政府借助在中国获取的更多特权，不断向中国输入英国的棉布棉纱，打压中国的纺织业市场。中国传统的农业和家庭作坊的手工业受到巨大冲击，男耕女织、自给自足的自然经济受到破坏，逐渐解体。东南沿海地区以纺织业为主的家庭作坊遭到的冲击尤为严重。"外国质优价廉的棉布和棉纱充斥东南沿海地区，使那里的手工棉纺织业遭受沉重的打击。"[1] "其中以棉纱为大宗，经由机器生产的棉纱以便宜的价格、更好的质量很快占领中国市场，具有悠久传统的中国东南沿海家庭手工纺织业受到了沉重打击。全国著名的棉布产区江苏松江、太仓一带，大量手工作坊纷纷停产，福建各地的土布也大量减产。"[2] 英国出口到中国的纺织品呈迅速上升之势，以1842至1845年的时间跨度为例，"1842年英国输入中国的棉纺织品还只有470000镑的价值，到了1845年便激增至1636000镑的价值了。"[3] 英国的东印度公司在"18—19世纪之交向中国输出印度棉，成为南海棉纺原料的主要来源。鸦片战争后，从英商进口的洋纱日增，土纱业衰落"[4]。

英国的纺织业除了对殖民地诸国的纺织业造成巨大冲击，对本国相关从业人员的剥削程度也极其惊人。可以说，英国工业革命时期的纺织业历史，是一部纺织工人泪迹斑斑的血泪史。

（二）服饰业对本国相关从业人员的剥削

进入工业化时代，纺织行业传统的家庭手工作坊形式让位于工业化社会的新型模式。这种新型模式促进了纺织业技术的革新，带来了服饰行业的新气象：成衣价格下跌，服装生产数量上升，服饰款式增多，审美趣味变化。生产与销售方面的策略让购买者直接与漂亮的服装成品打交道，无从了解工人劳动的艰辛。服饰背后的剥削实质被掩盖了。

英国工人的悲惨状况引起了恩格斯的极大关注，他24岁时写就的《英国

---

① 林丙义：《中国通史》（下），北京：高等教育出版社，1996年，第13页。
② 孙海涛：《中国近现代史纲要》（第2版），上海：上海科学技术出版社，2016年，第20页。
③ 厦门大学历史研究所、中国经济史研究室编：《中国经济史论文集》，福州：福建人民出版社，1981年，第337页。
④ 南海市地方志编纂委员会：《南海县志》，北京：中华书局，2000年，第650页。

工人阶级的状况》一书对此进行了披露。他深入实地考察，调查了当时英国工人阶级的工作和生活现状，以详实的事例和数据揭露了工业发展存在的残酷剥削现象。

机械化推动了维多利亚时代服饰行业的迅速发展，但是工人阶级的着装情况极为糟糕。恩格斯发现，男女两性的衣橱里只有棉织品，没有毛料和亚麻织品的衣服。女性的服装主要是印花布做成，极少见到她们有毛绒布料的衬裙。男性的裤子、夹克和外套几乎是用一些坚硬的布料如比较粗硬的绒布（fusion）或者棉织品制成。可是，绅士的服装布料却是上好的细平布（broad cloth），这种布料后来也被用来形容具有中产阶级特征。[①] 与中产阶级相比，工人阶级的服装非但布料低劣，更为糟糕的是，"工人们缺衣少穿，大多数人衣衫褴褛。"[②] 工人们一方面制造精美的服饰，一方面却无力购买一件像样的衣服。

《大卫·科波菲尔》中的艾米莉外形靓丽，在制衣行业工作了很多年，具有较高的着装品味，可微薄的薪水让她竟然无力支付一件像样的衣服。对此她的叔叔无不深表爱怜："她对制衣这一行，趣味高雅得很哩。我敢向你保证，我相信全英国没有一个公爵夫人能及得上她。"[③]

服饰行业的销售模式将服饰成品与制作过程分开。供应给上流社会的精美服饰商店设置在伦敦西区等富人居住区域，制作工厂或加工店则常常位于落后肮脏的街区，工作条件极差。当时，伦敦分为东西两区，西区是富人区，高楼林立，呈现一派繁华之景象。伦敦东区（East End）是著名的贫民区，是移民和难民的聚居地，充斥着流氓、扒手、妓女、流浪汉、失业者……街道肮脏，住房拥挤，治安混乱。"如捡破烂的、乞丐、叫卖小贩、推车贩、扒手、入室抢劫者、赌徒、骗子、妓女和贩卖色情作品者。每天晚上，他们都从伦敦东区的那些黑暗的住所鱼贯而出，在皮卡迪利广场（Piccadilly Circus）和莱斯特广

---

① Friedrich Engels, *The Condition of the Working Class in England in 1844*. London: Penguin Books, 1987, p.102–03.

② Friedrich Engels, *The Condition of the Working Class in England in 1844*. London: Penguin Books, 1987, p.108.

③ （英）查尔斯·狄更斯：《大卫·科波菲尔》，宋兆霖译，北京：商务印书馆，2015年，第324页。

场（Leicester Square）周围的、被煤气灯照得明亮的、罪恶的大街上开工行事。"①
在柯南·道尔的小说里，雾中的伦敦最危险之处，莫过于东区。小说《白教堂
连续凶案》（*The White Chapel Murders*）中，著名的"开膛手杰克"就曾经在
伦敦东区活动。伦敦东区是英国传统的工业区，服装、制鞋、家具、印刷、卷
烟、食品等工业均在此建立工厂。当然，富人的豪宅与周围的贫民窟相互交织，
贫富两重天的景象也很常见。

　　纺织、服饰加工厂和相关作坊常常设在条件极差的伦敦东区。兰开夏、利
物浦、曼彻斯特、诺丁汉、德比、莱斯特等地也是纺织业和服饰加工业重镇，
工作条件非常糟糕。《大卫·科波菲尔》就描述了这样的服饰店：

> 　　我们来到一条狭窄街道上的一家店铺跟前，店门上写着"欧默：零售布
> 匹、服装、零星服饰用品，兼营服装加工、丧葬用品等"。这间铺子很小，屋
> 子里很闷，店堂里满是做好的和没有做好的衣服，还有一个橱窗，里面摆满
> 男式礼帽和女帽。我们走进店堂后面的一间小客厅。我看到有三个年轻女人
> 正在干活儿，她们面前的桌子上摊着一些黑色布料，地上满是剪下来的布屑。
> 屋子里有一只烧得很旺的火炉，还有一股暖烘烘的黑纱布发出的让人喘不过
> 气来的气息。当时我不知道那是什么气息，不过现在我知道了。……一针，
> 一针，一针，飞快地缝补着。②

　　维多利亚时代，二手服饰市场也很兴盛，条件同样糟糕。大卫有一次上街
典当旧衣服，经过比较，找到一家他认为非常好的二手商店，曾说过"因为这
儿买卖旧衣服的铺子很多……这家铺子坐落在一条脏胡同的拐角处……"。③
　　恩特维斯特尔准确地概括了当时纺织工人恶劣的工作环境："危险而嘈杂
的制造厂、过度拥挤又肮脏的血汗工厂，这些印象早已突显成为19世纪英国

---

① （美）克莱顿·罗伯茨、（美）戴维·罗伯茨、（美）道格拉斯 R. 比松：《英国史》（1688 年—
　现在）（下册），潘兴明等译，北京：商务印书馆，2013 年，第 294 页。
② （英）查尔斯·狄更斯：《大卫·科波菲尔》，宋兆霖译，北京：商务印书馆 2015 年，第 133 页。
③ （英）查尔斯·狄更斯：《大卫·科波菲尔》，宋兆霖译，北京：商务印书馆 2015 年，第 195 页。

工业革命时期明显的生产特征之一。"①

除了恶劣的工作环境，工人们的住房条件更是让人触目惊心。他们住在拥挤的贫民窟里，街道污水横流，到处一片狼藉，散发恶臭。房子结构怪异，从地下室到阁楼，都住满了人。房间狭小逼仄，通风不畅，摇摇欲坠，里里外外污秽不堪。狄更斯小说里这样的场景描写极多，在此不一一列举。

资本家的本质，是尽可能剥削工人，以追求最大利润为目标。当时流行的"功利主义"提倡追求最大多数人的最大幸福，"但实际运用中功利主义理论沦为不顾他人死活的极端利己主义、政府对资本放任自流的'不干涉主义'等，也是无可否认的事。"② 高强度的工作、苛刻的要求和极端恶劣的工作环境导致工人们身材奇形怪状，甚至生命受到威胁，毫无保障可言。根据恩格斯的调查，在许多棉和亚麻纺纱厂，空气布满了纤维尘埃，导致胸部疾病，特别是梳理室的工人。因眼睛需要长时间盯着机器上的线，极大损伤了工人们的视力。而且，专注于纺纱导致肩部变形，也会产生膝盖骨的疾病。技术工人操作机器时经常弯腰附身，引起的后果是身体发育受到严重影响。③

英国工业革命取得的辉煌业绩，是以牺牲工人们的幸福、健康，甚至生命为代价换来的。男性、女性、儿童、移民等组成的工人阶级群体成了资产阶级剥削的对象。

（三）男女两性之间的不平等加剧

如果说在历史发展中女性一直处于受压制的地位的话，那么到了维多利亚时代，社会结构嬗变、新的阶级崛起并没有改变女性的地位，相反，在某种程度上，女性的地位更低了。维多利亚时代，崛起的中产阶级与旧有贵族势力进行了系列争取权力和地位的斗争。颇为遗憾的是，他们在争取平等的观念里，没有考虑女性。"维多利亚时代的男人认为，女人是低劣的，并让她们习惯于

---

① Joanne Entwistle, *The Fashioned Body: Fashion, Dress and Modern Social Theory*. Second edition. Cambridge: Polity Press, 2015,p.211.

② 李赋宁：《欧洲文学史》（第2卷），北京：商务印书馆，2002年，第261页。

③ Friedrich Engels, *The Condition of the Working Class in England in 1844*. London: Penguin Books, 1987,p.173,174,178,181,182.

这观点。当时最有名的艺术评论家约翰·罗斯金声称，男人是行动家、创造者、发明者；女人被创造出来是为了'美好的秩序、供摆设用的'，供赞美吹嘘的。"① 在不同阶级的女性当中，中产阶级女性的地位更为低下，"中等阶级妇女深受时代的禁锢，她们是女性受歧视、受压抑的典型受害者。上层社会妇女有较高的社会地位，也有许多出头露面的机会；下层劳动者妇女必须外出工作，否则养不活家口，因此她们也有比较独立的人格。唯有中等阶级妇女是一种多余的人，她们是丈夫的摆设，完全没有社会功能，也没有独立性。"② 不止中产阶级贬抑女性，甚至工人阶级为争取选举权等更多社会地位而发动的宪章运动也依然将女性排除在外，将女性逐出了男人的"理想国"。总之，无论哪个阶级，女性都是被压制的、失语的群体。

有学者对女性在纺织业工业化中所获的裨益报以乐观之态度，"以纺织女工为主的英国工厂女工为工业革命的完成、为社会经济的发展作出了不朽贡献。……工厂女工参加大工业生产，不仅实现了人的社会价值，而且还给自己带来了一系列的裨益。首先就是我们在上面已提到的经济独立以及随之而来的地位提高，尤其是前者，它是实现男女平等的物质前提，否则妇女就休想和男子平起平坐。"③ 这个观点不无道理，可是，如果将纺织女工的境况放在历史长河中进行对比分析，恐怕结论就不会那么乐观了。

诚如威尔逊（Elizabeth Wilson）所说，"19 世纪对服装和纺织工人的剥削，主要是对妇女的剥削，对大家来说是一个再熟悉不过的故事，"④ 作为工业革命的主导产业之一，纺织行业存在显著的性别不平等现象。传统的家庭手工作坊让位于机械化生产的工厂，工业革命大大改变了传统的纺织业分工模式，但技术进步没有改善男尊女卑的现象，"因为技术本身并不能改变文化。"⑤ 从某种程

① （美）克莱顿·罗伯茨、（美）戴维·罗伯茨、（美）道格拉斯 R. 比松：《英国史》（1688 年—现在）（下册），潘兴明等译，北京：商务印书馆，2013 年，第 292 页。
② 钱乘旦、许洁明：《英国通史》，上海：上海社会科学出版社，2012 年，第 272 页。
③ 马嫚：《工业革命与英国妇女》，上海：上海社会科学院出版社，1993 年，第 115 页。
④ Elizabeth Wilson, *Adorned in Dreams: Fashion and Modernity*. London: I.B.Tauris, 2003, p.67.
⑤ Joanne Entwistle, *The Fashioned Body: Fashion, Dress and Modern Social Theory*. Second edition. Cambridge: Polity Press, 2015,p.213.

度上说，服饰行业的工业化发展加剧了男女两性之间的不平等。

新的纺织技术发展使男性织工的地位受到冲击，在纺织行业，男性又对女性进行挤压盘剥，女性的地位受到双重压迫：既受制于新的生产方式，又受制于男性织工的压迫。"微观权力体系不是一下子就建立起来的。这种类型的监禁和等级体系最初是在以妇女和儿童为主的局部区域发展起来的，因为这一部分人已经习惯于服从。"[1] 机器的发明让服装的大批量生产成为可能，一方面的确减轻了工人的机械化劳动，另一方面工人并未获得解放，新的需求和更高的审美要求把他们推向了劳动的更高层面，比如需要在服装细节上下功夫，对服装进行刺绣、印染等细节方面的深度加工，以满足市场上对服装的精致化、个性化的要求，而"对订做成衣和精细的刺绣手艺的要求只能由手工完成"，[2] 而对服饰进行诸如刺绣、镶边、包纽等琐碎的手工杂活，常常由女性承担，并且这些杂活也往往被设想为是女性的。

"在工厂体制下，已有的性别角色被复制——妇女和儿童被雇佣来操作织布机而男人则管理她们。……工业化因此重现了前工业化时代不平等的性别关系的特征以及'有技术的'和'无技术的'性别划分：和男人有关的工作任务被赋予了比和女人有关的工作更高的'有技术的'地位。"[3] 男性更多从事与纺织技术有关的机械操作或管理等工作，由于社会对女性角色的框定，女性在家里是男性的动产，作为动产的女性在纺织行业上的收入往往由男性掌管和支配。

女性从业人员为了多增加一些收入，不得已延长劳动时间，起早贪黑工作。纺织女工工作时间长，劳动强度大，工薪极其低廉。"在被剥削的劳动大军当中，妇女受到的剥削最严重，她们的报酬从来没有超过男性报酬的一半。"[4] 以同样处于社会底层，遭受剥削的妓女为例，纺织女工受压榨程度极为惊人："在19世纪的西欧，吻一下某名妓所付的钱，等于一个纺织女工4年半的工资，过

---

① （法）米歇尔·福柯：《权力的眼睛：福柯访谈录》，严锋译，上海：上海人民出版社，1997年，第166页。

② Elizabeth Wilson, *Adorned in Dreams: Fashion and Modernity*. London: I.B.Tauris, 2003, p.73.

③ Joanne Entwistle, *The Fashioned Body: Fashion, Dress and Modern Social Theory*. Second edition. Cambridge: Polity Press, 2015, p.212–13.

④ Elizabeth Wilson, *Adorned in Dreams: Fashion and Modernity*. London: I.B.Tauris, 2003, p.77.

一夜则相当于近 9 年的工资。"①《大卫·科波菲尔》中，大卫非常清楚，从事服装行业的艾米莉，"她还得做些衣服，这总得做的。"② 当时的下层阶级女性，都如艾米莉一样，为了赚取极其低廉的报酬，无时无刻不在从事针线女红方面的工作。

在工业革命前的家庭手工作坊阶段，织布似乎一直是男性的专利，而纺纱等相对技术性更低的杂活总是女性承担。工业化后，为了捍卫领地，男性采取行动排挤女性。18 世纪，零星的女性织布工逐渐被排挤出来。不仅如此，男性还建立同业行会稳固自己在纺织业的主导地位，将女性排除在外。"男性将工业剧变导致的条件恶化归咎于女性，想方设法限制她们的角色或是将她们逐出缝纫协会。"③ 因固有的性别歧视观念和男性中心主义思想作祟，女性的纺织技术也常常得不到外界的承认。在当时复杂多样的服饰销售环节中，男性可以承担多样的角色，女性角色单一固定，往往处于被压制的境地。

除了以上所述，还有一个重要原因。维多利亚时代，男性和女性在公共空间和私人空间中的主导作用也是男女性别不平等的表现。不同的空间区隔很大程度上造成了男女服饰显著的性别分野。中产阶级男性是社会建设的中坚分子，他们需外出工作，活跃于公共空间，工作节奏快，承担责任大，不能花很多时间顾及外在形象。为了突出他们的理性和务实，他们偏重暗色系列的服装，款式简洁，方便打理，利于行动。女性囿于家庭，照顾孩子，管理琐碎的家庭事务，注重着装打扮，充当男性的炫耀性工具。但是，注重外在形象，精心打扮又被认为是低俗肤浅的。这就是当时社会流行的关于服饰的悖论性话语。男权社会规定女性的角色和着装规范，反过来又以此为依据对女性进行贬抑和攻击。此外，作为家庭主妇的女性，针线女红是她们必须掌握的基本技能。狄更斯小说里，不同阶层、不同年龄的女性，几乎无时无刻忙于针线女红之类的活计，就是女性被社会主流意识形态控制的证据。

由上观之，纺织业技术进步在某种程度上加剧了男女两性之间的不平等。

① 潘绥铭：《性，你真懂了吗：二十一世纪性学读本》，北京：中国检察出版社，1998 年，第 403 页。

② （英）查尔斯·狄更斯：《大卫·科波菲尔》，宋兆霖译，北京：商务印书馆 2015 年，第 733 页。

③ Elizabeth Wilson, Adorned in Dreams: *Fashion and Modernity*. London: I.B.Tauris, 2003, p.74.

　　服饰背后的意识形态与权力角逐往往是服饰研究绕不开的重要话题。狄更斯服饰叙事体现了福柯所说的两面性权力，权力具有压制性，同时权力也是生产性的。维多利亚时代的女性遵从男性设立的服饰审美标准，按照男性设立的理想女性形象打造自己，着装上突出柔美顺从的女性特质。这种迎合男权社会理想扮相的女性常常成为婚姻市场上的昂贵品或抢手货，获得大批男士爱慕或成功嫁入上流社会，获得经济地位或一定程度的个性自由，象征性获得部分权力。然而，她们往往精神空虚，内心苦闷，思想被掩埋在层层叠叠禁锢身体的服饰之下，改变不了被物化的命运。服饰是当权者打造权威形象的惯用工具。精美的刺绣、大号的丝手帕、沉重的金表链、质地上乘的衣服与其说表现了特权阶级的审美，还不如说彰显了他们的特权与身份。由于维多利亚时代的纺织业技术进步，服饰体现了阶层间复杂的权力博弈：下层阶级有能力在旧衣市场和琳琅满目的服饰用品店等地购买服饰，模仿上层阶级的时尚，以假乱真，通过服饰暂时性跨越阶层；地位日渐上升的中产阶级通过树立新的服饰审美风尚与贵族阶级画清界线，标榜自己的独立姿态和阶级立场，也与下层平民相区隔；贵族阶层不甘心退出历史舞台，经济和政治式微的他们利用贵族的着装品味实行文化霸权，使中产阶级崇尚的理念和文化相形见绌。当然，作为社会主导力量的中产阶级为了巩固地位，也积极在文化上进行反拨。除了阶层，服饰也体现性别间的权力角逐。在当时的时代背景下，具有反叛精神的女性通过另类怪异的着装或奇特的服饰处理方式对男权社会进行反抗或发起挑衅。维多利亚时代绚丽的服饰背后是惊人的剥削本质。英国的殖民政策对殖民地国家的纺织业造成了巨大冲击。东印度公司的成立对印度引以为傲的棉纺织业造成了毁灭性打击，中国的纺织业也未能幸免。英国本土服饰从业人员受到的剥削程度也极其惊人，工人们以健康甚至生命为代价换取微薄的薪水。阶层间的着装也反映了阶层间财富的巨大反差。服饰行业技术进步没有改变女性命运，某种程度上，还加剧了男女两性之间的不平等。狄更斯服饰叙事生动反映了上述诸多社会现象。

结　　论

　　狄更斯小说中的服饰叙事极为独特,却常常被忽略。通过以上的分析研究,我们可以发现,在叙事学方面,它构成了故事层面上的情节素材,也反映了话语层面上的叙述策略。作者通过服饰叙事传达了特定的服饰审美理念,对时人注重外在形象,忽略内在品质的行为进行了批判,传达了特定的伦理道德观。作者通过服饰叙事生动反映了各阶层的权力博弈现象,对当时以中产阶级为代表的社会主流意识形态既褒扬又批判,表现了狄更斯参与社会政治和文化构建的积极姿态。

　　狄更斯通过文本表达的关于服饰的观点,大致可以分成"整洁和谐""表里如一""勿以貌取人"和"善恶有报"的服饰观。这些服饰观明确透露了这样的信息,狄更斯对当时人们注重外在形象,忽略人的内在品质的识人法进行了批判,表达了服饰应干净整洁、表里如一的服饰审美理想,并通过服饰传递善恶有报的"理想的正义"观念。狄更斯作品中的人物众多却特色鲜明,令人印象深刻,这与他高超的服饰叙事技巧密不可分。在狄更斯丰富多样的服饰叙事模式中,"描述加评论""重复"与"白描"是他惯常使用的几种模式。这三种模式各自独立或相互交叉,构成了狄更斯独特的服饰叙事策略。若以衬托的修辞手法观之,狄更斯的服饰叙事还巧妙地运用了正衬和反衬的修辞技巧。以美衬美,以丑托丑,或以善衬恶,以丑托美。贵族、资本家、广大下层民众等各色人物因为服饰衬托手法的巧妙运用而对比明显,形象更加丰满生动,让人记忆深刻。

　　服饰叙事在情节发展中具有重要意义。它有助于情节的推进或跳转。《雾都孤儿》的手帕、《双城记》中德发日夫人无处不在的编织意象、修路工的蓝帽子、革命者的服饰变化等，都巧妙地推动了叙事进程，而《雾都孤儿》中蒙克斯两次出现的斗篷却将故事情节引向了不同方向，造成故事情节的跳转。本研究以格雷马斯的深层情节结构为参照，发现了狄更斯服饰叙事蕴含善与恶、爱与恨等二元对立的深层情节结构。这种二元对立的深层情节结构模式在《雾都孤儿》和《双城记》这两部作品中表现尤为明显。在故事事件中，一个行动素可由几个不同的人物来表现，几个行动素也可通过一个人物来体现。奥利弗的敌人都是通过"反对者"这一行动素出现在故事情节的发展中。他的敌人如济贫院的管理人员邦布尔，"穿白背心的先生"，贼窝里的赛克斯和费金等人均是如此。救助奥利弗的好心人，如中产阶级的布朗洛先生和他的管家，梅利太太和她的养女罗斯小姐等，都是以"帮助者"这一行动素出现在故事情节结构中。"反对者"这一派人物的服饰由精美转为破旧或始终脏乱不合体，而"帮助者"的服饰始终体面考究或由差变好。服饰叙事在情节结构中呈现出"善与恶"的对抗关系。《双城记》的"金线"与"编织"意象具有爱与恨的象征意义，构成了故事情节发展的两极，形成了安全和危险两大对立的空间，并推动叙事进程向前发展。"金线"代表爱与包容，"编织"代表恨与复仇，构成了"爱与恨"的深层情节结构。

狄更斯作品中的人物服饰，很多时候是一种道德隐喻。他塑造了诸多完美的人物形象，这些人物的服饰都有一个共同点：着装考究，干净整洁，令人赏心悦目。这也是他们道德外化的表现：内心光明，表里如一。在维多利亚的时代语境下，狄更斯也巧妙利用服饰的隐喻意义对女性群体的命运表示了担忧和关切，并试图进行改善。《双城记》里马奈特医生重复、机械的制鞋行为是他心灵遭受重创的表现，选择制作女鞋是他试图保护女性贞操与安全的隐喻，是他对社会道德滑坡现象的忧思并试图进行拯救的努力。一直处于未完成状态的鞋子则喻示了在当时的社会背景下，女性命运无望改变的残酷现实。

服饰叙事策略加强了作者、文本和读者之间的交流关系，达到了一定的伦理修辞目的。《远大前程》是狄更斯集中探讨绅士形象的代表作品。文中没有明确表述谁是真正的绅士，以叙事学中隐含作者的概念进行探究，发现真正的绅士是文中众多人物美德的合成。通过绅士形象的探讨，狄更斯对维多利亚时代重视着装扮相，轻视人的内在品性的社会观念进行了嘲讽和批判。《雾都孤儿》中，作者以奥利弗的成长经历为主线，着重刻画了特权阶层、盗贼群体和中产阶级的服饰，他们的服饰表现了不同阶级之间的权力关系。手帕在叙事进程中也发挥着重要作用。话语层面上，故事主要以第三人称全知视角为主，偶尔通过人物视角，即通过奥利弗或费金的视角来观察服饰。通过巧妙的服饰叙事策略，形成了故事层面上人物之间的不稳定关系和话语层面上读者和叙事者在价值和信仰方面形成的张力。在读者、作者与叙述者的交流关系中，文本通过服饰巧妙地传达了特定的伦理道德观念。

在权力的角逐中，服饰被赋予了过多的含义，服饰与伦理道德联系起来，本是御寒遮羞的服饰早已失却了它的最初意义，在"穿这样的衣服道德有问题""她的帽子看着好别扭"的闲聊背后，是强加于着衣人的一套社会价值体系。研究文学作品的服饰，其蕴含的文化现象往往是关注的意义所在。服饰的背后其实是意识形态的体现，是伦理价值和权力结构的安排。18世纪流行的洛可可（Rococo）服饰是巴洛克（Baroque）风格的转向和进一步发展，绚丽华美，精致细腻，纤巧奢华，男女服饰有诸多相似之处。到了19世纪维多利亚时期，男女服饰出现了较大分野，男性服饰的简洁化与女性服饰的繁复化是其主要特点。很大程度上，这是社会结构嬗变、男女分工不同的结果。简洁的服饰有利于男性在外闯荡，是男性主宰家庭、主导社会的表现；繁复的服饰束缚了女性的身体，也禁锢了女性的思想，是女性依附于男性的象征。

然而，不可否认，对女性造成压迫的服饰规范和相关话语有时会遭遇抵制和反抗，福柯的权力规训理论帮助我们解释了这方面的内涵。福柯关注权力的两面性，尤其关注权力的生产性作用。《董贝父子》中的伊迪丝女士以及《远大前程》的艾斯黛拉小姐的服饰就发挥了权力的反作用，压制性权力变成了生产性权力。两位女性的服饰装扮既迎合了当时男权社会对女性的角色期待，又巧妙地利用服饰达到了既定目的，让服饰为自己服务，获得了一定的权力和利益。在母亲的授意下，伊迪丝有意迎合当时男性标准的漂亮装束和淑女形象为她赢得了一定的权力，吸引了大批男士的青睐，并两度轻松嫁入豪门，享受奢华生活。在日常生活中，她随心所欲购买昂贵的服装和珠宝并对之任性丢弃、肆意糟蹋也是权力发挥反面作用的例子。被着装考究、潇洒迷人的伪君子康佩生欺骗并抛弃的郝薇香小姐意识到服饰打造靓丽外形可能获得的权力，为了报复男性，她以当时男性的审美眼光着力培养并打造养女艾斯黛拉。在这场刻意针对男性的报复行动中，服饰是她制胜的法宝。不同阶层的男性拜倒在艾斯黛拉的石榴裙下并被毫不留情地狠狠伤害和抛弃。不过，伊迪丝与艾斯黛拉虽利用服饰达到了一定目的，压制性权力变成了生产性权力，她们却并不幸福，内心苦闷，生活空虚，并遭遇了不同程度的伤害和挫折。此外，《远大前程》中，乔大嫂插满针的胸兜也可视作她向男权社会发起的另类反抗。在家庭中，她拥有绝对的权力，脾气暴躁，咄咄逼人。有温和善良、处处为他人着想的丈夫以及聪明懂事的弟弟陪伴。然而，在社会上，她并不安全，最终遭遇了小人的谋害。上述女性服饰叙事的灵活性从一个侧面反映了狄更斯对女性命运的多重思考。

当继承地产、悠游好闲的贵族阶级与勤俭克制、奋发图强的新兴资产阶级"相遇"，他们意识到了社会变化自身地位的岌岌可危。面对"山雨欲来风满楼"的窘况，他们发现唯一可以与资产阶级抗衡的只剩下贵族的气质与品味。于是他们在外表上的完美装扮、行为举止上的无可挑剔就具有了政治含义。如蝴蝶般优雅迷人、着装考究的达西与如鹰般锐意进取、无视修饰的罗彻斯特俨然成了这两大阶级的最好代表。但资产阶级日益增长的财富使他们有足够的财力购买精美的服饰与奢侈品，日渐上升的社会地位让他们欲与下层阶级进行区隔。服饰于是又成了实现这些目标的绝妙"工具"。欣赏贵族的着装品味却又不屑于机械模仿，他们果断摒弃了贵族阶层服饰的华丽繁复，代之以质地上乘的布料和精致雅洁的配饰暗暗彰显独特身份。"简洁而不简单""素朴而有深意"是其着装特色。《雾都孤儿》的梅利太太"身穿旧式和对流行品味稍作让步的古怪的混合服装"或许体现了资产阶级的这种矛盾心态。

优越于下层百姓的上层阶级自然也不甘于在着装上与他们为伍，让人"真假难辨"，于是通过高级定制和不断变换的服饰与下层民众刻意保持距离。当然还不止于此。纺织行业的技术革新让大批量制作服饰以及服饰的价格大幅下调成为可能。下层阶级也模仿上层阶级的时尚，形成了某种意义上的颠覆与融合。

对于大权在握的特权阶层，服饰彰显权力的意味远远大于服饰的审美。代表血统和门第的纹章和族徽，象征权威的手杖和帽子，具有黄铜纽扣和精美刺绣的官服，大号的金表链，质地上乘的布料，裁剪精巧的款式，加之肢体语言的配合，都有助地位和权力的彰显。《双城记》中的宫廷要员和贵族侯爵的服装和珠宝，《雾都孤儿》中济贫院管理人员华丽精美的制服，用于发号施令的手杖和三角帽，《董贝父子》中大资本家董贝沉重的金表链，董贝和公司经理卡克尔白色上浆的衬衣以及笔挺的西服，《远大前程》中在伦敦赫赫有名的大律师贾格斯以大号为主要特征的服饰，等等，都是服饰塑造威严形象、彰显权力的例子。

简而言之，狄更斯通过服饰生动体现了时代的矛盾性、复杂性和多样性。服饰是他惩恶扬善、实现社会公平正义的工具。

狄更斯研究走过了180余年，研究成果层出不穷，研究方兴未艾。这是狄更斯作为经典作家的有力证据。近年来，文学中的时尚解读引起了越来越多学者的兴趣。其中，经典作家作品的服饰描写最受研究者青睐。卡夫卡、伍尔夫、亨利·詹姆斯、迪金森等著名作家作品均被纳入了研究视野，并产生了富有意义的专门论著。相对而言，生活在服饰文化灿烂的维多利亚时代，作为19世纪英国最负盛名的批判现实主义作家，并在作品中表现了强烈的服装意识的狄更斯，其作品服饰叙事方面的研究却遭遇了令人极其不解的忽略，不能不说是一种遗憾。尽快开展相关研究就成了必须之举。

本研究以整个维多利亚时代为整体观照，聚焦于狄更斯四部作品的服饰叙事，在文本细读的基础上，从叙事学、伦理道德和权力表征三个方面对狄更斯作品的服饰叙事进行深入挖掘和详细解读，以此了解狄更斯的服饰叙事特点，并管窥维多利亚社会的整体时代风貌和文化现象。然而，因狄更斯生活在维多利亚时代的早期和中期，基于文本细读的解读尽管以整个维多利亚时代背景为观照，力求解读上做到微观和宏观兼顾，难免还是会存在挂一漏万、以偏概全之嫌。

以服饰切入进行文学作品解读，与当下兴起的"物叙事"、新物质主义的研究热潮相呼应，不仅丰富了文学作品的研究内容，还能为后续的相关研究提供一定的参考借鉴。

参考文献

英文文献

[1] Aindow, Rosy. *Dress and Identity in British Literary Culture, 1870-1914.*Surrey: Ashgate, 2010.

[2] *American Psychiatric Association* ed. Diagnostic and Statistical Manual of Mental Disorders. (DSM-IV).Washington, D.C.:American Psychiatric Association,1994.

[3] Anderson, Mark. *Kafka's Clothes: Ornament and Aestheticism in the Habsburg Fin de Siècle (Ornament and Aestheticism in the Habsburg Fin de Siecle).* Oxford: Clarendon Press, 1995.

[4] Arnold, Matthew. *Culture and Anarchy*. Oxford: Oxford University Press, 2006.

[5] Atchison, Theresa. "Accessories to the Crime: Mapping Dickensian Trauma in Great Expectations and A Tale of Two Cities."*Fashion Theory* 20.4(2016):461-73.

[6] Bachelard, Gaston. *The Poetics of Space*. New York: The Orion Pr., 1964.

[7] Bal, Mieke. *Narratology Introduction to the Theory of Narrative*. Toronto: University of Toronto Press, 1985.

[8] Ball, Michale and David Sunderland. *An Economic History of London, 1800-1914*. London: Routledge, 2001.

[9] Bakhtin, M.M. *Problems of Dostoevsky's Poetics*. Trans,C. Emerson. Ed.C. Emerson. Minneapolis: University of Minnesota Press, 1984.

[10] Barker, T.C. and Michael Robbins. *A History of London Transport: The Nineteenth Century*. London: Routledge, 2007.

[11] Barnard, M. *Fashion as Communication*. London: Rouledge,1996.

[12] Barthes, Roland. *S/Z*. UK: Blackwell Publishing Ltd. 1990.

[13] Roland Barthes. *The Fashion System*. Trans, Matthew Ward and Richard Howard.New York:Hill and Wang,1983.

[14] Bartley, Paula. *Queen Victoria*. London: Routledge, 2016.

[15] Beaujot, Ariel. *Victorian Fashion Accessories*. London: Berg,2012.

[16] Beauvoir, Simone De.*The Second Sex*. Trans, H.M. Parshley.Ed.H.M.Parshley. London: Lowe and Brydone Ltd., 1953.

[17] Beckett, J.V. *The Aristocracy in England 1660-1914*. Oxford: Basil Blackwell, 1986.

[18] Berberich, Christine. *The Image of the English Gentleman in Twentieth-Century Literature: Englishness and Nostalgia*. Aldershot and Burlington: Ashgate Publishing, 2007.

[19] Berlin, Isaiah. *The Power of Ideas*. Ed. Henry Hardy. London: Pimlico, 2001.

[20] Black, Eugene C. ed. *Victorian Culture and Society*. New York: Walker, 1974.

[21] Black, Jeremy. and Donald M. *MacRaild.Nineteenth-century Britain*. Basingstoke:Palgrave Macmillan, 2003.

[22] Bloom, Harold, ed. *Thomas Carlyle*. New York: Chelsea House Publishers, 1986.

[23] Bloom, Harold.*The Victorian Novel (Bloom's Period Studies)*. New York: Chelsea House, 2004.

[24] Harold Bloom.*Bloom's Guides:Charles Dickens's Great Expectations*. New York: Chelsea House Publishers, 2005.

[25] Harold Bloom.*Bloom's Guides:Charles Dickens's A Tale of Two Cities*. New York: Inforbase Publishing, 2007.

[26] Boghian, Ioana."The Metaphor of the Body as a House in 19th Century English Novels." *Styles of Communication1* (2009):1-13.

[27] Booth, Wayne C.. *The Rhetoric of Fiction*. 2nd edition. Chicago & London: The University of Chicago Press, 1983.

[28] Bradley, C. *A History of World Costume*. London: Peter Owen,1955.

[29] Bradley, F.H. *Ethical Studies*. Bristol: Thoemmes Antiquarian Books, 1990.

[30] Bradbury, Nicola. "Dickens and the Form of the Novel."John O. Jordan. *The Cambridge Companion to Charles Dickens*. Shanghai: Shanghai Foreign Language Education Press, 2003.

[31] Brantlinger, Patrick and Thesing, William B., eds. *A Companion to the Victorian Novel*. Oxford: Blackwell, 2002.

[32] Breward, C. *The Culture of Fashion*. Manchester: Manchester University Press,1995.

[33] Briggs, Asa. *Victorian Cities*. London: Odhams Press, 1963.

[34] Brooke,Iris. and James Laver. *English Costume from the Seventeenth Through the Nineteenth Centuries*. New York: the Macmillan Company,1937.

[35] Bukharin, Nikolai. *Economic Theory of the Leisure Class*. New York: International Publishers, 1927.

[36] Buckley, Jerome Hamilton. *The Victorian Temper*. New York: Vintage Books, 1981.

[37] Burn, W. L.. *The Age of Equipoise: A Study of the Mid-Victorian Generation*. New York: Norton, 1964.

[38] Calefato, Patrizia. *The Clothed Body: Dress, Body, Culture*. New York: Berg,2004.

[39] Carlyle, Thomas. *Sartor Resartus: The Life and Opinions of Herr Teufelsdrockh in Three Books*. Dodo Press, 2007.

[40] Carter, Michael. *Dress, Body, Culture: Fashion Classics from Carlyle to Barthes*. Oxford and New York: Berg. 2003.

[41] Caruth, Cathy. *Unclaimed Experience: Trauma, Narrative, and History*. Baltimore: Johns Hopkins UP, 1996.

[42] Catherine Robson. *Men in Wonderland: The Lost Girlhood of the Victorian Gentleman*. Princeton, N.J.: Princeton University Press, 2001.

[43] Chatman, Seymour Benjamin. *Story and Discourse: Narrative Structure in*

Fiction and Film. Ithaca: Cornell University Press, 1978.

[44] Chrisp, Peter. *A History of Fashion and Costume: The Victorian Age* (volume 6). Hove: Bailey Publishing Associates Ltd., 2005.

[45] Clayton, Jay. *Charles Dickens in Cyberspace: The Afterlife of the Nineteenth Century in Postmodern Culture*. Oxford: Oxford University Press, 2003.

[46] Cockram, Gill G. *Ruskin and Social Reform: Ethics and Economics in the Victorian Age*. London: Tauris Academic Studies, 2007.

[47] Connor, Steven. *Charles Dickens*. London: Longman, 1996.

[48] Cruikshank, R. J. *Charles Dickens and Early Victorian England*. London: Pitman, 1949.

[49] Davidoff, L. and Hall, C.. *Family Fortunes: Men and Women of the English Middle Classes*. London: Routledge,2002.

[50] Davies, Stephanie Curtis. *Costume Language:A Dictionary of Dress Terms*. Herefordshire: Cressrelles Pub. Co., 1994.

[51] Davis, F.. *Fashion, Culture and Identity*. Chicago: Chicago University Press,1992.

[52] Davis,Paul.*Charles Dickens: A Literary Reference to His Life and Work*. New York: Facts On File, Inc. An imprint of Infobase Publishing, 2007.

[53] Davis,Philip.*The Oxford English Literary History (Vol. 8,1830--1880): The Victorians*. Oxford: Oxford University Press, 2002.

[54] Debord, Guy. *Society of the Spectacle*. Detroit: Black & Red, 1983.

[55] Dentith, Simon. *Society and Cultural Forms in Nineteenth Century England*. London: Macmillan, 1998.

[56] Dickens, Charles. *David Copperfield*. London: Nick Hern Books, 2010.

[57] Charles Dickens. *Dombey and Son*.Ware:Wordsworth Editions Limited,2002.

[58] Charles Dickens. *Charles Dickens: Five Novels*. New York: Barnes &Noble, 2010.

[59] Charles Dickens.*The Shorter Novels of Charles Dickens*. Hertfordshire: Wordsworth Editions Limited, 2005.

[60] Douglas-Fairhurst, Robert. *Becoming Dickens: The Invention of a Novelist.* Cambridge, Massachusetts: The Belknap Press of Harvard University Press, 2013.

[61] Eagleton, Terry. *The English Novel: an Introduction.* Oxford: Blackwell Publishing Ltd. 2005.

[62] Terry Eagleton.*Literary Theory: An Introduction.* Foreign Language Teaching and Research Press & Blackwell Publishers,2004.

[63] Edwards, T. *Men in the Mirror: Men's Fashions and Consumer Society.*London: Cassell,1997.

[64] Engel,Monroe. The Maturity of Dickens.Cambridge,Massachusetts:Harvard University Press, 1959.

[65] Engels,Friedrich. *The Condition of the Working Class in England in 1844.* London: Penguin Books, 1987.

[66] Entwistle, Joanne. *The Fashioned Body: Fashion, Dress and Modern Social Theory.* Second edition.Cambridge: Malden:Polity Press, 2015.

[67] Entwistle, Joanne. *The Fashioned Body: Fashion, Dress and Modern Social Theory.* Second edition.Cambridge: Polity Press, 2015.

[68] Freud, Sigmund. *Three Essays on the Theory of Sexuality. Trans, J. Strachey. Ed. J. Strachey.* New York: Basic Books, 1963.

[69] Flanders, Judith. *Inside the Victorian Home.* New York: Norton, 2004.

[70] Flugel, J. C. *The Psychology of Clothes.* London: Hogarth Press, 1930.

[71] Ford, George H. *Dickens and His Readers.* Princeton, N.J.: Princeton Universtiy Press, 1955.

[72] Ford, George H and Lauriat Lane Jr., eds. *The Dickens Critics.* Ithaca N.Y.: Cornell University Press, 1961.

[73] Forster, E.M.. *Aspects of the Novel.* Harmondsworth: Penguin Books, 1962.

[74] Foucault,Michel. *Discipline and Punish:the Birth of the Prison.* London:Penguin Books,1977.

[75] Frye, Northrop. *Anatomy of Criticism.* Princeton: Princeton University Press,

1973.

[76] Gallagher, C. and Laquer, T. *The Making of the Modern Body: Sexuality, Society and the 19th Century*. Berkeley: University of California Press, 1987.

[77] Gardner, Margaret. *Of Common Cloth: Women in the Global Textile Industry*. London: Sage Publications, 1985.

[78] Gaylin, Ann. *Eavesdropping in the Novel from Austen to Proust*. Cambridge: Cambridge, 2002.

[79] Genette,Gerard.*Narrative Discourse*.New York: Cornell University Press, 1980.

[80] Gernsheim,Alison.*Victorian & Edwardian Fashion: A Photographic Survey*. New York: Dover Publications, Inc., 1963.

[81] Gilmour, Robin. *The Victorian Period: the Intellectual and Cultural Context and Cultural Context of English Literature, 1830-1890*. London: Longman, 1993.

[82] Golden, Catherine J.. "Late-Twentieth Century Readers in Search of a Dickensian Heroine: Angles, Fallen Sisters, and Eccentric Women."*Modern Language Studies* 30. 2 (2000):5-19.

[83] Goldthorpe, Caroline. *From Queen to Empress: Victorian Dress 1837-1877*. New York: The Metropolitan Museum of Art, 1988.

[84] Greenblatt,Stephen.ed., *The Norton Anthology of English Literature (Eighth Edition): Volume E: The Victorian Age*. New York: W. W. Norton & Company,2006.

[85] Hawksley,Lucinda Dickens. *Charles Dickens and His Circle*. London: National Portrait Gallery, 2016.

[86] Herman, David.,Manfred Jahn, and Marie-Laure Ryan.,eds.*Routledge Encyclopedia of Narrative Theory*. London and New York: Routledge, 2005.

[87] Heyck, T.W. *The Transformation of Intellectual Life in Victorian England*. London: Croom Helm, 1982.

[88] Hillard, Molly Clark. "Dickens's Little Red Riding Hood and Other Waterside Characters."*Studies in English Literature, 1500-1900*. The Nineteenth Century

49.4(2009):945-973.

[89] Himmelfarb, Gertrude. *The De-Moralization of Society: From Victorian Virtues to Modern Values*. New York: Vintage Books, 1995.

[90] Hollander, Anne. "The Modernization of Fashion." *Design Quarterly* No.154 (1992):27-33.

[91] Houghton, Walter E. *The Victorian Frame of Mind, 1830-1870*. New Haven: Yale University Press, 1957.

[92] Howe, Fanny. *The Wedding Dress*.Berkeley: University of California Press, 2003.

[93] Hughes, Clair. *Henry James and the Art of Dress*. London: Palgrave Macmillan, 2001.

[94] Hyman, Gwen. *Making a Man: Gentlemanly Appetites in the Nineteenth-Century British Novel*. Athens: Ohio University Press, 2009.

[95] Jeffrey, SB.ed. *Clothing and Fashion of the Victorian Era*. Outskirts Press Inc., 2016.

[96] John, Juliet. *Dickens's Villains: Melodrama, Character, Popular Criticism*. Oxford: Oxford University, 2001.

[97] Johnson, Samuel. *A Dictionary of the English Language: An Anthology*. London: Times Books, 1983.

[98] Jones, H. S. *Victorian Political Thought*. New York: St. Martins Press, 2000.

[99] Kant,Immanuel. *Critique of Judgement*. Translated by James Creed Meredith, revised, edited, and introduced by Nicholas Walker. Oxford: Oxford University Press, 1952.

[100] Kenan, Rimmon. *Narrative Fiction: Contemporary Poetics*.2nd edition. London and New York: Routledge, 2002.

[101] Koppen, R.S. *Virginia Woolf, Fashion and Literary Modernity*. Edinburgh: Edinburgh University Press, 2009.

[102] Kunzle, D.. *Fashion and Fetishism*. Gloucestershire: Sutton, 2004.

[103] Ledger, Sally. *Dickens and the Popular Radical Imagination*. Cambridge and

New York: Cambridge University Press, 2007.

[104] Lefebvre, Henri. *The Production of Space*. Trans,Donald Nicholson-Smith. Oxford and Cambridge: Blackwell, 1991.

[105] Lerner, Laurence, ed. *The Victorians*. London: Methuen, 1978.

[106] Lévi-Strauss, Claude. *Structural Anthropology*. New York: Basic Books, 1963.

[107] Levine, Richard A, ed. *Backgrounds to Victorian Literature*. San Francisco: Chandler Pub. Co., 1967.

[108] Levine, Richard A. *The Victorian Experience: The Prose Writers*. Athens: Ohio University Press, 1982.

[109] Locke, John.*Some Thoughts Concerning Education*.Cambridge:Cambridge University Press, 1902.

[110] Lurie, A.. *The Language of Clothes*. New York: Henry Holt, 1981.

[111] MacIntyre, Alasdair. *A Short History of Ethics*. Notre Dame, Ind.: University of Notre Dame Press, 1998.

[112] Marcus, Sharon. "The Female Accessory in Great Expectations."*Nineteenth-Century Literature Criticism* Vol.318(2007):167-90.

[113] Massey, Doreen. "Introduction: Geography Matters."*Geography Matters*. Ed. Doreen and John Allen.Cambridge: Cambridge University Press,1984.

[114] McNay, L. *Foucault and Feminism*. Cambridge: Polity Press,1992.

[115] McNeil, Peter. Vicki Karaminas, and Catherine Cole, eds. *Fashion in Fiction:Text and Clothing in Literature, Film and Television*. Oxford: Berg,2009.

[116] Meyer, Susan. "Antisemitism and Social Critique in Dickens's Oliver Twist." *Victorian Literature and Culture* 33.1(2005):239-252.

[117] Miller, Andrew H.. *Novels behind Glass: Commodity Culture and Victorian Narrative*. Cambridge: Cambridge University Press, 1995.

[118] Miller, Joseph Hillis. *The Form of Victorian Fiction: Thackeray, Dickens, Trollope, George Eliot, Meredith, and Hardy*. Indiana: University of Notre Dame Press, 1968.

[119] Moore, Grace. *Dickens and Empire: Discourses of Class, Race and Colonialism in the Works of Charles Dickens*. Aldershot: Ashgate Pub, 2004.

[120] Newey, Vincent. *The Scriptures of Charles Dickens: Novels of Ideology, Novels of the Self*. Hants: Ashgate, 2004.

[121] Nietzsche, Friedrich. *The Birth of Tragedy*. London: Penguin Publishing, 2003.

[122] Nord, Deborah Epstein. *Walking the Victorian Streets: Women, Representation and City*. Ithaca, N.Y.: Cornell University Press, 1995.

[123] Ofek, Galia. *Representations of Hair in Victorian Literature and Culture*. Burlington: Ashgate, 2009.

[124] Phelan,James.*Narrative as Rhetoric: Technique,Audiences,Ethics.Ideology*. Columbus: Ohio State University Press, 1996.

[125] James Phelan."Narrative Judegments and the Rhetorical Theory of Narrative." *A Companion to Narrative Theory*.Ed. James Phelan and Peter J. Rabinowitz. Oxford: Blackwell, 2005.

[126] Polhemus, T..*Streetstyle*. New York: Thames and Hudson,1994.

[127] Poole, Adrian. ed. *The Cambridge Companion to English Novelists*. Cambridge: Cambridge University Press, 2009.

[128] Pool, Daniel. *What Jane Austen Ate and Charles Dickens Knew: From Fox Hunting to Whist-the facts of Daily Life in Nineteenth-Century England*. New York: Simon & Schuster, 1994.

[129] Rhodes, Elizabeth. *Dressed to Kills*. Toronto: University of Toronto Press, 1992.

[130] Ribeiro, Aileen. *Dress and Morality*. London: B.T.Batsford, 1986.

[131] Aileen Ribeiro.*Fashion and Fiction: Dress in Art and Literature in Stuart England*. New Haven:Yale University Press,2005.

[132] Rimmon-Kenan, Shlomith. *Narrative Fiction: Contemporary Poetics*. 2nd edition. London: Routledge, 2002.

[133] Robson,Catherine. *Men in Wonderland: The Lost Girlhood of the Victorian Gentleman*. Princeton, N.J.: Princeton University Press, 2001.

[134] Seigel, Jules Paul, ed. *Thomas Carlyle: The Critical Heritage*. London: Routledge, 1996.

[135] Sobel, Sharon. *Draping Period Costumes: Classical Greek to Victorian*. Burlington, MA: Focal Press, 2013.

[136] Shannon, Brent. *The Cut of His Coat: Men, Dress, and Consumer Culture in Britain, 1860-1914*. Ohio: Ohio University Press, 2006.

[137] Shilling, C.. *The Body and Social Theory*. London: Sage Publications Ltd., 2003.

[138] Shrimpton, Jayne.*Victorian Fashion*. Oxford: Shire Publications Ltd, 2016.

[139] Sidgwick, Henry. *Outlines of the History of Ethics*. London: The Macmillan Co., 1919.

[140] Slater, Michael. *Charles Dickens*. New Haven: Yale University Press, 2009.

[141] Smiles,Samuel. *Self-Help*. London: John Murray,1908.

[142] Smith, Grahame. *Dickens and the Dream of Cinema*. Manchester: Manchester University Press, 2003.

[143] Steele, V.. *Fetish: Fashion, Sex and Power*. Oxford: Oxford University Press. 1996.

[144] Stevenson, Charles L. *Ethics and Language*. New Haven: Yale University Press, 1944.

[145] Stewart,Gail B.. *Victorian England*. San Diego: ReferencePoint Press, Inc.,2014.

[146] Strachey, Lytton. *Eminent Victorians*. London: Continuum, 2002.

[147] Synnott, A. *The Body Social: Symbolism, Self and Society*. London: Routledge, 1993.

[148] Thomas, David. "The Social Origins of Marriage Partners of the British Peerage in the Eighteenth and Nineteenth Centuries."*Population Studies* 26.1 (1972): 99-111.

[149] Thomson, David. *England in the Nineteenth Century*, 1815-1914. London: J. Cape, 1964.

[150] Thompson, Francis M. L.. *English Landed Society in the Nineteenth Century*. London: Routledge, 1963.

[151] Ughes, Clair. *Henry James and the Art of Dress*. New York: Palgrave. 2001.

[152] *Clair Hughes .Dressed in Fiction*. New York: Berg, 2006.

[153] Veblen, Thorstein. *The Theory of the Leisure Class*. New York: Oxford University Press, 2007.

[154] Wardrop, Daneen. *Emily Dickinson and the Labor of Clothing*. Hampshire: University of New Hampshire Press, 2009.

[155] Weber, Max. *The Protestant Ethic and the Spirit of Capitalism*. Trans,Talcott Parsons. Comment by Zhang Chong. Shanghai: Shanghai Foreign Language Education Press, 2004.

[156] Williams, Chris. ed. *A Companion to Nineteenth-Century Britain*. Malden, MA: Blackwell Publishing Ltd., 2004.

[157] Williams, Raymond. *Key Words: A Vocabulary of Culture and Society*. New York: Oxford University Press, 1983.

[158] Elizabeth .Wilson, Elizabeth. *Adorned in Dreams: Fashion and Modernity*. London: I.B.Tauris, 2003.

[159] Woodward, E.L.. *The Age of Reform, 1815-1870*. Oxford: Clarendon Press, 1938.

[160] Young,Allan. *The Harmony of Illusions: Inventing Post-traumatic Stress Disorder*. Princeton: Princeton UP, 1997.

[161] Young,George Malcolm. *Victorian England: Portrait of an Age*. London: Oxford University Press, 1960.

中文文献

[162] 法国拉鲁斯出版公司：《改变世界的政治家与军事家》，王巍译，北京：新世界出版社，2016 年。

[163] 南海市地方志编纂委员会：《南海县志》，北京：中华书局，2000 年。

[164] 厦门大学历史研究所、中国经济史研究室：《中国经济史论文集》，福州：

福建人民出版社，1981 年。

[165] 新华词典编纂组：《新华词典》，北京：商务印书馆，1980 年。

[166] 中国基督教两会：《圣经》（简字化现代标点和合本），2000 年。

[167] 中国社会科学院语言研究所词典编辑室：《现代汉语词典》修订本，北京：商务印书馆，1978 年。

[168] 中国史学会：《林则徐与民族复兴：纪念林则徐诞辰二百三十周年 学术研讨会论文选编》，福州：海峡文艺出版社，2016 年。

[169] （德）爱德华·傅克斯：《西方风化史》（资产阶级时代），赵永穆、许宏治译，沈阳：辽宁教育出版社，2000 年。

[170] （美）艾莉森·利·布朗：《福柯》，聂保平译，北京：中华书局，2014 年。

[171] （美）保罗·富塞尔：《品味制服》，王建华译，北京：生活·读书·新知三联书店，2005 年，第 206 页。

[172] （美）彼得斯：《查尔斯·狄更斯》，蒋显文译，北京：外语教学与研究出版社，2006 年。

[173] （苏）波梁斯基：《外国经济史》（资本主义时代），北京：生活·读书·新知三联书店，1963 年。

[174] 曹雪芹：《红楼梦》，北京：人民文学出版社，2009 年。

[175] （英）查尔斯·穆尔：《撒切尔夫人传记——第四部分：穿着得体》，魏新俊译，载《英语世界》2016 年第 8 期，第 80—84 页。

[176] （英）查尔斯·狄更斯：《雾都孤儿》，黄水乞译，北京：中央编译出版社，2015 年。

[177] （英）查尔斯·狄更斯：《双城记》，宋兆霖译，北京：作家出版社，2015 年。

[178] （英）查尔斯·狄更斯：《大卫·科波菲尔》，宋兆霖译，北京：商务印书馆，2015 年。

[179] （英）查尔斯·狄更斯：《董贝父子》，王僴种译，上海：上海三联书店，2015 年。

[180] （英）查尔斯·狄更斯：《远大前程》，王科一译，上海：上海译文出版社，2011 年。

[181] （英）查尔斯·狄更斯：《荒凉山庄》，张生庭、张宝林译，广州：花城出版社，2015 年。

[182] （英）查尔斯·狄更斯：《狄更斯演讲集》，殷企平，丁建民，徐伟彬译，南昌：江西教育出版社，2016 年。

[183] 陈礼珍：《盖斯凯尔小说中的维多利亚精神》，北京：商务印书馆，2015 年。

[184] 陈礼珍、李思兰：《文化、资产与社会流动：〈远大前程〉的财富观再批判》，载《外国文学研究》2015 年第 1 期。

[185] 陈永国：《理论的逃逸》，北京：北京大学出版社，2008 年。

[186] （英）戴维·洛奇：《小说的艺术：戴维·洛奇文集》（卷五），王峻岩等译，北京：作家出版社，1998 年。

[187] 程巍：《城与乡：19 世纪的英国与清末民初的中国》，载《中华读书报》2014 年 7 月 16 日，第 13 版，第 1–6 页。

[188] 程巍：《纨绔子的两重性—析艾伦·摩尔斯〈纨绔子〉，兼谈反资产阶级意识的起源》，载《世界文学》1999 年第 1 期，第 286–305 页。

[189] 程巍：伦敦蝴蝶与帝国鹰：从达西到罗切斯特，载《外国文学评论》2001 年第 2 期，第 14–23 页。

[190] 邓如冰：《人与衣—张爱玲〈传奇〉的服饰描写研究》，桂林：广西师范大学出版社，2009 年。

[191] 邓颖玲：《二十世纪英美小说的空间诗学研究》，北京：商务印书馆，2018 年。

[192] 杜君立：《现代的历程一部关于机器与人的进化史笔记》，上海：上海三联书店，2016 年。

[193] 段江丽：《醒世姻缘传》，长沙：岳麓书社，2002 年。

[194] （美）凡勃伦：《有闲阶级论》，李华夏译，北京：中央编译出版社，2012 年。

[195] （美）弗兰克·萨克雷、（美）约翰·芬德林主编：《世界大历史：1571—1689》，闫传海译，北京：新世界出版社，2014 年。

[196] （奥）弗洛伊德：《精神分析引论》，周丽译，武汉：武汉出版社，2014 年。

[197] （法）格雷马斯：《结构语义学》，蒋梓骅译，天津：百花文艺出版社，

2001 年。

[198] 韩尚义：《电影美术散论》，北京：中国电影出版社，1983 年。

[199] 郝澎：《英国历史重大事件及著名人物》，海口：南海出版公司，2007 年。

[200] 郝澎：《带你游览英国文学》，海口：南海出版公司，2015 年。

[201] 何卫华：《主体、结构性创伤与表征的伦理》，载《外语教学》2018 年第 7 期，第 97—102 页。

[202] 华梅：《服饰文化全览》（下卷），天津：天津古籍出版社，2007 年。

[203] 黄维敏:《晚明清初通俗小说中的服饰时尚研究》,成都：四川大学出版社，2017 年。

[204] （法）加斯东·巴什拉：《空间的诗学》，张逸婧译，上海：上海译文出版社，2013 年。

[205] （美）杰拉德·普林斯：《叙述学词典》，乔国强、李孝弟译，上海：上海译文出版社，2011 年。

[206] 金志平：《巴尔扎克精选集》，济南：山东文艺出版社，1998 年。

[207] （德）卡尔·马克思：《资本论》（节选本），北京：中共中央党校出版社，1983 年。

[208] （德）卡尔·马克思：《马克思恩格斯全集》（第 10 卷），北京：人民出版社，1962 年。

[209] （美）克莱顿·罗伯茨、（美）戴维·罗伯茨、（美）道格拉斯 R. 比松：《英国史》（下册），潘兴明等译，北京：商务印书馆，2013 年。

[210] （英）克里斯托弗·哈维、（英）科林·马修：《19 世纪英国：危机与变革》，韩敏中译，北京：外语教学与研究出版社，2007 年。

[211] 雷体沛：《西方文学的人文印象》，广州：广东人民出版社，2008 年。

[212] 李彬：《民俗知识》，北京：北京燕山出版社，2009 年。

[213] 李赋宁：《欧洲文学史》（第 2 卷），北京：商务印书馆，2002 年。

[214] 李宏昀：《维特根斯坦：从挪威的小木屋开始》，上海：复旦大学出版社，2015 年。

[215] 李克臣、周音：《历史书记: 巴尔扎克》，西安：太白文艺出版社，1998 年。

[216] 李维屏、张定铨：《英国文学思想史》，上海：上海外语教育出版社，

2012 年。

[217] （以色列）里蒙·凯南：《叙事虚构作品：当代诗学》，赖干坚译，厦门：厦门大学出版社 1989 年。

[218] 梁实秋：《人生忽如寄：跟梁实秋品味雅致人生》，天津：天津人民出版社，2016 年。

[219] （俄）列夫·托尔斯泰：《安娜·卡列尼娜》，草婴译，上海：上海译文出版社，1989 年。

[220] 林骧华：《西方文学批评术语辞典》，上海：上海社会科学院出版社，1989 年。

[221] 林丙义：《中国通史》（上、下），北京：高等教育出版社，1996 年。

[222] 刘白：《英美狄更斯学术史研究（1836—1939）》，湖南师范大学博士论文，2012 年。

[223] 刘建、朱明忠、葛维钧：《印度文明》，福州：福建教育出版社，2008 年。

[224] 刘秦：《发明家与发明》，北京：现代出版社，2017 年。

[225] 刘宇庚：《世界枭雄大传》（帝王雄主）（图文珍藏版），北京：线装书局，2012 年。

[226] 刘延红：《二十世纪中国文学的女性服饰研究》，香港：中国文化战略出版社有限公司，2019 年。

[227] 龙迪勇：《空间叙事学》，北京：生活·读书·新知三联书店，2015 年。

[228] 鲁迅：《朝花夕拾》，北京：北京时代华文书局，2016 年。

[229] 罗经国：《狄更斯评论集》，上海：上海译文出版社，1981 年。

[230] （法）罗兰·巴特：《流行体系——符号学与服饰符码》，熬军译，上海：上海人民出版社，2000 年。

[231] （法）罗兰·巴特：《符号学原理》，李幼蒸译，北京：中国人民大学出版社，2007 年。

[232] 罗竹风：《汉语大词典》（第六卷），上海：汉语大词典出版社，1990 年。

[233] 吕洪灵：《从时尚解读文学——评三部 19 世纪英美文学研究专著》，载《当代外国文学》2010 年第 4 期，第 162 页。

[234] 马海良：《鲍德里亚：理论的暴力，仿真的游戏》，载《外国文学》

2000 年第 2 期，第 47—52 页。

[235] （英）马克·柯里：《后现代叙事理论》，宁一中译，北京：北京大学出版社，2003 年。

[236] （德）马克思、（德）恩格斯：《马克思恩格斯论艺术》（第 2 卷），北京：人们文学出版社，1963 年。

[237] （美）玛莎·努斯鲍姆：《诗性正义：文学想象与公共生活》，丁晓东译，北京：北京大学出版社，2010 年。

[238] 马文熙、张归璧：《古汉语知识辞典》，北京：中华书局，2004 年。

[239] （英）马修·阿诺德：《文化与无政府状态：政治与社会批评》（修订译本），韩敏中译，北京：生活·读书·新知三联书店，2012 年。

[240] 马嫚：《工业革命与英国妇女》，上海：上海社会科学院出版社，1993 年。

[241] （英）毛姆：《毛姆读书心得》，刘文荣译，上海：文汇出版社，2011 年。

[242] （捷克）米兰·昆德拉：《小说的艺术》，董强译，上海：上海译文出版社，2004 年。

[243] （法）米歇尔·福柯：《权力的眼睛：福柯访谈录》，严锋译，上海：上海人民出版社，1997 年。

[244] （法）米歇尔·福柯：《"另类空间"》，王喆译，载《世界历史》2006 年第 6 期，第 52—57 页。

[245] （法）米歇尔·福柯：《规训与惩罚》，刘北成译，北京：生活·读书·新知三联书店，2012 年。

[246] （法）米歇尔·福柯：《自我技术：福柯文选 III》，汪民安译，北京：北京大学出版社，2015 年。

[247] （英）马修·阿诺德：《文化与无政府状态》，韩敏中译，北京：生活·读书·新知三联书店，2008 年。

[248] 苗莉、王文革：《服装心理学》，北京：中国纺织出版社，1997 年。牟雷：《雾都明灯：狄更斯传》（上册），石家庄：河北人民出版社，2012 年。

[249] 聂珍钊：《文学伦理学批评及其他——聂珍钊自选集》，武汉：华中师范大学出版社，2012 年。

[250] 宁一中：《文学与文化论文集》，北京：北京语言大学出版社，2013 年。

[251] 宁一中：《理论的表象与实质——申丹教授访谈录》，载《英语研究》2018 年第 2 期，第 1—10 页。

[252] 诺贝特·埃利亚斯：《文明的进程》，王佩莉、袁志英译，上海：上海译文出版社，2013 年。

[253] 潘绥铭：《性，你真懂了吗：二十一世纪性学读本》，北京：中国检察出版社，1998 年。

[254] （法）皮埃尔·布尔迪厄：《艺术的法则：文学场的生成和结构》，刘晖译，北京：中央编译出版社，2011 年，第 262—265 页。

[255] 钱乘旦、许洁明：《英国通史》，上海：上海社会科学出版社，2012 年。

[256] 钱青：《英国 19 世纪文学史》，北京：外语教学与研究出版社，2006 年。

[257] （英）乔安妮·恩特维斯特尔：《时髦的身体——时尚、衣着和现代社会理论》，郜元宝等译，桂林：广西师范大学出版社，2005 年。

[258] 乔修峰：《巴别塔下——维多利亚时代文人的词语焦虑与道德重构》，北京：中国社会科学出版社，2017 年。

[259] （法）让－雅克·卢梭：《爱弥儿》（下卷），李平沤译，北京：商务印书馆，1996 年。

[260] 任子峰、王立新：《弹拨缪斯的竖琴：欧美文学史传》（中），太原：山西教育出版社，2011 年。

[261] 任湘云：《服饰话语与中国现代小说研究》，成都：四川大学出版社，2010 年。

[262] （日）山内智惠美：《20 世纪汉族服饰文化研究》，西安：西北大学出版社，2001 年。

[263] 申丹、韩加明、王丽亚：《英美小说叙事理论研究》，北京：北京大学出版社，2005 年。

[264] 申丹：《叙事、文体与潜文本——重读英美经典短篇小说》，北京：北京大学出版社，2009 年。

[265] 申丹、王丽亚：《西方叙事学：经典与后经典》，北京：北京大学出版社，2010 年。

[266] 申丹：《"隐含作者"：中国的研究及对西方的影响》，载《国外文学》

2019 年第 3 期（总第 155 期），第 18–29 页。

[267] 沈从文：《中国古代服饰研究》，北京：商务印书馆，2011 年。

[268] （明）施耐庵著、（清）金圣叹评：《水浒传》（注评本），上海：上海古籍出版社，2015 年。

[269] （奥）斯蒂芬·茨威格著，赵燮生主编：《三大师：巴尔扎克、狄更斯、陀思妥耶夫斯基》，申文林译，合肥：安徽文艺出版社，2013 年。

[270] （美）苏珊·S. 兰瑟：《虚构的权威：女性作家与叙述声音》，黄必康译，北京：北京大学出版社，2002 年。

[271] 孙海涛：《中国近现代史纲要》（第 2 版），上海：上海科学技术出版社，2016 年。

[272] 孙嘉禅、王璐：《服装文化与性心理》，北京：中国社会科学出版社，1992 年。

[273] 汤晓燕：《革命与霓裳：大革命时代法国女性服饰中的文化与政治》，杭州：浙江大学出版社，2016 年。

[274] 唐伟胜：《从〈远大前程〉看可靠叙事中的修辞交流关系》，载《四川外国语学院学报》2004 年第 2 期，第 30–34 页。

[275] 汪民安：《权力》，载《外国文学》2002 年第 3 期，第 81–89 页。

[276] 汪民安：《身体的双重技术：权力和景观》，载《花城》2006 年第 1 期，第 177–184 页。

[277] 汪民安：《商品价值论和商品拜物教》，载《外国文学评论》2016 年第 4 期，第 96–107 页。

[278] 王贵水：《一本书读懂印度历史》，北京：北京工业大学生出版社，2014 年。

[279] （美）韦恩·布思：《小说修辞学》，华明等译，北京：北京大学出版，1987 年。

[280] 邬红芳、李敏：《服装配套设计》，合肥：安徽美术出版社，2008 年。

[281] 吴富恒：《外国著名文学家评传》（二），济南：山东教育出版社，1990 年。

[282] （美）西摩·查特曼：《故事与话语：小说和电影的叙事结构》，徐强译，北京：中国人民大学出版社，2013 年。

[283] 西周生：《醒世姻缘传》（第 3 卷），姚家余编，长春：时代文艺出版社，

2003 年。

[284] 肖恩·佩奇斯：《维多利亚文学的核心概念》，上海：上海外语教育出版社，2016 年。

[285] 徐宪江：《新版世界通志》（欧洲卷，下卷），长春：吉林摄影出版社，2002 年。

[286] （古希腊）亚里士多德、（古罗马）昆图拉·贺拉提乌斯·弗拉库斯：《诗学·诗艺》，郝久新译，南昌：江西教育出版社，2013 年。

[287] （古希腊）亚里士多德：《尼各马可伦理学》，王旭凤、陈晓旭译，北京：中国社会科学出版社，2007 年。

[288] 颜湘君：《中国古代小说服饰描写研究》，上海：上海书店出版社，2007 年。

[289] （英）伊丽莎白·盖斯凯尔：《北方与南方》，陈锦慧译，海口：海南出版社，2018 年。

[290] （意）伊搭洛·卡尔维诺：《为什么读经典》，黄灿然、李桂蜜译，南京：译林出版社，2011 年，第 4 页。

[291] 殷企平、高奋、童燕萍：《英国小说批评史》，上海：上海外语教育出版社，2001 年。

[292] 殷企平、朱安博：《什么是现实主义文学》，上海：上海外语教育出版社，2011 年。

[293] 殷企平、杨世真：《新中国 60 年狄更斯研究之考察与分析》，载《外国文学研究》2011 年第 8 期，第 60-69 页。

[294] 余斌：《张爱玲传》，桂林：广西师范大学出版社，2001 年。

[295] 翟兴娥：《20 世纪 40 年代上海沦陷区女作家小说服饰研究》，武汉大学博士论文，2013 年。

[296] 翟文明：《中国历史常识世界历史常识全知道》，北京：北京联合出版公司，2016 年。

[297] （美）詹姆斯·费伦：《作为修辞的叙事：技巧、读者、伦理、意识形态》，陈永国译，北京：北京大学出版社，2002 年。

[298] （美）詹姆斯·费伦、（美）彼特·J.拉比诺维茨：《当代叙事理论指南》（上册），申丹等译，北京：北京大学出版社，2007 年。

[299] 张爱玲：《天才梦》，载《德语学习》2008 年第 11 期，第 26–27 页。

[300] 张错：《西洋文学术语手册：文学诠释举隅》，上海：上海译文出版社，2012 年。

[301] 赵炎秋：《狄更斯研究文集》，南京：译林出版社，2014 年。

[302] （美）珍妮弗·克雷克：《时装的面貌》，舒允中译，北京：中央编译出版社，2000 年。

[303] 周光大主编：《现代民族学》（上），（第 2 册），昆明：云南人民出版社，2009 年。

[304] 周小仪：《唯美主义与消费文化》，北京：北京大学出版社，2002 年。

[305] （美）朱蒂斯·赫曼：《创伤与复原》，杨大和译，台北：时报文化出版公司，1995 年。

[306] 朱光潜：《朱光潜全集》（第六卷），合肥：安徽教育出版社，1990 年。

[307] 朱光潜：《西方美学史》，北京：人民文学出版社，2002 年。

[308] 朱光潜：《朱光潜典藏文集：西方美学史》，杭州：浙江文艺出版社，2017 年。

[309] 朱光潜：《西方美学史》（上），北京：北京理工大学出版社，2018 年。

[310] 朱虹：《爱玛的想象》，南京：南京师范大学出版社，2012 年。

[311] 朱琳：《西方文学名家名作欣赏》，北京：中国人民公安大学出版社，2009 年。

后　记

　　小时候，由于父母工作繁忙加之两地分居，我的幼儿与童年的大部分时期都在农村与奶奶一起度过。到了该上学的年纪，父母数次来接我，因与他们过于陌生，我常不由自主往山上疯跑躲避而令他们大伤脑筋。不曾想在又一次的逃跑中，父亲一句"你妈给你买了一架小钢琴"被我听成了"小花裙"而立刻停止奔跑并怯怯地问了一句："裙子上是什么花？"于是，如大卫·科波菲尔的姨婆般，我武断地认为本尊对服饰的兴趣与生俱来。

　　初中在爸爸任教的学校就读，爸爸那套不大的教师公寓成了我和几个要好姐妹进行"服装表演"的快乐王国。周日的下午，各自从家带了好吃的点心回校，都不忘带回一些廉价的衣服和饰品为每周日下午固定两小时的"服装表演"做准备。于是，六位几乎天天形影不离的姐妹便在这嬉闹的表演中任思绪无限飘飞。不曾忘记，我们班的晚会节目《花木兰》《草原牧歌》因我突发奇想建议大家带了花床单搭配的"披风"和黑纱编成的长辫而产生了异乎寻常的效果。也不曾忘记，不懂缝纫的我竟凭热情和想象做了一件带荷叶边的紫花上衣和当年流行的深蓝色马裤，每穿出去有人问"这件衣服好看别致，你在哪里买的？"，便不免暗自窃喜一番。也不曾忘记，偶尔心血来潮时做的"枕套衫""围巾裙"和"毛线手提袋"。当然，也不曾忘记，在笔记本上不经意涂鸦的自创"时装"款式。

　　一次，偶然在网上看到了宁一中老师和段江丽老师的信息，尽管素昧平生，却激起了要当他们学生的强烈愿望。承蒙先生不弃，也有自己的坚持与努力，终于如愿以偿。未料到，对服装的喜好某一天竟与我的专业联系起来。有次百无聊赖地在图书馆翻阅期刊，偶然看到了吕洪灵老师的论文《从时尚解读文学——评三部 19 世纪英美文学研究专著》，竟引起了我的极大兴趣。

令人欣喜的是，导师对我的选题予以了充分肯定，而我却在预想的困难中摇摆不定，屡欲放弃。很欣赏陶行知和魏书生等教育家的理念与方法，欣慰的是我的导师也是一位可遇而不可求的教育家，治学严谨，高屋建瓴，又春风化雨，润物无声。每每想起导师对我学业上的细心指导与点拨，对我的任性与倔强的无限包容，便觉有愧恩师。在此我由衷地道一声："宁老师，谢谢您，您辛苦了！"读博期间选听了导师给硕士生开设的《西方文论》和《英语经典作品赏析》两门课。宁老师在学生中有超高人气，上课极为精彩，旁征博引，大家常常忘记了时间，下课铃响了也浑然不觉。最佩服老师将枯燥晦涩的知识明晰易懂地讲授并成功激发学生求知欲的本领。于是课后常常出现一个动人景象：一大群学生围着老师七嘴八舌地问开了，脸上满是强烈求知的可爱表情。颇具传奇色彩的师母在我心中占据着很重要的位置，开学伊始，便迫不及待地选修了师母开设的《古代小说专题》课。师母善解人意，温柔耐心，她极具启发、循循善诱的授课方式常令我们不知不觉置身于小说的世界中。《红楼梦》是其中的重头戏，而小说里对各色人等浓墨重彩的服饰描写自然会引起我的注意，常思索服饰背后的政治经济文化动因。沈从文花费十年心血的巨著《中国古代服饰研究》证实了小说《红楼梦》服饰描写的历史真实性，不禁让人想起了南怀瑾的名言："小说比历史更真实。"课间看窗外的绿树红花、品室内的点心饮品，让这无比有意思的课更增添了浪漫与温情，数十年后也会历历在目，难以忘怀。

毋庸置疑，选题确定、作家选取、章节安排、内容设置、句子表达……无论是宏观还是微观，每一步都倾注了导师的大量心血，我的感激之情难以言表，唯有永记心底。本书写作过程中也不时请教师母，收获颇多。谢谢亲切随和、可敬可爱的段老师！

本书脱胎于我的博士论文。开题时有幸邀请到陈永国老师、王雅华老师、马海良老师、封宗信老师、程朝翔老师参加。围绕我的论文选题，老师们从不同的角度提出了极有价值的建议。老师们独到的眼光、敏锐的思维、中肯的建议、精湛的专业水平给我留下了很深的印象。至今几位老师的建议还常萦绕于耳际，不时给我启发，让我杂乱的思绪逐渐清晰，也让我感受到了学问的无穷奥妙。

在北京的两年中，除了师母的课，也选修了北语王雅华老师的课，选听了北大申丹老师、周小仪老师、清华封宗信老师、首师大（现已调清华大学）汪民安老师的课。老师们渊博的学识、精彩的授课是我求学道路上的难忘记忆，激起了我做学问的兴趣，也让我对学术充满了敬畏之情。感谢申丹老师数次耐心解答我在微信上的求教，大学者秒回的速度和耐心的程度都让人感动非常。读博期间，结识这么多好老师，何其幸哉！读博期间，不够自律，学习还不够专注，每至回首甚感遗憾。导师2018年对北语学子的精彩演讲"人生是一场不断完善自我的修行"时常在耳畔回响。我希望谨记演讲内容，反省思过，改正缺点，发扬优点，不断进步，每天都朝做一个更好的自己的目标前进一点点。

感谢贵州民族大学外国语学院肖唐金院长兼我的恩师在学业上、脱产学习上予以的巨大支持。感谢段波师兄时时的专业指导，感谢唐伟胜师兄时时给予的专业解答。感谢西南大学刘立辉老师在我面临人生道路的选择时提供的建设性意见。感谢尚广辉、罗怀宇、安帅师兄，卢伟、赵喜梅、范莎等师姐的帮助。感谢鑫昊师弟，作为开题和毕业答辩秘书，工作认真负责，有条不紊。怀念与师妹王月不时讨论诗歌与哲学的快乐时光。数年前与闺蜜欧阳艳的约定仍记忆犹新：她努力建设自己的蓝莓庄园，我致力于考博。不管遇到多大困难，几年来我们一直相互扶持，不言放弃。感谢这份神圣的友谊。感谢好友罗倩、潘婷婷时时的精神鼓励，也感谢我成长路上许多老师、同事、朋友及各位同门的支持与帮助。在老师潜移默化的影响下，宁门是个温暖有爱的大家庭，常常感念能成为其中的一员。

也欣慰我有一个温暖的大家庭，在此我首先要特别感谢早已在天堂的母亲。对母亲的思念和心存的遗憾无以言表，唯有用黄家驹的一句歌词表达母亲给我的不竭力量："是您多么温馨的目光，教我坚毅地望着前路。"爸爸在经济上、精神上都给予了无尽的支持。爱人任劳任怨，繁忙的工作之余还得管教顽皮的儿子，并不时包容我的小任性。酷酷的儿子偶尔也会对我说："妈妈，别羡慕别人的女儿是贴心小棉袄，我也是，并且我还是您的小保镖。"公公婆婆、先生的弟弟妹妹、我的弟弟弟媳、表姐表哥嫂子们都给予了很多关心和照顾，我被浓浓的亲情包围着。感激这个温馨的大家庭让我读博路上如此温暖。

写作的煎熬过程中，宁老师的孙子亮宝贝给我带来了无尽的欢愉。每当烦躁不安、思路枯竭时，亮宝贝的视频有提神醒脑之功效，常令我开心不已、心如晴空。谢谢聪明可爱、活泼好动的超级小帅哥！

时隔两年半，繁忙的工作和生活中，遗憾未能有足够的时间和精力精心修改，有勇气出版，既是对自己学业的一个阶段性交代，也是督促自己继续前行的一种方式。

"爱让世界运转"，怀着一颗感恩包容的心，培养一双"慧眼"，在文学里，也在现实生活中发现"真""善""美"吧！

本书有小部分内容已以小论文的形式在期刊上发表：《〈雾都孤儿〉的服饰叙事》发表于《外国语言与文化》2017 年第 2 期；《隐含作者的服饰叙事伦理：谁是〈远大前程〉中的绅士？》发表于《外语研究》2020 年第 6 期。其中，发表在《外语研究》上的小论文是本人承担的国家社科基金一般项目《维多利亚时代英国文学的服饰叙事研究》（编号：18BWW059）的阶段性成果。国社项目是本书研究的进一步拓展和深化，由单个作家作品研究拓展到了整个维多利亚时代的经典作家作品研究。

特此说明。